闪小说阅读系列

当代闪小说精选 点评本

程思良　飞鸟\主编

百花洲文艺出版社
BAIHUAZHOU LITERATURE AND ART PRESS

图书在版编目（CIP）数据

当代闪小说精选：点评本 / 程思良，飞鸟主编 . —
南昌：百花洲文艺出版社，2019.10
ISBN 978-7-5500-3379-5

Ⅰ.①当… Ⅱ.①程… ②飞… Ⅲ.①小小说—小说
集—中国—当代 Ⅳ.① I247.82

中国版本图书馆 CIP 数据核字（2019）第 203097 号

当代闪小说精选：点评本

DANG DAI SHAN XIAO SHUO JING XUAN：DIAN PING BEN

程思良　飞鸟　主编

总 策 划　伍　英
策划编辑　飞　鸟
责任编辑　叶　姗
封面设计　辰麦通太设计部
出版发行　百花洲文艺出版社
社　　址　南昌市红谷滩新区世贸路 898 号博能中心 A 座 20 楼
邮政编码　330038
经　　销　全国新华书店
印　　刷　永清县晔盛亚胶印有限公司
开　　本　710mm×1000mm　1/16
印　　张　17
版　　次　2020 年 9 月第 1 版　2020 年 9 月第 1 次印刷
字　　数　303 千字
书　　号　ISBN 978-7-5500-3379-5
定　　价　58.00 元

邮购联系 0791-86895108
网址 http://www.bhzwy.com
图书若有印装错误，影响阅读，可向承印厂联系调换。

风行天下闪小说

——"闪小说阅读系列"总序

文/程思良

　　这是一个无"微"不至的时代，微博、微信、微商、微文、微电影……势不可挡。"微文化""微文学""微艺术""微审美"等话题自然也就成为学界关注的焦点。有专家指出，微时代的"微"正在改写人类的存在、生活、思考方式甚至人类本身。

　　众所周知，一时代有一时代之文学。在这基于移动互联网文化与技术的微时代，文学发生了深刻嬗变。在文学多路突进中，作为"微文学"重要样式的闪小说（600字内的小说），因为适应当代生活节奏、当代情绪宣泄、当代传播方式和当代阅读需求，在海内外华文文坛旋风式崛起，成为引领阅读新潮流的小说家族新成员。文学评论家樊发稼说："一个新的文学品种、小说家族新的一员，由此在我国文苑宣告诞生。"微型小说理论家江曾培说："闪小说——小说家族新分支。"微型小说理论家刘海涛说："闪小说是全民阅读当中的重要文体。"新加坡作家林子说："21世纪小说新文体——闪小说。"菲律宾作家王勇说："'风行天下闪小说，引领阅读新潮流'，这不是一句广告词，而是一句精准概括。"

　　"闪小说"之名译自英文"Flash Fiction"。西方的"Flash Fiction"源远流长。其历史渊源可以追溯到伊索寓言，写作者包括契诃夫、欧·亨利、卡夫卡等伟大作家。专栏作家蒙娜丽莎·索菲说："时下，闪小说的身影无处不在。这种体裁吸引读者、震动文坛，那些故事是如此多种多样地涉及人性本质。它的受欢迎程度，不仅创造了更广泛的读者，而且涌现了新的天才作家。"其实，在我国文学史上，先秦的神话传说与寓言故事，魏晋南北朝时期的《搜神记》与《世说新语》，清代的《笑林

广记》和《聊斋志异》等等，也不乏闪小说的身影。不过，汉语"闪小说"这一概念则是由寓言作家马长山、程思良、余途等人于 2007 年才明确提出与倡导的。

闪小说既具有小说的特质，又是大众的，具有信息时代多渠道传播的特色。如果说小小说是诗，那么闪小说便是诗中的绝句。它具有小小说的基本特征，但又有其自身的特点。具体说，它在写作上追求微型、新颖、巧妙、精粹。微型，指篇幅超短。长的几百字，短的甚至仅几十字，彰显快节奏时代的碎片化阅读特色，符合读者追求轻松阅读的心理。新颖，指立意别出心裁。人云亦云不能抓住读者眼球，作者只有从广阔的社会生活中捕捉有意味的闪光点，才能让人眼前一亮。优秀闪小说往往撷取生活中的一朵小浪花，摄取一个小镜头，或抓住生活中某一"闪光点"做文章，虽然材料体积有限，却能在方寸之地积聚起巨大爆发力，彰显艺术魅力、显现艺术高度。巧妙，指构思精巧。文似看山不喜平，构思上不起些波澜，直来直去，读者必无兴趣。读后，应能让读者感叹"出乎意料，又在情理之中"。精粹，指言约义丰。语言要惜墨如金。因篇幅短小，它的每一个字都是有价值的，每一个字都是重要的，它讲究语言的节制，充分发挥汉语所指与能指的功能，用最少的字表达丰富的意思，达到"以小见大，以微显著"的效果。

当前，闪小说作者不计其数，老中青兼有，遍布各行各业。他们或专攻，或客串，其中不乏王蒙、莫言等文坛大家与名家。2012 年诺贝尔文学奖得主、著名作家莫言赴瑞典领奖时，应邀在斯德哥尔摩大学举行文学讲座，开场朗读的便是一篇闪小说《狼》。

每天，都有大量闪小说在无数海内外报刊与网站上发表，为各种移动终端和新媒体开启的微时代的微阅读提供着精神食粮。文学评论家杨晓敏在《前行中的闪小说》中说："闪小说之所以能有这些繁荣，自然与读者的青睐捧场不无关系。也就是说体裁上的草根性，决定了她的被接受度；而文体字数限制则传达出了在通俗性与文学性之间的衡量。通俗性使得闪小说勃然而兴，也有赖于其对于文学性的追求。"西华师范大学教授何希凡在《决绝的告别与深情的反顾——我看"闪小说"登场的文学意义》中说："闪小说也许的确属于精神快餐一途，但它绝非那些充斥文化市场的伤脾败胃的劣质产品，它讲究营养，别有滋味，它畅胃健脾，清神益智。无论它怎样'闪'，始终不失文学的品格和魅力！因此，它在对经典文学的告别中又蕴含着对作为人类精神圣殿的经典文学世界的深情反顾：它有小说特定的时空领域，

有出人意料又在情理之中的'欧·亨利笔法'，更有鲜活精彩的人物生命跃动；既借鉴了人类祖传的审美秘方，又有时髦先锋的实验性探索。但它是瘦了身的文学书写，浓缩的都是精华，浓缩更需要巧手和匠心！"

为了使广大读者阅读到当代闪小说佳作，领略闪小说的迷人魅力，北京辰麦通太图书出版有限公司特别推出"闪小说阅读系列"。入选"闪小说阅读系列"出版项目的作者，或为闪小说名家，或为闪小说新秀，他们在闪小说的广袤原野上驰骋才情，呈现出多姿多彩的风貌。他们多方掘进，或对人性之美热情歌颂，或对民生疾苦予以关注，或对草根人事深入描写，或对纷纭世象烛幽洞微，或对两性情仇精心营构，或对惊险悬疑巧妙布局，或对古代人物加以现代演绎，或对古代典故进行别开生面的阐释，或对科幻题材大胆想象，或对人生哲理叩问探索……多侧面多角度地反映了纷纭繁杂的社会生活，生动再现了大千世界、芸芸众生的真实存在与生存之道。

在这风行碎片化阅读的快节奏时代，应运而生的闪小说，方兴未艾。北京辰麦通太图书出版有限公司推出"闪小说阅读系列"，可谓正当其时。打开书本，便是打开世界。一篇篇闪小说，一闪一闪亮晶晶，为广大读者提供内美外炫的视觉盛宴。阅读闪小说既可审美它外在的光环，又引心弦的颤动，思考文字背后的内涵，掀起心灵的风暴。

2018 年 1 月 6 日

（程思良，汉语闪小说发起人，中国寓言文学研究会闪小说专业委员会会长。）

目 录

第一辑 滴水藏海

第二辑　会心一笑

第三辑 温情脉脉

第四辑　芸芸众生

第一辑 滴水藏海

两头野牛

文 / 程思良

非洲大草原上有两头野牛，他们相约有福同享，有难同当。他们跋山涉水，寻找栖居的福地，历尽千辛万苦，终于找到一片水草丰美之地。

野牛甲居草地之东，野牛乙居草地之西。他们平安相处了一段时间后，因都想独占整片福地而斗得不可开交。双方势均力敌，屡次相斗皆两败俱伤。

一天，一个狼群蹿来，同时攻击两头野牛。两头野牛并肩作战，拼死力斗，硬是将凶恶的狼群赶走了。他们和平共处了一段时间后，又开始频繁争斗。

不久，狼群又来袭，这次，他们改变了进攻的策略，只攻野牛乙。在群狼的围攻下，伤痕累累的野牛乙频频向野牛甲哀哀呼救。野牛甲却仿佛没听见似的，兀自低头吃草。

野牛乙被狼群吃得尸骨无存。野狼们打着饱嗝走后，野牛甲望着偌大的丰美草地，心中窃喜——幸亏未出手相救！

十天后，这片草地上，唯有狼影在草地间时隐时现。野牛甲已不知所终。

顾建新点评：

闪小说，是近年新兴的一种小说。因为它的篇幅更短小，所以写作的难度就更大！程思良是其中创作的佼佼者。他的《两头野牛》，仅几百字，却写得神采飞扬！尺幅千里，缩龙成寸，明显吸收了蒲松龄《狼》的营养。小说也有两个特点。其一是，曲尽其妙。又可以从两个方面来说明。1.情节经过六层变化：合力找草——互斗争草——并肩战狼——其一死亡——幸存者窃喜——另一继亡。古人写作提倡段段转、句句转、笔笔转。这篇小说可说达到了这样一个很高的境界。一篇仅几百字的小说，竟有这么多的曲折，真令人叹为观止！2.首尾不是相合，而是背反，出人意料。其二，小说不仅仅注重传奇色彩，更有深刻的意义蕴藏其中，让人读了感叹之余，引发更多的思考与联想。因此，包容乃大。诚如申平所说的故事有尽而其味无穷。可以不夸张地说，这篇小说，是闪小说中的上品。

我的马

文 / 余　途

我被击中了，从马背上跌下来，血一股股涌出。我的马刹住奔跑，站到我身边。

我试图爬起来，抓到缰绳却没了向上的力气。我摸到了黏稠的血，再度趴倒。

马向我低下了头。

风卷起了身边的沙土。荒外能见到的只有我的马。

我挣扎着想再抓缰绳，身子已不听使唤。

我的马垂着头凝望着我，我抹了一把血拍向马屁股，用尽力气喊："走吧！"它转身飞奔而去。

风呼啸着压抑我的呼吸，沙土意欲掩埋我的身体。

地在震动，那是我熟悉的节奏。

我的马，是它带来了马队。

程思良点评：

全文仅 207 个字，无论是环境描写，氛围的营造，情节的变化，还是人和马的精神境界的展示，都是那么真实、自然。小说以少总多，形象生动地展现了人与马患难相依、不离不弃的高贵精神品质。

苦色果

文／王福日

公元 627 年，玄奘西行至素叶城，四天五夜水米未进。

路边一异植，五六鲜果坠于枝头，玄奘欲摘。

"慢！"一老者急行而来，"法师可知这是何物，便要摘吃？"

"这果子吃不得？"

"吃是吃得，只是不能随便吃。"

"还请老人家解释一二。"

"好，那我便说说。"老人微笑道，"此果只这一带有产，味极甘甜，丰润多汁，称为甘果，是此地果中之王。"

"那为何吃不得？"

"法师可尝一颗。"

玄奘只用舌头一抿，顿觉果汁喷涌，口舌生津，清凉之意直冲头顶。

"怎的如此好吃！"

"好吃吧？"老人家意味深长地一笑，"那就再吃一颗。"

第二粒果子径直入嘴。甜腻味道粘惹喉头，玄奘暗道：有点清水润喉就好了。

"还吃？"老人问。

玄奘犹豫着点了点头。

第三粒果子缓缓送入玄奘口中，但随即"呸呸呸"被吐了出来。

"怎的如此苦涩？"

老人拊掌大笑，"果子都是一样甜，只不过初尝甘甜，再尝味淡，三尝苦极。此即不能随便吃的原因。"

玄奘若有所悟，"人言苦尽而甘来，又何尝不是甘尽而苦至，我看这果子莫不如叫苦涩果，更为贴切。"

老人看了一眼玄奘，说："人在俗世更易误于色之一道，初尝甜蜜，渐而平淡，过度纵欲则成苦涩。因此老朽称它为——苦色果。"

玄奘听言一躬及地，"老人家实乃智者！"

冯丽琴点评：

　　闪小说《苦色果》蕴含哲理，故事性强，带有深刻的思想。作者借唐僧西天取经路上欲摘路旁果的故事，展开丰富的想象空间，构思出奇特的故事情节，内涵丰富。饥饿口渴的唐僧三次尝鲜果的不同感觉和反应，暗指人的贪欲心，品尝果味不同，说明欲望之大，越陷越深。"果子都是一样甜，只不过初尝甘甜，再尝味淡，三尝苦极。此即不能随便吃的原因"，这句话似乎揭示本质，且又留下回。"人言苦尽而甘来，又何尝不是甘尽而苦至，我看这果子莫不如叫苦涩果，更为贴切"，这是领会文章主题和精神实质的关键所在，其道理不言而喻。告诉读者朋友们，人的贪欲心不能无止尽啊！欲望愈大，到头来果愈苦。人们只有放下对声色名利的追求，才能自在随缘，活得轻松洒脱。

爱 人

文／麻 坚

雨生是文州地下党负责人，在一次送情报途中被文州特务头子吴雄抓住了。这是一条大鱼！如果把它肚子里面的东西都掏出来，那我！想到这里，吴雄得意地哼起了京剧。

但任凭吴雄用尽了种种酷刑，雨生就是不开口，没办法，吴雄决定枪决雨生，对于地下党，吴雄向来不心慈手软。具体由谁来执行呢？吴雄想到了一个美丽的女人，他手下的文员，也就是雨生的爱人张戌梅。自从雨生被捕后，他一直怀疑张戌梅也是地下党。

行刑那天，天空阴沉沉的，几只乌鸦，在树尖上鸣叫着来回盘旋。雨生被五花大绑着，站在五米开外，背对着她。张戌梅拿枪的手在轻微颤抖。

"转过身来！"吴雄命令道。雨生被人押着转了过来，面对张戌梅。看见张戌梅，雨生吃了一惊，面部肌肉微微抖了一下。

"好！"吴雄说道，"我现在开始数数，数到三你就开枪！"

"一。"

张戌梅看见雨生的面部开始苍白起来。

"二。"

雨生的眼睛露出了恐惧。

"三。"

雨生的嘴巴微微张开了，没等吴雄的尾音落地，张戌梅就扣动了扳机。硝烟弥漫处，雨生的胸前开了一朵火红的花。受惊的乌鸦怪叫着飞上了天空。

多年后，有人问张戌梅："面对雨生，你怎么就下得了手？""如果我不开枪！"张戌梅哭着说，"就会有更多的人死在吴雄的枪下！"

"为什么？"

"因为我看见了恐惧！"

其实张戌梅不知道，那天，她的背后也有一支乌黑的枪口，她没有看见，而雨生看见了。

吴宏鹏点评：

　　现场描写逼真，在简短的几个字眼中成功地营造出了一个紧张的氛围，情节在环环相扣中，不断地以出人意料的方式推进。结尾的"因为我看见了恐惧！"原来是个误会：雨生本是因为看见她的背后那支乌黑的枪口而面露恐惧之色（他在担忧张戍梅如果下不了手，就会陪着他一起丧命）；而张戍梅却以为雨生是因为想到更多更远的事情而恐惧。这个误会制造得非常巧妙而恰当，增加了小说的戏剧性，也令小说余音绕梁，三日不绝。这是一篇比较有厚重感的闪小说佳作。

抽屉男孩

文／秦　俑

好多人，好多事，都只能放进抽屉里，成为秘密。

年轻的时候，抽屉男孩喜欢过一个人。

是那种透心透骨的喜欢。偏偏是一个不该喜欢的人，只能写进日记里。一页又一页，一个夜晚又一个夜晚。

日记本是有锁的，还不放心，再锁进抽屉里。

年轻时候的喜欢，总是脚步匆匆，一晃过去好多年，抽屉男孩遇到了一个喜欢他的人，两个人走到了一起。

都要谈婚论嫁了，抽屉男孩又想起那个藏在抽屉里的人。只是岁月模糊了容颜，抽屉锁都生锈了，钥匙也不知道藏在哪里。

最后，将锁扭断才打开抽屉，上锁的日记本还在。

翻开来，墨迹全无，只剩下一页页有些泛黄的淡淡的回忆。

程思良点评：

当你在人生中的某个时刻蓦然回首时，就会不无惆怅地发现：一些曾经熟悉的身影已渐行渐远，一些曾经浓烈的情感已越来越淡。秦俑的这篇闪小说，并不追求情节的新奇，而是讲究意味的隽永。读此文，如品清茗，淡而有味。

芙蓉山主人的等待

文/飘　尘

阳光真好。他一遍遍地把阳光将进精选出来的苞谷、高粱、红苕中，直至无可挑剔，才将它们细心地铲进酿酒的锅里。这还不算完，他又去山上的古树下捡来比岁月更老的枯枝，让噼噼啪啪唱着歌的火苗助长氤氲的香气。

一片蒸腾的白雾中，他仿佛看到，那个雪夜，那个瘦瘦的诗人，瘦脸上布满红润，一边与他谈着农事，一边信笔写下瘦劲的诗歌——日暮苍山远，天寒白屋贫；柴门闻犬吠，风雪夜归人。

他不懂诗，诗人也不解释，但诗人口中补充的一句"倘有酒，就更美了，我明年会再来"，却被他记在了心里。

想到这，他就笑了，然后用分不清皱纹脉络的枯手，一小竹筒一小竹筒地接流淌出来的酒，再倒进坛子里。他又取出红绸布，仔仔细细地蒙住坛口，再用红泥把坛口整个儿封了一圈。然后，架着梯子，把酒坛小心翼翼地请进装红苕的地窖里。做完这一切，他愉快地打量着耀眼的阳光，盘算着那一场铺天盖地的大雪。

冬天到了，大雪如约而至。每到夜晚，他都睡得很浅，期待狗冲着雪夜中的柴门吠起来。

一年又一年的等待，一辈又一辈的守约，等老了岁月，空约了大雪。年年如是精心酿造的酒，终究没能酿成当年的那首诗。当年那遗憾没酒的诗人，没有再来。

而他的一个曾孙，在这份辈辈相传的诗意等待中，等成了一个诗人。

杨轻抒点评：

《芙蓉山主人的等待》很诗意，写一个不懂诗的人酿下美酒等一个说好还要来却再也没有来过的诗人，在祖辈的等待中，曾孙等成了诗人。作者的写作真是游刃有余，写这种诗意的东西，居然也可以写得不动声色。另外，一个老农民的曾孙等诗人结果把自己等成了诗人，还暗含了几分幽默的调侃味——什么是诗？什么是诗人？竖着排的口号就是诗吗？端着架子的就是诗人吗？恐怕最朴实最接地气的事物才是诗，最朴实、最接地气、心存美好的人才是诗人。

在水中

文／红　墨

你已经救上两个游人，被救者一定会记住你的体貌特征，再说还有村民做证，这让你放心。

只怪自己当初一步昏着满盘皆输，尽管你千叮咛万吩咐老板把好桥梁的每一道质量关，但从此这颗心一直悬着。

几年前，造桥老板车祸身亡，仿佛自己身上卸下了一颗定时炸弹；可你依然心悬着，抽闲就到"造福桥"转转，还不定期地请来专家、工程队给桥梁做安检和修缮。

这些年来，你率领村民挖掘地域资源，搞起明清建筑一条街、采摘养殖一条龙、特色小吃、地方戏、民宿……旅游业红红火火。而这一切的前提就是因为你当初筹措资金、四方化缘，人都瘦了一圈，架起了这座"造福桥"，让山旮旯里的穷村联通外面精彩的世界。村民们对你感恩戴德，誉你为村里的"造福星"。有几户村民在家里竟然不敬财神，而敬你。你似乎听到导火索嘶嘶燃烧的声音，急忙阻止村民：我还没成仙哩，敬不得。

如果当初没有……你的后半生是多么幸福啊！可是命运没有"如果"。你常常做噩梦，梦里的"造福桥"猝然坍塌，要么就是造桥老板向你阴损地笑，每每惊得你一身冷汗。

这天，你正在家里吃饭，忽闻远处传来一声轰天巨响，你手里的饭碗掉落地上，碎裂。果然，"造福桥"猝然坍塌，在一个青天白日里。

你一个猛子跃入河中……你不能上岸，你无法回头是岸，虽然你曾是全镇游泳比赛的冠军。这是你多年来深思熟虑的唯一抉择，桥亡你也亡。

上岸，是囚犯；在水里，是烈士。

你再次潜入水中……

顾建新点评：

小说写了两极，却集中在一个人的身上：一个是为了造福大家，一个是造了害人的桥；一个是跳水救人，一个是罪魁祸首。小说非常巧妙地把矛盾的两极集中在一个人的身上，写出了人性的复杂，社会的复杂，这种方法很好：新鲜。小说用第二人称的手法写，也有一定的难度。

一匹马的理想

文 / 王立红

暗夜里，你飞驰而来，嗒嗒的脚步声震动耳膜。

月光如银，你红色的毛发闪闪发亮。

没人知道你从哪里来，但看得出你不是一匹普通的马。

战鼓轰响，杀声震天。你驮着太宗李世民冲锋陷阵，危急时刻，腾空跃起，冲出包围，虽身中数箭，鲜血淋漓，却神武英勇，威风不减。

太宗想留住你，给你住最好的房，吃最好的草料，可这都留不住你。

你是一匹自由的马，奔跑就是你的使命。

你挣脱了缰绳，继续奔跑。

山青翠，水甘甜，随时可找到大片的草场。你饮着甘露，吃着嫩草，不时地打几个响鼻。

那天，你来到了江边。见一人衣衫褴褛，在江边痛哭。你睁开眼，知道他就是康王赵构。看后面金兵将至，你急忙打了响鼻，让康王骑上。

你驮着康王，跃入湍流滚滚的大江，后面的金兵只能望江兴叹。

来到崔府君庙，你化身为泥马，披着一身湿漉漉的江水。

你知道，康王和太宗一样，想留住你，可你只想要自由，所以化身泥马，是你最好的选择。

看着康王远去的背影，你兴奋地打了个响鼻。

你一路奔跑，不知道已过去了多少年。

你突然发现，没有了烽火狼烟，没有了成群的战车，没有了金戈刀枪。

玉米、高粱、黄豆遍地都是，惹得你直流口水；房屋越来越高，直插入云霄。

人们的生活自由，安逸，这不正是你追寻的吗？

你打了个响鼻，倏地降落云端。

周海亮点评：

何谓战马？战马不仅要赢得战争，更要赢得和平。一匹马不需要缰绳，只为保全主人。而当和平和自由真正到来，战马降落云端，从此不愿为神。马的理想，其实就是人类的理想。几次"响鼻"，便是几处转折。从古至今，从战争至和平，战马嗒嗒而至。此文极妙。

薪火相传

文 /（泰国）莫凡

"爸，可告诉我了吗？"

"告诉啥呀？"

"爸不懂中文，却一直叫我买中文报，我问爸时爸说十年后再告诉我，爸给忘了？！"

"哦，有这回事么？爸是记不起来了。"

"哎！说来话长呀，孩子。"

"你知道不？爷爷在生时跟对面那个卖报刊的是好朋友，但后来不知何故两人闹翻了，爷爷就不跟他来往，不跟他买中文报了。"

"那爸还要跟他买干吗？"

"你懂个屁，爸买报纸，一是放下个人恩怨，二是弘扬中华文化。"

老吴叹了一口气，语重心长地说：

"孩子啊，个人恩怨可以放一边，但中华文化不可以呀！你想想，假如没人跟他买报纸，那以后他还弄来卖吗？中文还会在泰国得到推广吗？"

"爸以前没机会读中文，很可惜，你现在条件好了，切莫错过。学以致用，'君子莫大乎与人为善'，明白不？"儿子点了点头。

数年后，老吴去世了，他的孩子继续买他的中文报纸，从不间断……

（泰国）司马攻点评：

从"无可奈何花落去"到"守得云开见月明"，对中华文化的薪传，作者寄予厚望，用心良苦。

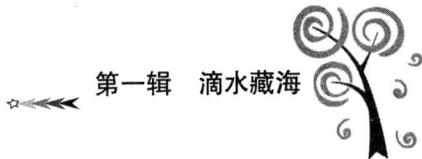

痛

文 /（新加坡）学枫

上个月，病了，到楼下新开的诊所去。原来，诊所医生是阿茂，阿茂是我儿时邻居。

当年，有一次，他在我家玩，玩我唯有的宝贝咸蛋超人，把脚给扭断了。我号啕，嘶喊要他赔；他，拔腿，从此无踪影。

结果医生量、听、看，加上寒暄，还配了一大堆药。

我把药吃得精光，还是很不舒服，再回去。

阿茂说："你怎么了？没有烧，没有咳，肺清，血压正常。"

"阿茂，我还是很痛。"

"哪里痛？"

"幼小的心灵还在痛，咸蛋超人断脚的痛。"

（新加坡）蔡志礼点评：

这则小说让我想起了中学时代课本里鲁迅的《风筝》，同样是以孩提时心爱的玩具被损坏，造成心灵上永远的创伤为题材。但《风筝》中的施暴者是"我"，受害者是体弱多病的小兄弟；而《痛》的施暴者是儿时玩伴，今日在楼下开设诊所的医生，受害者是"我"。因为有了身份的对调，这两篇作品就有了人物角度与心理变化的比较。医生的神圣任务是治病，为病人减轻痛楚，谁料"我"的痛竟然是源自医生的童年。虽说心病还需心药医，但有些创伤是心头永远的痛，恐怕一辈子也医不好的。

船长的日记

文 / 黄超鹏

海王号与冰山碰撞沉没，人们在残骸中打捞到船长的日记。

摘录如下：

星期一，新来的水手说听到右侧的马达发出异常的声响，建议我停船检查。可笑，乳臭未干的小子竟敢教我如何做事。我把他训斥了一顿。

星期二，电台里的气象学家说今年的寒流比以往来得都要早，北大西洋上的船舶航行将受到严重威胁。我不信我几十年的经验比不上那帮闭门造车的书呆子，船将按原航线推进。

星期三，大副跟我讲，船上瞭望员视力不大好，难以胜任。我当然知道，那家伙是我小舅子。其实瞭望员的职位轻松简单，盲人去做也没问题的。

星期四，有个水手在船舱散布冰山谣言，鼓动乘客，威胁我改道航行。我一怒之下，将他关押在货舱尾部那间发臭的榴梿房里。

星期五，昨天的事件后，船员和旅客们都安分守己，风平浪静的日子真是舒服……

不久，纽约日报载：沉船原因查明，在与冰山碰撞的过程中，船在高速航行下进行，右侧的马达突然失灵，导致船体无法紧急转弯，船底划下长长的一道裂缝，船舱进水沉没。船上人员无一幸免。

谢振点评：

这篇小说与马克·吐温的名作《丈夫支出账单中的一页》有异曲同工之妙，胜在陌生化的形式上面。小说采用日记体的形式，淋漓尽致地展现船长的自以为是、任人唯亲、一意孤行等毛病。船长的丰富内心因为日记的形式，得到畅通无阻的表白。小说中的陪衬人物虽多，但是在日记体中却可以无需铺垫，信手拈来就为主人公做陪衬。"删繁就简三秋树，领异标新二月花"，对于闪小说文体来说，更应如此。

捕鱼老人

文 / 廖东平

他是个独自在湾流中一条小船上钓鱼的老人，至今已去了84天，一条鱼也没逮住。乌篷船在河上，像一片飘落在水面的残叶，随着水流的波动，晃荡。

宽阔的河面如今越来越窄，露出了嶙峋的石头，石缝上积满尘埃的芦苇，随风扬下的白絮成了灰色，散落在河边的卵石和野草上。

老人紧盯着河面，他用勺子在船舷边上划了几下，泡沫散开，舀上了一瓢紫色的水，他喝了一口，眉头紧凑，把水吐了出来，他抬头望向远处，几根耸立的烟囱正冒着浓浓的黑烟如天空垂下的一条条辫子。

捕鱼人现已剩下他了，流淌的河水，如流淌的岁月，那年，乌篷船像月亮，在乌云中摇晃着前行，狂风暴雨中水浪将小船托起摔下，老人紧撑竹竿，双脚脚掌岔开紧紧贴着船板。暴风雨中，鱼都聚在深水区。他挥开双臂，张开的网像烟花在空中璀璨开来，一网下去，拉上来的鱼银光闪闪。他笑了，脸上的皱纹愈加深刻。

老人收起网和鱼竿，用发紫的竹竿把船往上游撑去。老人望向岸边破旧的祠，牌匾上有"鸢飞鱼跃"四个遒劲的大字。当年一位文学家因关中旱饥上疏请免赋税被贬，路过此地书写的。

他眼光一亮，把跟随一生的鱼镖往浑浊的河面一扫，如刀般寒光四射，接着往船头一插，镖指雾霾的天空，如剑般四射寒光。

老人把小船向省城的方向划去。

憨憨老叟点评：

曾经鸢飞鱼跃的地方，物产丰盛，可想而知。时间过去千百年，到如今留下的，竟是河无水，水黑臭，无鱼无虾！老人的感触，也是读者的感受。我注意到了多个细节，"舀一瓢紫色的水，发紫的竹竿"，这两点，足以佐证水之污臭。向省城划去……干什么呢？留下的空间，尽可以想象。另，如诗般的语言，浸透着作者的才华与情怀！

你来或者不来

文 / 谢林涛

看一眼门前的花轿，再看一眼门前的花轿。她的眼睛湿润了。悄悄地退回屋里，小心地打开后门。

轻轻地躲开喧嚣的人群。

顺哥的家，沿着屋后蜿蜒的小路，拐两个弯就到了。

"长大了我要嫁给你！"说这话时，她才八岁。

一群小屁孩，在村子中央的池塘里玩水，掷瓦片打水漂。她太投入，离塘沿又太近。起势过猛，瓦片飞快地脱手之时，自己也"哎呀"一声，一头栽了下去。池塘的水很深。顺哥来不及细想，跟着跳下去，用力把她推回岸边。

顺哥自己是随后赶来的大人捞上来的。气息奄奄，耳朵里流着血水，肚子胀得像气球。老黄叔牵过来一头大牯牛，把顺哥面朝下横在牛背上。一股浊水哗啦哗啦从顺哥的口里流出来后，顺哥总算迈过了鬼门关。

后来的一天，她悄悄踮起脚尖，伏在顺哥耳边，说长大后一定嫁给他。她记得她说过这话后顺哥痴呆的眼神。她记得她抓起顺哥的左手在他的手掌上划拉的情景。她记得顺哥摇头又点头，点头又摇头的坚定。她记得顺哥明亮的眸子里滚出晶莹的泪水。她记得自己突然呜呜哇哇哭得多伤心。她记得顺哥后来掀起衣角把她脸上的泪痕拭尽……

顺哥家低矮的房屋，木板门上挂着小铁锁。她的双手固执地轮流敲着，咚咚咚，笃笃笃……

其实，她敲门，或者不敲门，都一样。自从那次落水，顺哥的耳朵就聋了。

但顺哥的眼睛，依然明亮。

杨晓敏点评：

"知恩图报"是民族文化中的重要传统，也是文学长廊里一个长兴不衰的古老命题。因此造就过无数的佳话，也导致过一些大大小小的个人悲剧。时代发展到今天，"以身相许"的报恩方式已经开始被重新思索。这之间的关键在于判断一个人

的最大价值，究竟是在于生命还是自由。如果是前者，不以身相许确实将"无以为报"；如果是后者，那么强硬的拉郎配反而抵消了先前的恩情。《你来或者不来》这一篇，文中施恩人对受恩人的谅解和并不挟恩索取，这等于是第二次的成全，让受恩之人卸下了道德上的包袱，再获新生。作品形体貌似狭小，然而主题指向却有时代意义，引人深思。农村题材的作品，对广大小小说作者来说，易写难工，如何把一个平凡的素材写出新意，是对作者的考验。

不一样的握手

文/张以进

　　杰克和杰森是一对双胞胎兄弟，出生在山区。由于家境贫寒，父母把杰森送给了城里一位亲戚收养，两家人经常来往，父母渐渐发现，杰森胆大泼辣，而杰克却生性内向。好在两人都顺利地考上了同一所大学的教育专业。

　　一天，杰森陪杰克去医院看病，途经一个花园时，杰克突然发现一个熟悉的面孔，他说："快看，是帕桑总理。"杰森不相信，可仔细一看，果然是帕桑总理。

　　正在这时，帕桑总理向兄弟俩这边走过来，他们紧张得不知所措。总理走到杰克面前，看了看杰克胸前的校徽说："是大学生啊。"杰克傻傻地看着总理，一句话也说不出来。杰森却走向前伸出手说："总理，您好。"帕桑总理拉着杰森的手说："你们要多学知识，将来都是国家的栋梁之材啊。"

　　第二天，多家报纸刊登了帕桑总理和杰森握手的大幅照片，许多媒体也派记者对杰森进行采访。一时间，杰森成了名人，学校把那张照片作为珍贵史料保存到档案馆里。

　　借助名气，杰森大学一毕业就找到工作，并与一位富商的女儿结婚，进了名门豪宅；杰克却被分配到山区一所学校，当了一名老师。

　　十几年过去了，杰克由于钻研教学，获得教育突出贡献奖。在全国教育表彰大会上，他大步走到帕桑总理面前，同总理握手。他就读过的大学也视他为骄傲，在校园里为他塑造了一尊雕像。

　　很多年以后，一位历史学家在整理档案时，偶然翻到了帕桑总理与杰森的那张合影，他凝视了片刻，很快又翻开新的一页；而在杰克的那尊雕像前，他却矗立了很久很久……

周国华点评：

　　相隔数十年，与帕桑总理的一次握手，一对性格迥异的双胞胎兄弟演绎了不同的人生。杰森与总理的握手是"因"，造就了他一帆风顺的"果"，带有一定的偶然性。杰克与总理的握手则是"果"，其"因"是自己的不懈努力，包含着必然性。世界是公平的，杰森的照片珍藏在学校档案室里，而杰克被学校塑成雕像供人纪念，其结果，高低立判。《不一样的握手》告诉我们，失去一次机会并不可怕，要紧的是要继续拼搏，只有不懈努力，才能收获精彩人生。

换　心

文／周国华

李娟胸前就像压了座山一般难受。见护士白云进来，李娟吃力地喊着：你们就忍心看着我等死？你们的心是石头做的吗？

李娟是心脏衰竭症患者，正等着做心脏移植手术。可供体紧张，好多人都排着队等，白云只好安慰她：阿姨，别着急，您要放松点，不然对病情不利。

放松？我放松得了吗？你们……

白云说：我们正在想办法，我相信，很快就会找到的。

白云说这话后没几天，供体果然找到了。手术进行得很顺利。

李娟几天不见白云，就问别的护士。护士说，白云去很远的地方旅游去了。李娟有点过意不去，前段时间自己心情不好，总爱无端乱发脾气，每次都是白云耐心地陪在身边开解。出院时，李娟请护士向白云转达谢意，护士背过身去，点了点头。

不久，李娟痊愈了。她甚至觉得，自己一下子年轻了许多。李娟感到很幸运，听护士说，她换的是一颗最好的心脏。只是有一点她搞不明白，每次路过医院，她的心跳都会不由自主地加速。

或许是在医院里还有啥未了的事吧？对！得去一趟，看看白云那小姑娘，为了自己，她受了不少委屈！

说来也怪，到了医院后，李娟的心跳反而正常了。而且，这个向来令她厌烦的地方，竟突然间让她产生了一种莫名的亲切感。

不见了白云的照片，也没见到她本人，于是她径自去了原来住过的病房。病房里，病人们正在聊天：知道吗，几个月前，这里有位护士出车祸去世了，临终前，她要求把心脏移植给自己的一个病人……

这以后，李娟经常来当义务护工。在这里，那颗心脏才会跳得格外欢畅。

刘海涛点评：

微小说作者们，在借鉴、使用的微小说的模型、方法，创造微小说的传奇故事时，要特别注意把握艺术的度，即微小说传奇故事的艺术辩证法。周国华的《换心》中有一个传奇故事：心脏衰竭病人李娟与护理她的护士白云发生了冲突；到结尾，李娟治好了病，换的心是车祸中死去的白云。这个传奇故事由非常态情节构成，加强了作品的吸引力。

化　蝶

文 / 徐剑农

蝶儿在房间里巡查一番后，发现门已从外面反锁了，窗户也关得死死的。她仔细地寻找，终于发现装空调外机管的眼子，多余的空洞还未堵上，她惊喜异常，翅膀一收没费多大劲就从那里钻出来了。

外面的阳光多么明媚。她轻盈地飞到一株山茶花枝梢上，在上面悬停、翩飞、跳跃，摆弄各种造型。游人投来赞许的目光，一打扮得像花蝴蝶的小女孩突然惊叫道："哇！这蝴蝶好美哟！爸快拿网子来，把它捉回去关在笼子里，我好天天看！"

父亲极表赞成："好！这样既可以娱乐又不耽误学习！"

蝶儿吓得掉头就跑，父女俩紧追不舍，直累得她气喘吁吁。来至一个湖边，蝶儿情急智生，奋力向湖上飞去，这下他们就只能望湖兴叹了。

这是一个幽美的所在。鸟语花香，春风和煦。蝶儿与同伴们或飞翔，或驻足，或嬉戏，快乐极了！突然她觉得背上被谁狠狠地拍了两下，一激灵醒了！母亲怒容满面地站在面前："我怕你出去乱跑，才把门锁了。你倒好，索性趴在桌子上睡大觉！我给你讲过多少回了，决不能输在人生的起跑线上！"母亲说着已是含着泪花了。

蝶儿甚是不解：为什么非得争个你输我赢，能跑多快就跑多快不行吗？

"赶快把作业做完！还有半个钟头就得去培训班了！"母亲命令道，随后又温和地哄劝蝶儿："只要下次考进前三，你想买什么就给你买什么！"

蝶儿鼻子一"哼"，头一偏道："我什么都不想要！"

"乖，听话啊！"母亲轻轻带上门出去了。

蝶儿环视一眼囚笼般的房子，心里想道：要是就在梦里不醒来，那该多好哇！

陈万珍点评：

不让孩子输在起跑线上，多华丽的说辞呀！殊不知，这句不知是谁的首发之言摧毁了多少孩子的童年，占据了孩子多少快乐时光，令一个个家长折服在这句名言之下，将平时省吃俭用的金钱毫不犹豫地花在各种辅导班上，让孩子奔走在没有尽头的不情愿上。文中的蝶儿在繁重的课业负担下幻想自己真是一只蝶儿，自由飞翔

在明媚的阳光下，那是属于它的自由和阳光。不料被妈妈一巴掌惊醒美梦，原来自己还是那只被家长"特别关注"的不能破茧的蝶儿！文章给了我们多少思考，给了我们多少呐喊，这是孩子的心声哪！还他们一点自由和假期的好时光，让孩子们的天性得以发挥，做一只能够真正破茧的蝶儿！

布鲁托

文 / 车厘子

布鲁托缓缓消失在草原尽头，头也不回。

若兰瘫坐在草地上揉着肿痛的脚踝，任伤心的泪水流淌。

"嘻！没什么好哭的。"若兰擦着眼泪。来这片草原的目的，不就是为了离弃吗？现在，为什么会有被抛弃的感觉？

若兰从这里带走布鲁托的时候，布鲁托才一个月大。呆萌无助的神情，让崇尚自由自在的若兰静下心来，停止流浪的脚步，学习做个好妈妈。

布鲁托渐渐长大，完全不适合在城市生活。若兰于是带布鲁托重回故土。

对草原，布鲁托显然是有记忆的。步伐与呼吸瞬间充满了野性。

若兰想，也许某个时刻，布鲁托会突然离她而去，去到草原深处那个神秘的世界。可是，这一刻真的发生，却如此不合时宜，竟是在若兰扭伤后最无助的时刻。

"哼，狼心狗肺，真是一点不假。"若兰自嘲着。看手机还是没有一点信号。

斜阳下秋天的草原，色彩艳丽，齐腰高的莽草在风中翻腾。眼看天快要黑下来。衣着单薄的若兰感觉到了恐惧。

远处有两个白点，慢慢向她靠近。

那是若兰一手养大的小狼崽布鲁托。它用嘴叼着根缰绳，缰绳上系着一匹马。

周波点评：

《布鲁托》是一篇闪小说，如此简短的语言里却蕴藏着丰富的内涵。这内涵不只是讲了一个人与狼温暖的故事，也不只是某种特殊情感的交融，更不是只是付出就有回报这样的简单逻辑。它更多地想告诉读者，每个生命从它诞生的那天起，就带着原始的本性，带着自由、带着飞翔，走向远方与属于每个生命的诗与歌。

邻　居

文／陈志江

我家住五楼，隔壁是锐叔和锐婶两夫妇，退休在家，痴迷粤曲，经常自娱自乐。声音往往高亢，虽然是隔着一面厚厚的墙，我也经常觉得不堪其扰。

妻子是个性情温和的人，说："锐叔他们两个女儿都嫁出去了，家里就两个老人，怪冷清的，爱哼两句粤曲就让他们哼呗。"

年初的时候，我家小装修。第一天动工，就接到了物管处的电话，说是接到住户投诉，说我家装修动静太大，影响别人休息。还有，楼梯上撒落的余泥沙子也没有及时清理，影响住户出入。

我一听就有些气了，谁家装修没有这些情况呢？真是没事找事。在我旁敲侧击之下，我知道了投诉我的人就是隔壁的锐叔。

一个多月后，房子装修好，我们也搬回去住了，再跟锐叔碰面，我都是仰着脸侧身而过，把他当成了空气。

一天中午，我在睡午觉，忽然被一阵急促的敲门声给吵醒了。打开门一看，原来是隔壁的锐婶在猛力地拍打着她自己家的房门，神色焦急而又慌乱。看见我出来，她焦急地说："老头子在家，咋敲都不开门，可能心脏病又发作了，俺刚出去了一下，没带钥匙，真是急死人了。"

我主动帮她报了警。

没多久，来了两个警察，勘察了一会情况，发现我家阳台跟锐叔的阳台之间相隔距离很近，并且都没有装防盗网。于是警察找来一条结实的绳子绑在腰间，我和另一个警察拽住一端，那警察慢慢爬到了锐叔的阳台，顺利打开了后门。

锐叔果真是心脏病突然发作，幸亏送院及时，才逃过了一劫。

出院后不久，锐叔家的阳台装上了防盗网。

白玉兰点评：

远亲不如近邻，近邻不如对门。小说《邻居》描写了"我"和隔壁锐叔和锐婶之间发生的故事。锐叔和锐婶学唱粤曲，让"我"不堪其扰。妻子对此事的宽容大度让"我"也心中释然。"我"装修房子却招来了锐叔的投诉，"我"和锐叔锐婶的关系跌入了冰点。锐叔心脏病突发，"我"帮忙报警，锐叔得救了。但是不久锐叔家的阳台装上了防盗网。没事的提防和有事的帮忙让我们看到了现代城市邻里关系的忐忑状态。

春天里

文/冯丽琴

春天里，一对老夫妇经常来附近的公园散步。

一天，夫妇俩各自戴副墨镜，互相搀扶着，拄着拐杖，边走边谈论着又来到了公园。公园游人很多，谁都不曾注意到这对夫妇。

时近中午，夫妇俩坐在一张长椅上闭目养神，不再言语，各自都沉浸在幸福之中。这是他们多年来的习惯，晒太阳，听鸟语闻花香，感受大自然恩赐的独特方式。

一位西装革履的年轻人，左手挎着一个文明包，右手提着一个大皮箱，也来到长椅上，紧挨这对夫妇坐下，随后从兜里掏出一本书来阅读。过了一会儿，忽然手机响了。年轻人接完电话，就提着皮箱匆匆离去，把文明包丢在长椅上。

后来，不时有游人困了在长椅上坐下休息，"文明包"安然无恙地放在这对夫妇的身边。

夫妇俩时而默契地谈着话，时而很友好地笑着。似乎透过镜片，能窥探到对方的内心世界。

午后的阳光更灼人，这对老年夫妇舒适地斜倚在长椅上，温暖而幸福地享受着生活。

只见西服革履的年轻人，满头大汗地跑来了。他一眼看到椅子上的文明包好端端的，顿时脸上的焦虑一扫而空，惊喜溢满脸上。他急忙拿起揣在怀里，像生怕再丢掉似的，因为包里放有10万元人民币和身份证等证件。他把目光移向椅子上的两位老人，感激地说："谢谢你们！替我照看提包！"

这对老年夫妇听着年轻人的话，感到莫名其妙。

年轻人急忙解释原因，这对老年夫妇才知道：他们坐在这里无意中做了一件好事。年轻人从谈话中，才知道原来他们是一对盲人夫妇，根本看不到他的文明包。

程思良点评：

闪小说讲究构思的精巧。因篇幅极短小，作者若不在构思上下一番功夫，往往难以吸引读者的兴趣。本文写一对盲人夫妇闲暇散步，无意中帮了年轻人的忙而致谢。作品构思十分巧妙，布阵设疑，层层推进，最后一闪，抖开包袱，出人意料，又在情理之中。

化　蝶

文 / 马晓红

他睁开眼，抬起头。

光秃秃的小山坡，布满了大大小小的坑。死灰的焦土上，新鲜的土堆露着黄色，几个树桩冒着黑烟。

在打仗！我在战场上！他头痛欲裂，想不起自己是谁，想不起自己在哪里，想不起为什么打仗。

他低头看看，两条腿都炸没了。但他并不感觉痛，只觉得屁股下面空空的挺奇怪。

手还在。他撑着泥浆，半靠在土堆上。四周一个人都没有，只有几片树叶或衣襟在雨雾中飘飞，像迷路的蝴蝶。

他就这样等着。一个人都没有。没有战友，也没有敌人，连一只鸟也没有。

天总是灰蒙蒙的。没有太阳，没有月亮，也没有星星。他不知道现在是什么时候。

他耳朵嗡嗡直响。听不到号声，听不到炮声，也听不到战友的呻吟声。

他的心脏突然一阵抽搐。彻骨的疼痛中，似乎有蛙鸣，有稻香，有锣鼓的声音，有人隔着山梁喊他回家吃饭，有人在他耳边喃喃细语……

他紧紧按住心脏。衣兜里似乎有东西！

那是一张白色的信纸。他摸索着展开，花了很长时间，才看清第一行的三个字——亲爱的。

他正想继续往下看，突然觉得周围的空气似乎冻住了。

没有听到声音，也看不到什么，远处水坑里好像有几个灰色的影子在蠕动。

他扬起手，擦擦眼睛。再睁眼的瞬间，他看见一道耀眼的白光。

在白光中，他飞上了天空。他看到了整个小山包，看到了远处的群山和河流，看到了河边的城市，还有绿油油的麦田。

手中白色的信纸，化为一只硕大的蝴蝶，驮着他，飞过群山，飞过河流，飞过城市，悬浮在麦田上空……

程思良点评：

　　马晓红的闪小说《化蝶》生动地描写了战场上一位身负重伤的战士牺牲前的情景。小说角度新颖，想象新奇，虚实结合，构思巧妙。结尾写爱人的信幻化为一只硕大蝴蝶，飞过群山，飞过河流，飞过城市，悬浮在麦田上空。这种浪漫主义的手法，极具艺术张力，意味隽永。

化 蝶

文 / 余清平

刚回国，他就来到凤村。他已经有两年没来过凤村。那时，英子在的时候，他一年来几次。

他有些"恨"英子说话不算数。什么白头偕老、海枯石烂都是骗人的。

英子，你为什么说话不算数呀？

他是读大学时认识英子的。那时，英子穿一件红色连衣裙，如同大山里熟透的山里红。一个周末，他找个借口与英子亲近。其实，他的司马昭之心，英子心知肚明。英子就喊他司马。他说，我不是司马。英子又说，那你是啥？他想了想，坏笑着答，是那个采摘山里红的人，叫……英子脸倏地红了。英子用手指在他额头点了一下说，叫你使坏。

顿时，他装模作样地闭眼咂嘴品味。英子，你在我额头烙了金印，这是老天爷将我发配给山里红了。

英子家贫，考上大学却交不起各项费用，就接受了别人的赞助，条件是毕业后支教五年。英子央求他一起去。他怔了半晌，拒绝了。就这样，英子独自去了边远、偏僻的山旮旯凤村支教。

此后，他与英子是"东飞伯劳西飞燕；黄姑织女时相见"。两个人饱受了相思之苦，如此过了一年，他就决定也来凤村支教，但英子此时却决然地与他分手。因为，他要放弃学院保送他出国深造两年的机会。英子立马啥也不说，与他决绝地断了来往，九头牛也拉不回。

凤村，天没下雨。他趴在英子的坟头，泣不成声。

英子是在家访途中遭遇泥石流的。被人挖出时，已经奄奄一息。弥留之际，英子留下遗嘱，将眼角膜捐给学校那个眼盲的学生。

夕阳如血，他才点燃冥币，风一吹，泪眼中，冥币如蝴蝶在翩翩起舞……

尹翔学点评：

两个青年人于大学校园相遇，相互间激起爱情的浪花，然世事多变。作品为折

叠式斜升情节，层层剥笋般展现了摆脱横流物欲的美好人性：爱情与事业，责任与担当，友谊长存。她是交不起学费的寒门学子，为成就男友出国深造而忍痛割爱，依约支教山区却意外身亡，弥留之际捐献了眼角膜，作品展现出无限悲悯情怀和大爱无言。红色连衣裙和山里红的喜庆色彩，冥币化蝶使怀念升华，一切恰好地衬托出了大爱所产生的深沉巨大的共鸣和心灵震撼。

偏 方

文 / 寇建斌

提起汪先生，方圆数十里，无人不知，无人不晓。汪先生人好，医术也好。整天细声细语，不急不躁，一副菩萨相。随叫随到，风雨无阻，深夜不辞。断症精准，药到病除，被视为一方神圣。至于诊费多少，茶饭如何，从不计较。对贫困人家，犹擅用偏方，常常仨俩钱就能了事。尤其对病入膏肓之人，往往只用偏方。偏方离奇，极难寻。比如，一母双生龙凤水，并蒂经霜牡丹花，冬生米虫和清露，春出蝉蛹桃汁杀，非历尽千辛万苦不能得。有时，即便历尽千辛万苦也不能得。但逝者安然，其家人也坦然。

其徒不解。那些难寻之物，虽千奇百怪，若论药性，却无从谈起。也与君臣佐使辨证论治不相关联。譬如，一母双生龙凤水，即龙凤胎孩子的尿。牡丹花开初春，怎会经霜？冬天不会滋生米虫，更何谈清露。蝉蛹春天不会出来，此时桃花始开，焉有桃子？这些偏方，药性遑论，也缪于常理。每问先生，先生只笑不答。及至先生病卧在床，诸药不济之时，百般问询偏方，要效仿他人历尽艰难而寻药时，先生淡然一笑，说：不必，不必，这些偏方对为师不灵验。为师为人出此偏方，无非是让病家家人尽些心意，也让病人留些念想，延宕些时日罢了。

其徒恍然，无声落泪。

冷清秋点评：

所谓"医者仁心"，一位好的医生不只要是丹青圣手，更是要洞明事理人心。毕竟头疼脑热乃世间小事，生死才是人伦大礼。只不过是因为爱，心中总摆脱不了那一方执念，以至于有时候心病反而大于身病。汪先生医术高明，更明了世俗人心。所以那些凡是需要偏方医治者，其实最缺的药引反而是"希望"二字。汪先生以这二字借用偏方的名义入药，幸运者徒生信念后竟得好还，不幸者在大限来临之前终归未曾绝望凄苦。汪先生实乃能医者，善医者。

捉猴子

文／蓝　鸟

我将儿子叫到一边，给他讲了一个少时的陈年趣事。

家乡有个孙老爹，是个耍猴人，养着两只猴。小孩子们都喜欢围着他耍，看猴子表演。孙老爹那只猴子年岁大了，身上黄毛也慢慢脱落，懒洋洋的，玩杂耍动作也不利落了。有心上山再捉一只小猴来接班。

龙虎山里猴子很多，但特别机敏，要想捉到一只猴子真不容易。

一天，我死缠蛮打地拖着孙老爹带我上山，想看看孙老爹捉猴的绝技。孙老爹好不容易答应了："就一个条件！"我问什么条件。"小孩不能偷懒，帮我抱个南瓜。"我说行！拍手成交。

孙老爹在大南瓜上凿了个小洞，把瓜瓤挖了个干净，然后放进一把炒玉米，把南瓜放在一个猴子出没的山径口，我们就躲到树丛观察。一只大猴走近南瓜，闻了闻，伸手想抓，洞小够不着，无奈将南瓜玩了几圈，悻悻走了。我屏住呼吸。又来了一只小猴子。它一走近大南瓜，就用小手伸进南瓜洞里，可手一伸进去，就拿不出来了，小猴只好急得拖着沉甸甸的南瓜走，哪里跑得快？这时只见孙老爹纵身跃出，三步并两步跑了过去，一把就将小猴擒住了。

我说："小猴咋不放下南瓜呢？"

哈哈，孙老爹笑了两声，说："虽说猴子机灵，但本性十分贪婪，抓到一把炒玉米就死活不肯松拳头，所以手伸得进去拿不出来，拖着大南瓜就擒……"

明天就到S县赴任县长的儿子，静听着我的故事，沉默了片刻，说："老爸，您放心。"

叶雨点评：

反腐小说易写难工，闪小说尤甚。《捉猴子》独以天然妙趣而发人深省，可谓神来之笔。探究其成功的秘方，奥秘在其旧瓶装新酒的巧妙。"旧瓶"，乃居于全篇大部的"捉猴"寓言；"新酒"，即本文主题。就文字布局而言，"新酒"的成分仅有开头结尾寥寥数语，似有结构失衡之嫌。然而仔细品味，反贪意味弥漫于通篇处处，主题呈现已经淋漓尽致。于此观之，传统手法于今仍有极大活力。

错　过

文 / 刘东霞

　　小时候，每年三月初八他跟着家里大人去八里远的郑村赶庙会。郑村的村头有一座古庙，不知多久历史了，庙里有二十八宿的泥塑，也很有年头了。只有庙会这一天庙门才敞开，谁都可以进去瞧瞧那些神态各异的泥塑。听别人说泥塑如何如何活灵活现，有笑脸的，有哭脸的，有发怒的，有呆傻的，等等，脸上的皱纹、衣上的折痕，甚至指甲缝隙都一清二楚。他也想去看看，便央求家人带他去。但每次家人买上东西就匆匆回家，说家里还有些活儿等着做。他只好跟着大人回家。大人说，他还小，以后有的是机会。

　　转眼，他到县城里上初中，又上高中，而后到外地上大学，没机会去郑村赶庙会，也没有去过古庙。

　　工作后，每次回老家路过郑村，远远看见红砖碧瓦、檐角高翘的古庙，都想进去看看，又像赶趟似的，总以为目前的事情比进庙的事情更重要。反正就在门口，方便得很，有的是机会。这样想着，便一次次错过。

　　日子过得真快，不知不觉他就到了老年。退休了，清闲了，有充裕的时间自由支配，他列了一个旅游计划，要好好享受生活，中外许多著名的地儿没去过，一定去！但是，计划还没开始实施，他得了重病。他的病情一天天加重，知道自己时日不多了，回想起一生，叹息不已：北京、南京、西安、云南、海南、哈尔滨等中国的许多地方转过，看了不少名胜古迹，英国、法国、德国、瑞士、意大利、西班牙等外国的也去了好多国家，欣赏到独特的艺术风景，但离家咫尺的宋代二十八宿泥塑反而没去看过，那可是国家二级文物啊，再没机会去看了！

程奋只点评：

　　这篇闪小说的故事并不复杂，但哲理深刻，读来让人心惊。文中主人公以为随时可以去看那泥塑，然而终其一生竟未能如愿，这其中的原因耐人寻味，引人深思。我们总是追逐远在天涯的风景，却往往忽略近在咫尺的幸福。我们常常以为来日方长，还有机会，岂知一次错过，竟然就是一生。我相信这篇小说说中了很多人的心事，在每个人的一生中，肯定有过类似的经历，错过一些伸手可及的东西，一处风景，一段爱情，一份孝心，一次相逢，然后在岁月流转，物是人非后，徒留叹息。这篇小说用一个小故事道出了一种深沉的人生感慨，真正做到了深入浅出，举重若轻，这正是这篇闪小说魅力所在。

麦 地

文／祁军平

男人从道班回到家的时候，地里的麦子已经被女人割得只剩下一亩了。男人深情地说："可苦了你了。"

女人鼻子一酸，眼里闪动着泪花："谁让我摊上个养路工呢？"

第二天一早，男人提镰下了地，日头偏西还不见回来。女人盛了饭送去。到了地头，却瞅不见男人的身影，麦子一镰未动。她四下一寻，被一声高过一声的鼾声震住了——男人靠在麦垛上睡着了。

女人摔了碗："嘴上说得像唱戏的，可你竟跑到地里睡懒觉！"

男人醒了。

"一上午你割得麦呢？"女人的脸色很难看。

男人揉着眼睛："我都割完了，在这儿一靠，咋就迷糊过去了。"

"没用的东西，大男人连自家的地心里都没数，跑到人家地里逞能！呜……"

男人戳在地里，两行泪落下来："是我不好，没用……"

女人瞅着像犯了错的孩子一样的男人，心里一热，一把抱住男人，泪水夺眶而出。

厉周吉点评：

《麦地》虽然只有短短几百字，蕴含的信息量却比较大，细节生动传神。作者运用细腻的白描手法，通过一段生活场景，塑造出了一个惟妙惟肖的乐于奉献的公路道工的形象，刻画了一个养路工由于对自己工作的倾力倾心，而造成的对家庭关怀的缺失，以及由此而体现在爱人身上的隐忍与担当，读罢让人良久沉思。

羊 倌

文/郭 利

村里来了位中年男人，胡子拉碴的，像个流浪汉。他先在村里转悠了一圈，然后找到村主任说要揽个活儿。村主任很诧异，说："你不去城里揽活儿，村里即使有活儿工钱也不高。"中年男人说："钱少不怕，我想放羊。"

村主任知道村里正缺个羊倌，对他说："放羊可以，咱签个协议，但工资到年底才能结算，也不管饭，住处就是村头那间以前羊倌住的土坯房，你不嫌，就干。"中年男人答应了。

于是，中年男人便成了村里唯一的羊倌。羊倌很勤快，每天晨出晚归地将羊赶到很远的草木茂盛的山里面。不到两个月，一大群羊被放养得个个膘肥体壮。村民们非常感谢这位羊倌，经常做些好吃的给羊倌送来。可奇怪的是，羊倌从不让任何人进屋，说是屋里又脏又乱，气味难闻。村民们听后也就没啥异议，习惯性地把饭放在门口离去。

转眼到了年底，羊倌要走了，村民们自觉地把工钱凑齐交给村主任。村主任拿着工钱对羊倌说："你能不能留下来，村民不想让你走，工钱咱还可以商量后增加。"羊倌笑道："说好是一年的，况且我家里有事要回去。"他接过工钱数了数，又递给村主任说："这些钱你留下，算我捐给村小学买桌凳的，这是我的心意，必须收下。"

半年后，在电视直播一次国际油画大赛颁奖中，一幅题为《牧羊图》的作品当之无愧地获得了金奖。令村民们意外的是，站在领奖台的著名画家，竟是那个不修边幅的羊倌。

冯丽琴点评：

小说以羊倌放羊为主线，塑造了一个善良淳朴、热爱生活的艺术家形象。文章开始写羊倌放羊，给全篇留下了伏笔。年底结算工钱后，出乎意料的是，羊倌竟然把一年的辛苦钱捐给村学校买桌凳，体现了羊倌助人为乐的精神风貌。但故事到这里并没结束，而是通过村民看电视，发现羊倌获了国际大奖这一转折，进一步交代了羊倌真实身份，将故事推向了又一个高潮，使读者产生强烈的共鸣。

父亲的密码

文／韩　峰

一

父亲将儿子送进大学校园，临别，递给儿子一张银行卡。

"密码是啥？"儿子问。

"是我的生日。"

"生日是……"

"195299。"

二

儿子购房交首付，向父亲要钱，父亲递给儿子一张银行卡。

"密码是啥？"儿子问。

"是我的生日。"

"生日是……"

"195299。"

三

儿子结婚，父亲递给儿子一张银行卡。

"密码是啥？"儿子问。

"是我的生日。"

"生日是……"

"195299。"

四

儿子买车，向父亲要钱，父亲递给儿子一张银行卡。

"密码是啥？"儿子问。

"是我的生日。"

"生日是……"

"195299。"

五

"明天是你的生日，给儿子打个电话，让他们都来吃？"女人问。

"不要打，他应该记得。"男人说。

"哪年不给他打？"

"从今往后不给他打！"

翌日，女人给男人倒了一杯酒："祝你生日快乐！健康长寿！"

男人闷闷地喝下，两颗浑浊的东西便涌满了眼眶……

采菊东篱点评：

儿子上大学、购房、结婚、买车，都是用父亲的银行卡，每次使用父亲的银行卡，儿子都要问密码，父亲每次都说是自己的生日。小说通过几个片段，运用重复和留白的艺术手法，不露声色，娓娓道来，将深深的父爱和只知索取的儿子跃然纸上，给读者留下了想象和思考的空间。

苏 醒

文/张 维

他苏醒了。

他用那双戴着手铐的手把马队长的那只腿从自己身上移开，慢慢地从座位上坐了起来。

突然，他的眼睛一亮：马队长那串钥匙就挂在腰间，最外面的那一把，不就是自己手上的这个手铐的吗？

他赶紧取下钥匙，用嘴叼着，艰难地打开了手铐，然后踹开车门，爬到了车外。

雪仍然在下，大地蒙上了一层柔柔的白纱。

看着外面是世界，他带着一种莫名的兴奋，在心里反复地念叨："我自由了！我自由了！我要远走高飞，离这里越远越好，我要藏到一个让他们永远也别想找到的地方！"

他转身把手伸进马队长的口袋，想再摸点钱。

"2002年的第一场雪……"忽然一个男人沧桑的歌声吓了他一跳。

原来是马队长的手机响了，这沧桑的歌声，正是马队长的手机铃声！

等铃声消失，他掏出手机一看，发现手机上有很多个未接电话，还有很多条信息。

他打开一条信息，两行字跳了出来："爸爸，下雪了，一定要注意身体！我和妈妈在家等着你呢！"

再打开一条信息："老公，快点回来，我们等着你！"

不知怎的，他也想起了自己家中的妻子和女儿，他知道这么些年她们也一直在等。

他就站在那里，百感交集，心里什么滋味都有。

忽然他狠狠地擂了自己一拳："我真浑！"

他用马队长的手机拨通了一个号："喂，是110吗？这里发生了一起车祸，两名警官昏迷不醒，地点是……"

打完电话，他就爬进车里，从身上撕下了一块布条，把马队长还在流血的手包好，把他的脑袋轻轻地放在了自己的大腿上，然后就静静坐在那里等待着救援的人们到来。

外面，雪依然下个不停，大地上的积雪越来越厚。

程思良点评：

典型环境是形成典型人物性格的基础。作者将主人公"他"（囚犯）设置在一个特殊环境中，通过行为、语言、心理描写，成功地塑造了一个鲜明的人物形象。以"苏醒"为题，可谓画龙点睛，既是肉身从车祸中苏醒，更是来自内心深处的灵魂苏醒。

卖 菜

文／孙文胜

我考上高中那年，父亲种了满地的胡萝卜。

上北塬卖，要爬一大一小两架坡。

逢上节假日，我都要帮父亲推着架子车去卖菜。

那天晚上，下了一场雨夹雪。天放亮，长长的塬坡一片白。父亲在建筑队受过伤，负重时哆嗦的腿脚总是打滑溜。等挣扎到塬坡顶，俩人的裤脚都结满了冰碴子。

吆喝了一村又一村，眼看天光过了午，胡萝卜还剩下大半车。父亲揉揉膝盖说，吃点东西吧。我们就蹲在一个荒废的配电房前，吃起了蒸馍夹咸菜。

呼呼的老北风，吹得我缩在墙角打瞌睡。一位扛锄的大叔过来说，来，给娃到家舀碗热汤面。父亲呆愣地摸了下耳朵，点了点头。

大妈的面条刚出锅，热腾腾、香喷喷的很诱人。她盛了一碗递给我，又盛了一碗给父亲。父亲伸手阻隔说，我吃饱馍了，娃有一碗就行。大叔咳嗽一声转过脸，粗茶淡饭的，端来就吃，有啥推让的？说着，还给父亲递上了旱烟袋。

屋里的光线很暗淡，我们呼噜呼噜地吃着面，额头上沁满了汗珠子。

吃完饭，我到后厨去送碗，惊奇地看见，院子的雪地里竟然有灼灼开放的油菜花。大妈说，四周有墙围护着呢，这些花是比外面开得早。油菜花素朴地摇曳着。那一刻，我突然就觉得暖暖的，仿佛有记忆起，那些花就一直这样盛开着。父亲也在门口张望着。

出了门，走到一个背角处，父亲突然停下了车。他哆哆嗦嗦拿出称，咔嚓一声就折断了。父亲奇怪的举动惊呆了我。我问话，他只顾弯腰拉车不回答，仿佛我的声音就是耳边风。

此去经年，我才知道他那天折的是一杆"黑心秤"。

范亚团点评：

自然生命之美、勤俭生存之道、淳朴相处之情是孙文胜笔下农耕文化时代的主要母题，而商品经济时代的利益观念却对传统产生了冲击，义利之争也成为改革开放后文学反映现实的主题之一。雪天卖菜饥寒境遇下的温暖，连同那具有象征意义地盛开的灼灼油菜花，唤醒了父亲的人间温情和淳朴良知，使舍利取义的结尾在貌似突兀中实现了自然而然和回味无穷，完成了中国式计白当黑的布局和西方欧·亨利式的情节反转。

天下第一

文／章理申

近年，江湖上出了一个武林高手江尘子，到处打打杀杀，名声在江湖上也是响当当的。他想成为天下第一，心想只有打败或者杀掉号称天下第一的绝尘子，自己才能取而代之，才能扬名立万。

已经退隐江湖的绝尘子，在山间搭了一间茅草房，与鸟雀为伍，与野兽为群，过着逍遥自在的日子，江尘子到处打听绝尘子的下落。

这一天，江尘子背负一柄长剑满脸杀气地找到了绝尘子，问："你是绝尘子吗？"绝尘子装聋作哑，答非所问："我乃是山间一老叟，你说的绝尘子我实在不知。"

后来，江尘子想："绝尘子会躲在哪儿呢？莫非就是自己以前找到山林里问过的那个老头？"

于是，江尘子返回那座山里，此地已经是人去楼空，只见山凹间有一座新坟，一块墓碑上刻着：绝尘子之墓。江尘子想："绝尘子死了，自己没有与他大动干戈，就成了天下第一，太好了！"

俗话说："人怕出名猪怕壮。"这个时候，天下武士纷纷而来找江尘子决斗。都要与其一决雌雄。

江尘子年轻气盛，连连挫败了众多高手，因此也结上了许多仇家。

转眼十多年过去了，江尘子厌倦了江湖上的打打杀杀，感到一生皆为名声所累。自己总有一天被别人取代，便决定退隐江湖。江尘子又到了绝尘子原来的茅草屋，久久看着绝尘子的坟墓。他心中一动，便扒开了那座坟墓，原来里面竟是一座空坟。江尘子看了不禁哈哈大笑，终于悟得了绝尘子的良苦用心。

江尘子便在绝尘子墓边也做了一个新坟，墓碑上书：江尘子之墓。

刘晓红点评：

山外有山，楼外有楼，天下第一是不存在的。况且世间的每一个人都是平凡的人，你也许在某一方面高出别人一头，在其他方面，你可能还不如人。所以，人无完人，努力做最好的自己吧，不要刻意和别人比高低，争个你死我活的。智慧的人明白这样的人生道理，也就不会为声名所累，幸福安宁的日子，就指日可待了。

玫

文／徐玉兰

玫爱上阳光的时候，父亲病在床上，弟弟在读大学，妹妹在准备高考。母亲哭着说："你若远嫁，这个家该怎么办啊？弟、妹会辍学的。"玫哭了三天三夜，最终决定和阳光分手。

数年后，弟弟成了警察，妹妹成了教师，玫却病在了床上。

弟弟说："姐，你需要什么尽管说，我给你办来。"玫凄然一笑："姐什么都不需要。"

妹妹说："姐，你想要什么尽管说，我给你办来。"玫还是凄然一笑："姐什么都不需要。"

……

玫郁郁而终，临死前念叨着阳光的名字……

陈国凡点评：

亲情亦我所欲也，爱情亦我所欲也。作者利用对比的写法，把玫所处的境况和内心的挣扎以简洁的语言淋漓尽致地表现出来。玫对亲情的无所求和对爱情的至深令人尊敬，小说氛围营造得很好，寥寥数语，就达到了撼人心魄，令人深思的艺术效果，文章虽短，却有灵有魂。

斗　嘴

文/郭　良

"老王，该吃药了。这是降压药，一次三片……"

"知道了，别啰唆了！"

"老王，少吃点儿辣椒。专家说：饮食要以清淡为主，这样才健康。"

"哼，信专家的话，那日子就甭过了！"

"老王，十点多了，快睡吧！大夫说：晚上十点前一定要休息！"

"老太婆，大夫是你亲戚吧？不然你咋恁听话？一天到晚总叨叨的，都不让人耳根清净！"

"……"

"老太婆，你倒是说句话呀！你走了，谁来和我斗嘴呢？"如今老王常常抱着老伴的照片，嘴里不停地嘟囔着。

付丽侠点评：

《斗嘴》运用对话形式，通过对日常生活场景的描写，生动地展示了妻子对丈夫无微不至的关爱，同时，也表现了丈夫对妻子这种细微关爱的不耐烦。结尾陡转，妻子永远地走了，而丈夫却只能抱着她的照片含泪度日。这不禁让人想起宋朝苏轼的词：十年生死两茫茫，不思量自难忘……

不速之客

文／薛长登

玛丽听到敲门声，打开门，一个满脸倦容的男子站在门前。他外面穿着黄大衣。

"你来了？快进来，外面冷。"玛丽说。

男人刚想说话，玛丽说："我刚做好了几道菜。"

男人望着餐桌上冒着热气的菜，咽了一下口水。他走进屋子，犹豫地往卧室望。

"你的表哥早上出去了，他晚上才回来，他早上说你今天晚上到，没想到你这么快。"

男人脸上浮现一丝笑，他转身关上门，坐到了餐桌前。

"来点酒吧。"玛丽从酒柜里取出一瓶好酒。男人眼里闪着光。

男人开始吃菜喝酒。

这时，玛丽的手机响了，玛丽微笑着对望向他的男人说："你表哥的电话。"

"表弟提前到了，他和照片上一样潇洒，他正在屋里吃饭喝酒……"

半小时过去了，男人还在自斟自饮。玛丽透过阳台望向对面，她笑了。

男人终于满意地丢掉杯子，站了起来，说："谢谢你的款待，我开始只想要点水喝，我并不是你丈夫的表弟。"

"我知道。"玛丽说。

"其实我是在逃犯。"

"我知道。你的照片我看过。我的丈夫已经追捕你5年了。"玛丽说。

"我流浪5年了……"男人说着向玛丽走了过来。

"你别乱来……"

"我知道……"男人脱掉黄大衣，玛丽惊呆了——男人的腰上绑满了炸药。

男人将那些炸药解下来，放到了桌子上，说："你打电话让你老公进来吧，我跟他走。我本想等他进来，我和你们同归于尽的，可是，你的温柔和善良让我改变主意了……"

冯丽琴点评：

这篇闪小说，出奇制胜，感人至深，语言凝练，尤其结尾，令人叫绝，闪得奇特而富有内涵，震撼人心。细心琢磨全文，在叙述描写中，字里行间处处设置悬念，时时吸引读者的阅读兴趣。比如男人满脸倦容，咽了一下口水，犹豫地往卧室望，这些都是有意给读者留下回味思索的地方。好文一半题，题目再恰当不过了，既突出人物又隐藏故事。这不速之客并非什么表弟，而是个逃犯。可见作者在选取素材方面下了一番功夫。故事层层推进，步步设置悬念，内容在情理之中又在意料之外，有欧·亨利的笔法，是一篇难得的好闪小说。

邀

文／郑贵梅

玛丽邀请妮莎吃饭。

小玛丽去请妮莎，妮莎不来，身体不适。

小玛丽二请妮莎，妮莎让小玛丽先回，她随后就到。

等了一会儿，还是不见妮莎的身影。玛丽一笑，妮莎这是拉不下脸来。好，我亲自去请。

玛丽来到妮莎家。妮莎故作惊奇，您怎么能亲自前来？您一句话，我冲锋陷阵绝无二话。

玛丽一笑，还在怪我抢了你的位置？这次请你，就是请你回家，重新带领大家。

妮莎一听，千万别，真要那样，还不把我臊死？

那你来帮帮我，咱们一起带领大家。好不好？

妮莎看玛丽一脸真诚，好吧，我去。妮莎随玛丽一起来到玛丽家，大家都在，欢迎妮莎回家。

妮莎羞愧不已。当年突遇暴雨，水漫山洞，妮莎带领大家逃生。走到一处东西岔口，妮莎坚持走西边，她记得西边的路很宽；玛丽说西边有一堆垃圾堵着，水更深，建议妮莎走东边。

他们争执不下，妮莎把眼一瞪，你是头儿还是我是头儿？玛丽并不示弱，不错，你确实是头儿，但是，你得领大家走正确的路。

妮莎不听，带着大家走了西边。西边的水很深，一开始，只是齐到脚踝。没想到，越走越深，齐到了大腿，齐到了上身。有的狼葬身水底，有的狼返回了东边，妮莎自己也被一棵大树砸倒。

玛丽和她的孩子走了东边。东边水势不太深，她和孩子安全上岸。又不放心大家，让小玛丽在岸边等着，自己前去寻找大家，救了妮莎。

大家一致罢免了妮莎，推举玛丽做了新的头狼。妮莎无颜，独自一狼流浪在外。

发现了陷阱，玛丽对妮莎说，你看下一步怎么办？

司玉笙点评：

这篇看似荒诞，其实含有哲理。表面上写狼与狼之间的矛盾，实际上在写人性，人性中有狼的一面，作品将两者转换得很巧妙，自然而然就凸显了主题，文字精练，尤其是最后一句，留给人们想象的空间。

二维码

文 / 高淑霞

我坐在地铁车厢里，悲凉凄苦的歌声让我扭头望去，一个老年乞讨者向我走来，我立刻闭上眼睛装睡。

"行行好吧，行行好吧！"我的心开始收紧，手伸进了装钱包的衣兜。一个声音钻进我的脑袋，"你不缺那几块钱，但你不能上当！"我的手停住了。

"行行好吧，行行好吧！"我感到了那双伸着的颤抖的手，心开始战栗，我摸到了钱包，睁开眼睛。乞讨者已经走远。

我望着苍老的背影，泪水涌出了眼眶，我的心在叫：他可能不是骗子啊！

突然，老年乞讨者被人撞倒，我急忙起身，奔过去。

在我拽起他的瞬间，我看到他的胡须挂在唇上，他正要用手去粘。他平静坦然的眼神让我惊恐，"天呵！他竟没有一点害臊！"我手中的钱落到地上，扭头就要离去……

"你好，请帮个忙吧！"一个姑娘拦住了我，"我们正拍电视剧，想请你客串一下演员，你给乞丐10元钱，再扫一下那边的二维码，你就可以加入我们的微信群，成为影视公司人才库的备案演员，以后还可以领到酬金。"我顺着她手指的方向望去，一个扛着摄像机的男人正对着我们拍摄，胸前的二维码闪闪烁烁。

我的大脑还在转筋，那个女孩已被许多脑袋抢了过去，一些心急的人开始往乞丐手里塞钱。

镜头往后移动，凄凉的歌声伴着那团热闹渐渐远去。我呆愣地站着，恍惚中那个镜头变成了刀。刀下是一些细长的脖颈。

顾建新点评：

这篇小说写得非常不错。其特点在于曲折。作者把常见的行骗事件，演绎得非常深刻。小说是两个版块。第一个版块，写假老头行骗。这个拙劣的行动，很容易被人识破。但后面拍电视剧骗钱，却让多人上当——这是个更高明的骗子。小说给我们以联想，当前，利用公众对媒体的信任，做假广告的还少吗？小说把一个常见的人们熟视无睹的骗局揭露出来，正是小说的深刻之处。

怪 石

文/唐 端

我被峰堵在办公室，他高声问我，你见过流泪的怪石么？他的表情神秘而认真。我爆笑出声。见我不信，他很是着急。拉着我的胳膊一直叨叨，渐渐地我笑不出来了。

昨天我在后山突然被一块石头抱住了。那块石头有这么大！峰踮着脚尖努力伸长双手比画。它求我给它拍一张照片。它说它明天将不复存在。他边喋喋不休地说着边打开手机，我看见峰的相册内，一块石头像人一样神情哀凄，那场面诡异极了。

峰请求我亲临后山视察，我领着一行人随他而行。

后山，几台大型挖掘机像勤劳的蜜蜂，轰隆隆地忙碌着，峰说的那块怪石已经支离破碎了。

峰胡乱挥舞着双手，异常激动，他指着山那边很远的地方对我说，怪石的父母兄弟姐妹们全填在那儿了。怪石不能和它们团聚，它将被运到更远的地方。你的几位属下嫌它长得不够艺术，不够美观。他们说这里将建一个大型的旅游景点，树木山石都要精心重布。怪石的父母离开前曾经对它说，你可要守住家园啊！这是我们生活了几百年几千年的根。

峰声音哽咽了。我惊异地望着峰，一个众人眼中的疯子怎么会有这么丰富的情感？

此时，更神奇的事情发生了，峰的眼内滚滚地流出一串一串的小石子。

周波点评：

唐端的《怪石》让我有点惊诧，惊诧于在篇幅如此之短的文字内，竟然可以穿越人性的某个角落。闪小说难写，闪小说的短，短到几乎来不及讲，就已结束。《怪石》不但讲好了故事，还闪耀着普世的光芒，实在难能可贵。《怪石》如同一个孩子温暖的叙说，当拟人化的创作手法融入之后，不仅石头化了，连整个世界都开始融化了。我们不用去多追问作品的文字抑或叙述手法，好小说的终极目标只与思想有关，与情怀有关，与普世价值有关。《怪石》是厚重的一篇闪小说，它超越了简单的故事情节，让思想飞得很远。它告诉这个世界：人类有爱，自然也有爱，世界更有爱！

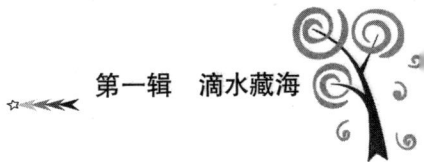

对　弈

文／许国江

将军是一位儒将，精通琴棋书画。

大敌当前，大战在即。将军邀乡绅李老先生至军营对弈。

李老先生乃当地名士，棋艺高超，几无匹敌。

开局不久，将军攻势凌厉，李老被动应付，连连失着，输了第一盘。

第二局开始，双方鏖战甚久，将军力挽狂澜，险胜李老。

第三局，将军的棋艺发挥到极致，李老竟无还手之力。

李老先生执将军之手，赞叹道："将军棋艺高超，老夫佩服！下棋布局如用兵布阵，将军此战，定所向披靡，稳操胜券。"

一月后，大战告捷。将军至李府与李老再次对弈。与前次不同的是，将军连输三局。

将军说："老先生棋艺超人，名不虚传，只是前次对弈为何连输三局？"

李老先生笑道："一月前，将军正面临强敌，我是怕挫伤将军锐气，故连输三局，借以鼓舞将军之斗志，以坚定必胜之信念。今日，将军虽已大获全胜，但将军任重道远，为防止因胜利而轻敌，故连胜将军三局。"

将军闻之，立马站起身来，恭恭敬敬地向老先生行了一个军礼。叹道："李老先生真是本将军的良师益友！"

谢振点评：

作者在行文中精心营构四字词语，用心镶嵌一字词，是形成小说古典高雅特色的主要原因。战前对弈后，李老对将军鼓励的一番话，短小有力，典雅庄重，文采飞扬，这对即将开赴前线的将军来说是再合适不过了。当然作者也不是一味求雅。战后对弈后，李老说的话，大部分则显得有点"下里巴人"，却更好地表现了长辈的谆谆教导。这种长短结合、文白间杂，在小说中随处可见。大雅与大俗的完美结合，让小说别有一番真淳的味道。

你知道今天是啥日子吗

文 / 黄元罗

一大早，王小毛就从温暖的被窝里一跃而起，很是精准地摸出躺在床头柜里的手机，将他前几日就编辑好的一篇名为《你知道今天是啥日子吗》的散文发表到个人微信平台上并放在朋友圈里，然后拼命地转发各微信群求赞赏。

完事后，他又拨了一个熟悉的号码。

"喂，小机呀，你知道今天是啥日子吗？"

"啥日子？"

"母亲节呀，这么重要的感恩性节日你都能忘了！也不知道你整天瞎忙个啥。对了，我微信朋友圈第一条新鲜出炉的文章，有时间去点个赞啊。"

"必须的，哥！我正在咱妈家呢，刚刚还跟咱妈唠起你。听咱妈说，自打年后你就没回来过，电话也只通了两次，还是咱妈打过去的，有这回事不？"

"呵呵，最近有点小忙，不说不说，有事了。"

挂完电话的王小毛又立马打开《你知道今天是啥日子吗》，并猛拉至文章结尾，看看有多少阅读量、点赞量及打赏人数，然后满意地将手机放回床头柜里，很是安心地去睡回笼觉了。

郑荣点评：

该篇闪小说让我读到了现代人的通病：无论过什么节，有什么聚会，都喜欢写几句，再发些图片分享到朋友圈，让更多的网友们了解他们最近的动态。其实，现在有很多的老母亲、老父亲，他们并不上网，在网上就是写得再好，他们也并不知道。父母们依然过着他们自己的生活，儿女们依然忙着他们的工作。常回家看看只是一首歌，要落到实处真的很难。如果"网上孝子们"能多抽些时间陪陪父母，这比在网上发图片发文章更来得实际、更有孝心。

栀子花在电梯里芬芳

文/满　震

　　她早上去菜场买菜顺便买了一把栀子花回来，走进电梯，又闻到了一股呛人的烟味。她一直讨厌烟味。

　　这电梯里明白警示"禁止吸烟"，可有些人就是视而不见，非得在电梯里抽烟，真是素质低下！她一边在心里指责那个不自觉的烟鬼，一边从袋子里取出几朵栀子花来，前后左右扫视了一番，终于找到了一个放置的地方。顿时，栀子花的芳香冲淡了难闻的烟味。

　　中途，又有几个人进电梯。闻到了栀子花的清香，他们看着她说："好香哦！是哪位放的花？真是个有情趣的人啊！"

　　她看他们笑笑，也不接话说她就是那个放花的人。

　　下午，她下楼，进了电梯，却发现花没了。她在心里说，真是林子不大却也什么鸟都有，几朵小花竟然也有人贪！

　　第二天早上她去菜场买菜的时候顺便又买了一把栀子花回来，她打算再在电梯里放几朵。走进电梯，她惊喜地发现那个地方已经有人放了几朵栀子花。洁白的花瓣上还滚动着晶莹的露珠。她开心地笑了。

谢振点评：

　　十多年前曾经看过一篇小小说，题目我忘了，只记得大意说的是在学校饭堂门口某个人的开水瓶被他人拿走了，于是他就拿别人的，别人又拿别人的，因为缺一个开水瓶，饭堂门口乱了套。满震的闪小说《栀子花在电梯里芬芳》也写了从众行为，不过，这是一种正能量的接力行动，使得栀子花在有着难闻烟味的电梯里持续芬芳。栀子花的清香，既芬芳在电梯里，也萦绕在人们的心头。

十字绣

文／邵俊强

娟娟花了 3 年，用了 500 种颜色的线，才绣好这幅长约 6 米、宽约 70 厘米十字绣版的《清明上河图》。

娟娟背着沉重的十字绣，来到了城里寻找她的头家张总。3 年前，张总到她家看望她生病的丈夫时，豪爽地掏出 3 万元钱，买下了她绣的两米长十字绣《花开富贵》。从那时候开始，她才知道十字绣真像推广商宣传的那样值钱。现在，她什么事情也不做了，整天把自己关在家里，一门心思地绣这幅巨幅长画《清明上河图》。

张总听了娟娟的话，沉吟了一下，然后打电话叫来了财务室会计，说："请给这位女士付 2000 元现金。"

"什么？才 2000 元？"娟娟叫了起来，"不可能，上次那幅十字绣您可是出了 3 万元的！"

张总微微一笑说："上次我去你家是为了什么？"娟娟说："为了帮助我那病重的丈夫。"

张总点了点头，说："不错，上次我是救你丈夫的命，才花大价钱买下了那幅十字绣。现在你丈夫已经康复，家境也好起来了，还需要卖十字绣吗？"

娟娟的脸涨红了，连连摇头："我想以绣花为生呢。有人说我的这幅绣至少得值十万二十万！"

张总说："不值那么多，顶多值 2000 块钱。"

娟娟叫了起来："怎么可能，我在这上面下了多大功夫你知道吗？"

张总叹了一口气："这十字绣除了你的功夫和针线之外，没有丝毫的艺术价值，与其在这上面浪费时间，还不如你绣鞋垫卖实惠！"

程思良点评：

这篇构思精巧、内涵丰富的闪小说，成功塑造了张总这个性格鲜明的人物形象。当初，张总豪爽地掏出 3 万元钱买娟娟绣的两米长十字绣《花开富贵》，并非十字绣多么出色，而是为了帮助娟娟家渡过难关；而今，面对娟娟花了 3 年才绣好的巨幅十字绣版《清明上河图》，张总却说顶多值两千块钱，之所以如此，因为娟娟丈夫已经康复，家境也好起来了，无需再帮助了，故张总实话实说，以免娟娟以为自己有艺术才华而误入歧途。

善　心

文/戴　希

　　太爷爷是清末秀才，家境殷实富裕。

　　那时一到春荒时节，乡邻中总有揭不开锅的人家。

　　太爷爷知道后，必定去请那户人家派个人来，给他家清扫私塾，而且每天只清扫一间房子，完了就给三斤大米作为酬劳。直到那户开镰收割，度过粮荒了，这事儿才会告一段落。

　　其实，清扫一间房子，三下五除二就能完工，压根儿不需给人家三斤大米（给一斤都够了）。而且，太爷爷家私塾的卫生状况好，也没有必要天天清扫。

　　起初，爷爷纳闷儿，就问太爷爷："爹，您这无异于施舍人家，还这么多此一举干吗？不如，别请人家清扫私塾了，一次性捐给他们度春荒的粮食，还可让人家感恩您的善举！"

　　太爷爷微微一笑，说："孩子，人都有自尊心啊，接受别人救济，感恩的同时，会不会觉得低人一等？而且，欠着人家的人情，有良知的人肯定内心不安，总想着偿还甚至加倍报答，哪还能轻松呀？而我这样做，你觉得是不是很巧妙的给予，能让人感到他做了事就该拿酬劳，你情我愿，双方平等，不存在欠人家的人情，便可过得悠闲自在？我们既然在做善事，把善事做好做到底，不是更完美吗？"

　　"做了善事，又不图回报，还勿让人家记着，您这是为了什么？"爷爷还在皱眉。

　　太爷爷又浅浅一笑："财富和物质生不带来，死不带去。我们家能殷实富裕，那可是上天的恩赐。我们已经很幸运了，还要奢求什么？再说，行善积德、助人为乐，要说有所图，也只在这里啊！"

谢振点评：

　　闪小说因为600字以内的字数限制，所以追求"精巧"。在人物语言的设置上，闪小说作家几乎都是追求言简意赅的。万事无绝对，戴希的《善心》反其道而行之，不吝笔墨地铺陈了人物的对话，为我们具体地刻画了一个积极行善的太爷爷形象。小说中，太爷爷回了两次话，次次都是那么语重心长，次次都是那么不厌其烦，善心丝丝缕缕不绝于耳，天地可鉴！

最美的画

文 / 何学涛

儿子说想画画时，母亲很诧异。一个农村娃，上辈也没有一个会画画的，他咋就想画画呢？还想学油画？

母亲百思不解，但孩子喜欢，也就支持了。儿子似乎很有悟性，油画画得有板有眼。她颇感欣慰。

一个油画比赛，儿子计划参加。他想，如果获奖了，也是对自己作品的一种认可。他决定画一幅最美的画参赛，便征求母亲的意见。

母亲犹豫不决，只说，你自己定吧。

儿子主意已定，便出发寻找最美的素材。他首先去了天下第一奇山——黄山。黄山的奇松、怪石、云海、飞瀑，让他激情四射，运笔不辍，但没有他感到满意的一幅。

他去了黄果树瀑布，去了长江三峡，去了联合国人居城市威海海边，去了……

一幅幅习作，一路路奔波，他越画越灰心，越画越忐忑。

年底，儿子很失望地回家，到家时已近黄昏。他拾级而上，翻过山头，远远地就能看见另一个山头自家的房子。

夕阳西下，炊烟袅袅，余晖中，母亲正立在房前槐树下，翘首远望。

他能想象到母亲的期盼、挂念和爱意。一时怔住，片刻便热泪盈眶，这不就是自己一直在寻找的最美的画吗？

程思良点评：

寻找美，需要一双发现的眼睛。夕阳下，炊烟袅袅中的母亲那守望儿子归来的身影，是人世间最美的画。与小说中的主人公一样，不少人四处苦苦寻找美，然而，他们却忽略了身边的风景。殊不知，身边的风景往往是最美丽的。

楼道口

文 / 荷 花

爷爷走到楼道口突然摔倒了，这时走来一对年轻夫妻，他们瞅了瞅爷爷，没有停下脚步，走了。

一个女人牵着小女孩走了过来，小女孩尖声喊道："奶奶，奶奶，这个爷爷怎么躺在地上了？"女人瞅了瞅爷爷说："宝贝，快走吧！爷爷的事咱管不了啊。"

外面走进来一个十七八岁的小伙子，他看了一眼地上的爷爷喊道："哎哟，这老爷子摔倒了？"爷爷一双求救的眼睛盯着他，小伙子犹豫了一下，弯腰搀扶起爷爷问道："没事吧？你家住几楼？我送你上去。"爷爷缓了口气说："住六楼。"小伙子把爷爷搀扶到了六楼。

小伙子突然想起了什么又说道："老爷子，我口渴了，能跟你进屋喝杯水吗？"爷爷说："快进屋吧，我给你找饮料去。"

爷爷又接着说道："儿子把我从农村接来，叮嘱我一个人在家里，陌生人敲门不要开门，还有一个人不要出去，怕摔倒了没有人搀扶我呢。这不刚才我就故意试试，摔倒了到底有没有人扶啊。小伙子，你是个好孩子，快来喝水吧！"小伙子走进屋里，东看看，西瞧瞧。

爷爷拿了一瓶饮料递给小伙子说："你是哪里人？做什么工作？"小伙子脸一红说道："我，我没有正式工作。"

爷爷慈祥地说："你是个好人，这个工作我帮你吧，我儿子是沙发厂老板，我这就打电话跟他说。"小伙子脸更红了，趁着爷爷打电话时，轻轻把一个皮夹子放回了原处。

刘建超点评：

老人的虚情碰到了小伙子的假意，老人的真情扶正了小伙子即将走歪的心。

香　草

文 / 叶志平

那年，他正高二。为了进网吧，他平生第一次入室偷窃。

提心吊胆地翻到一百多元钱，正准备从阳台翻出去。钥匙转动，门开了。那一瞬间，他就定在大厅，如雷击顶，静闭双眼，等待着下一秒的狂风暴雨！

一切都没发生。他慢慢睁开眼，女孩摸索着换好鞋，又将提包摸索着挂在墙壁上。他万分庆幸，这位眼睛特别水灵的女孩竟然是盲人！

他不敢跑，只得悄悄向阳台移动。

女孩似乎在打电话："喂，明明啊，我是香草姐，下午跟你谈的事你都记住了吗？以后，不要拿同学的东西了，要做诚实的好孩子！喜欢什么书，姐还会给你买的！知道了吗？你妈一个人可不容易，要听话啊。好了，赶紧做作业吧！"

已经溜到阳台外的他心头一怔。

八年后，小巷里。一名西装革履的年轻人向一位大婶打听："阿姨，您知道有个叫香草的吗？她的眼睛……"

"你是说香草老师啊？"大婶格外激动，"对，她的眼睛可水灵了！街坊邻居都夸这丫头人长得俏，心眼又好！平时没事就来陪我说话聊天，可懂事了！小伙子，你看！那不就是香草吗？"

远处，一位女士骑着一辆自行车，正向这边欢快地驶来。她格外水灵的眼睛闪耀着星星般的亮光。

安燕点评：

这是一个充满智慧和温暖的故事。年轻的他一时冲动，更或许是心存侥幸，迈出了可怕的第一步，被回家的女主人堵在屋里。读者的心一下提到了嗓子眼儿！幸运的是，女主人是位"盲人"，他得以从阳台溜走。清醒过来的他，迷途知返，八年后，西装革履回来，寻找女"盲人"。却意外发现，当年的"盲人"，是一位心存善念的女老师，她以美丽的谎言挽救了即将陷入深渊的年轻人。起伏的情节中，饱含着爱的智慧和力量！

五秒钟

文 / 钟庆作

天已经完全黑了。公交车上人满为患。

在理工大学站，刘师傅发现了一个熟悉的身影。

长长的头发，好像更瘦了，一脸憔悴。刘师傅认识他，每次都从理工大学站上车，一看就知道是个潦倒的年轻人。

上次，刘师傅就注意到了这个男青年，他一上车就在人群里挤来挤去，最后故意挤向了一个拎着名贵坤包、衣着华丽的女子。刘师傅从后视镜里看到，他的目光很犹豫，手哆哆嗦嗦地伸向女子的坤包……刘师傅这时候大声提醒乘客："请大家注意妥善保管随身携带的物品啦！"男青年吓得红着脸把手缩了回去。

就在刘师傅还在沉思的时候，突然听到一声尖叫："哎呀，你挤什么？踩到我脚了！"一个中年妇女尖叫起来。

刘师傅从后视镜里一看，果然是那个男青年挤向了一个中年妇女。

"对不起，我不是故意的。"男青年一边对中年妇女道歉，一边往中间车门位置移动，看样子准备下车。

"我的钱包不见了，有小偷……"中年妇女突然大喊起来，"师傅快停车，有小偷，我要报警！"

车厢里顿时一阵躁动。

"大家注意啦，请大家配合一下，都站在原来的位置别动。车里有监控，我知道是谁，我把车灯关了，请你主动把钱包丢到地上。你的路还很长，我相信你只是一时冲动，如果你放弃心中的恶念，你就还是以前那个好人！"刘师傅说完，果断地把车灯关了。

车厢内又是一阵躁动。

五秒钟后，车灯重新亮了。车厢地面上果然有一个钱包！

刘师傅打开了车门，他看见那个男青年和其他人急匆匆地下了车，消失在了人流中。

袁炳发点评：

如果把小小说比作是一部电视短剧的话，那么闪小说很可能就是一个"闪电影"或是一个短镜头。作者截取了发生在公交车上的一个短镜头，在不到600字的篇幅内，采取明暗两条线。明线方面：生动刻画了从潦倒的青年学生→准备作案的小偷→幡然醒悟的青年学生这样一个人物形象和心理历程；暗线方面：不留痕迹地塑造了司机刘师傅这样一个明察秋毫、宽宏大度、善良热情、朴实无华的普通小人物形象。本文一波三折，跌宕起伏，主题正能量，在极小的时间和空间内让我们领略了闪小说杯水兴波、滴水藏海的艺术魅力。

对　手

文／周　葉

手机响了，一看是他，我没接。

一会儿，手机又响了，一看，又是他，我仍没接！

我知道这家伙没安好心，狗嘴里吐不出象牙！

手机铃声急促地响着，声声刺耳。

余仁是我的同桌，成绩不如我。平时，我从未正眼看他，总是奚落他，还给他起了个外号"愚儿"。可他不在乎，经常嬉皮笑脸地向我请教。"……啊呀，这么简单，我看一眼就会，真笨！"人越多我的声音越大。每次讲解完，我总要嘲笑几句。

分数出来了，竟然不如他，我分明看到他在怪笑。

我拿起父亲早已为我考取大学准备庆贺的酒，猛灌了几口。

过了一会儿，手机又响了，是陌生号码："天才！绝顶天才啊，还不如我，哈哈哈……"这家伙的话像一根根钢针刺在我的心上。我气得关掉手机。

我要复读，非名校不上，我一定要超过他！

在复读班里，这家伙还经常打电话骚扰我："大才子！甭学了，再干也不如我，哈哈。"我咬着牙说："愚儿，你等着瞧！"

功夫不负有心人，我终于考取了北大。我拿着录取通知书奔到他家，想当面羞辱他。

刚走到他家窗口，就听到他妈在高声训他："北大啊，到底比你强吧，你还臭他？……同桌啊！"余仁说："妈，你不懂，他的确是个天才，但他自大轻狂，只有使劲臭他，他才肯下功夫……他需要一个对手啊！"

我待在那里……

程思良点评：

南朝梁简文帝说："立身之道与文章异，立身先须谨慎，文章且须放荡。"闪小说篇幅极短小，要在方寸之地出彩，行文更不能太老实。《对手》一文，构思巧妙，一波三折，意外频出，尤其是结尾的凌空一闪，出人意表，升华了立意。原来"对手"是"助手"。

爱在风雨中

文／湘　客

　　大雨滂沱，街面积水横溢，小巷里闪出一对顶着风雨行走的父子。

　　男孩背着书包，穿着套靴，咕叽、咕叽地踏着积水，昂首挺胸，阔步朝前走，全身不见湿块，一副自信得意的样子给路人留下深刻印象。

　　父亲撅着屁股、猴着腰，随风力大小，朝雨点飘落的方向，忽左忽右地挪动着伞，自己毫无遮掩地被雨水湿透，头发尖上的水顺势往下流，就像一个落汤鸡，撑着的雨伞在他手里只是一个道具。

　　"一手抱小孩，一手撑伞，你淋不到、我淋不到，两个人都淋不到，这个优选法都不懂，愧做人父，笨猪一个！"路人嬉笑他有点傻。

　　"这人说怪不怪，至少脑袋缺根筋，小孩子不就是上小学吗！又不是高考冲刺，下着那么大的雨，打个电话，请假一天不就得了，还怕明天落下课程，跟不上班。"好心人在埋怨。

　　男孩望着父亲高大的身上冒出热气，像雾一样团团散发，心里疼想撒娇地挨近父亲，由于动作过大，差点摔倒。

　　父亲用力支开儿子："别靠近我，会浸湿你的，爸爸为什么不背着你上学，情愿自己被雨淋的道理你懂吗？"

　　"懂！"

　　"嗯，爸爸的乖儿子。但丁说过：走自己的路，让别人去说吧！"

　　"是！"男孩回答："跌倒了自己爬起来！"

　　父亲竖起大拇指。

　　等候在校门的阿姨，好像是对所有护送学生来校的家长说："孩子需要呵护，但不要溺爱，从小培养他自强的意志，比用宝马接送强一百倍！"

尹翔学点评：

　　首先，这篇闪小说的标题起得很不错，文学性强；风雨中，一路同行，相互关爱。其次，作品巧用对比，让旁观者的言论与当事人的所思所想鲜明对照，更显风雨中的父亲所作所为值得肯定；也暗含《伊索寓言》里的《父子骑驴》的寓意：不要盲目听从别人的意见，在生活中应当学会自主，做事要有自己的主见。最后，结尾处借幼儿园阿姨的话，说出教子的真谛，爱但不溺爱，将全文推向高潮。

花开的时候不要谈论果实

文 / 代应坤

那天晚自习结束，我收到黄瑞的一条短信，心忍不住一阵狂跳。

距离高考不到三个月，恨不得把一天延长到48小时，这个非常时刻，他竟然……

平心而论，我对黄瑞的感觉相当好，他不仅学习成绩优异，人长得也挺帅，更主要的是，足球场上他潇洒自如的运球、传球，倾倒了一批足球迷，包括我。

那晚，我失眠了。反复掂量着黄瑞的短信，我不知如何是好。拒绝吧，我不甘心，在我的心海里，早就有他的一席之地，这种朦胧的情感，驱使我埋头读书，乐观生活，学习成绩与他不相上下，我承认，他是我的精神领袖。答应吧，又临近高考这条警戒线，把握不住就可能触电，自己趴倒也就罢了，再伤及他人，就太对不起三年的寒窗苦读了！

我决定不回短信。我觉得，不管以何种方式回答，都不是太完美，也许沉默是最好的回答。

可是，我错了。

一连数日，黄瑞见了我都是讪讪地，双眸有些暗淡。我羞涩地低着头，用眼睛的余光快速在他脸上掠过，有一种做贼未遂的自疚感。

性急的我受不了这种折腾，周六下午，我约他在校园后的大沙河见面。

我说："黄瑞，我承认，我打心眼里喜欢你。"

黄瑞脸色微微一红，说："我更是……"

我赶忙打断他的话，说："但是，现在还不是时候。"

他嗫嚅着："什么时候是时候？"

我说："花开的时候不要谈论果实。让我俩保留这份美好，全身心迎战高考，好吗？"

黄瑞眼睛亮晶晶的，很用力地握住了我的手。

冷清秋点评：

早恋，是一个沉重的话题。这朵早开的花，这颗催熟的果，不知影响过多少莘莘学子的求学进程。这篇闪小说通过女学生的自省自悟，以巧妙的方式，化解了男同学的求爱锋芒，寄爱情于未来。全文语言流畅，主题靓丽，寓意饱满。

鱼的一生

文／王万胜

我不喜欢琢磨人生的意义，就像我不喜欢刷微博一样。有那时间还不如打打游戏，或是睡上一觉。所以，我为补场回笼觉找了一个充分的理由。

世上最不幸的事，可能就是睡前世界好好的，醒来发现世界被洪水淹没了。很不幸，我摊上这事了；很庆幸，我没被淹死。事实上，我自己都没搞明白，我是怎么跑进鱼缸里来的，就像我没搞明白我的胳膊什么时候变成了鱼鳍一样。好吧，变条鱼也不错。既然庄子睡一觉能变成蝴蝶，我睡一觉变成金鱼可能也不违背自然科学。

几条金鱼在我身边静静地悬浮着，但我懒得管它们，因为它们瞪着眼睛发呆的样子显得很蠢。而我毕竟是个聪明的人，或者说，聪明的鱼。我当然是有我的追求的，比如说，打打游戏，或是睡上一觉。现在这副样子，打游戏有点儿不现实，那就睡一觉吧。

我不知道自己睡了多久，只是再次醒来的时候，发现自己就要死了。身边，那群蠢货金鱼们依旧瞪着不会眨的眼睛，沉默着。我不服，为什么死的是我，不是那群只知道发呆的蠢货？我这条聪明的鱼还没有做些伟大的事业呢，怎么能轻易死掉呢？我想用最后的力气骂几句，张了张嘴，吐出的却是一串泡泡。

春天的确是个让人嗜睡的季节，玩着游戏竟然都能睡着，真是不可思议。我伸了个懒腰，忽然瞥见鱼缸里有条金鱼翻着肚皮飘了上来，便把它拎了起来，顺势扔进了花盆里。

鱼缸里，其他的小鱼静默地瞪着眼睛。我不知道它们是不是在为同伴的离去而感伤。因为鱼儿没有泪，有泪我也不会看到。

吴军点评：

做梦本没有什么，人人都在做梦。"我"做梦变成了金鱼，依旧贪玩懒惰，一觉之后却发现大限将至，临死前留给世界的只能是几个泡泡，而死去的金鱼被醒来的自己草草处理，引人一笑。小说情节看似荒诞，却越品越有味道，虽取题为"鱼的一生"，其中却暗含人生哲理。鱼生短暂，人生何尝不是这样？在不该偷懒的年纪就要努力奋斗，否则后悔之日便是离去之时。将博大的思想寓于精短的文字之中，正是王万胜所擅长的。

伞

文 / 张志明

是夏天，中午，太阳发狠地毒。妈妈和女儿出去，妈妈打着太阳伞，一直偏向女儿头顶。女儿一直想躲开，说要晒太阳。

到了公园广场，周围没有一点遮挡，阳光要把一切烤熟了。女儿蹦跳着奔向大太阳底下。快进来，脸晒黑了。妈妈急喊。女儿在前面回头，说，你观念太老了，我要晒成小麦色，时尚，健康。快回来，你还小，会晒伤的，会得癌的。妈妈依然急。女儿说，你老是认为我小，我的个子都要超过你了。女儿笑着，故意气妈妈似的，在太阳下撒欢。

东边日出西边雨。头顶一片白云飘过，居然来了一阵急雨。而远处，依然阳光灿烂。

妈妈好不容易把女儿罩在了伞下，见到太阳雨，女儿愈加兴奋，再次逃脱，欢呼着钻进雨中。妈妈厉声喊，近乎生气了，别闹了，淋感冒了，快回来！女儿在雨丝里调皮地回应，我就想在雨中散步，多浪漫，多有诗意，多有情调啊！

妈妈拼命追过去，伸手想把女儿抓回来。女儿一闪，早跑远了。

妈妈再也够不着了。

那雨中的女儿，引来了一位星探。他说女孩在雨中很美，他正在为一部影片选演员，问女孩想不想试试。

半年后，女儿因为那部影片一炮而红，并成功摘得著名国际电影节最佳女主角。

安燕点评：

这是一篇探讨家庭教育中家长"约束与放手"的小说。"伞"寓意家长的保护伞、羽翼、过度约束、过多干预、过度保护等等。文中母亲一再要把女儿拉进伞下面，女儿却一次次逃脱，要晒太阳、要淋雨，寓意家长与孩子之间的控制与反控制，保护与逃脱。女儿钻进雨中的美丽，幸运遇见星探的目光，获得了宝贵机会，并因此走向了成功。孩子大了，该放手时须放手。给孩子空间，给孩子锻炼，给孩子机遇，他们才能真正长大。

天 使

文／赤焰子

五年前，风雨交加的一天。

就在我将手伸进怀里的时候，我乘坐的公交车停住了。

上来一位老妇人，抱着个孩子，坐在我前面的位子上。

那孩子头枕在老妇人的右肩膀上，他是睡着的。公交车发动前行时，他醒了。

他竟然冲我笑了，甜甜地笑了。

这是多少天以来，甚至多少个月以来，第一个冲我笑的人。

我向他点点头。他竟然笑出了声，把小手伸向我。

蓬头垢面的我握着那小手，一股暖流传过来。

莫非是天使降临？

老妇人转过头来，眼里噙着泪水。

您这是……

唉，孩子患有先天性心脏病，要花很多钱。我们没有钱了，也不知这孩子能活多久……

我站起来，轻轻拍了拍老妇人瘦弱的左肩膀：没事，会好起来的。

停车，停车！我喊道。

车门打开，车未停稳，我跳下车去。

下车的瞬间，我将兜里仅有的几十块钱丢到老妇人身旁，我原本是想带到天堂去的。

车启动，走远。我站在细雨里，一任泪水滂沱。

我从怀中解下一排雷管，用手拧开，黑色的药末在地上被稀释。然后，我咬紧牙关，冲进风雨中。

两年后，我的企业东山再起。那些陷害我、欺骗过我的人我已不屑一顾。

现在，第五年后的今天，我的以救助病残儿童的天使基金会成立。我用颤抖的双手和嘉宾揭牌，那一刻，我的眼睛湿润了。

五年来，我始终没有找到老妇人和那个孩子。

不过，朦胧的泪光中，我分明看到那孩子了，绽放着微笑。

我依然向他点点头。

擦干泪水，我走下台拿起资料，微笑着走向人群中……

张军评论：

这是一篇有情怀的作品。情怀是一种高尚的心境、情趣和胸怀，以人的情感为基础与所发生的情绪相对应。本文中，主人公受到陷害、欺诈，失去了很多。他绝望了，产生了要报复社会的念头。他想在公交车上引发爆炸后消亡，但一个得病小孩子的微笑唤醒了他的良知：孩子是无辜的，更何况这孩子是折翼的天使。他决心改变自己，并努力帮助弱势群体，那些可爱可怜的孩子。有情怀，坚持正确的价值观念，这样的作品才有厚度和力度。

下山一条路

文 / 符浩勇

我偕同妻儿在山峰尽兴游趣，已近黄昏时分。正待寻路下山，但四处深谷百丈，山岚野雾间，依稀可辨一条羊肠小路依崖延伸而下……

早晨上山时，就听说上山下山就这条唯一的小路。我们是提着心跟随先行人攀援而上的，而他们或许早下山去了。

时间悄悄逝去，夜幕渐渐降临了。

这时候，山上游人稀疏。几间闲淡小店铺已打烊，仅有的一家客栈，也掌起灯火，可容留游人过夜，但我上山时带的钱所剩无几，况且在山下我已订了近400元的套房。即使在山上过夜，次日也得沿着那小路下山去。我犹豫再三，还是敲开一家小店铺的门，侥幸打听是否还有别的下山的路。

小店铺的主人是一个清秀的姑娘。她听明我的来意，满脸困惑，待她看我妻儿蜷缩无望的神色，沉吟一下，说："别害怕，我带你们绕道下山。"

"真的，下山还有别的路！"我大喜过望，几乎喊出声来。

姑娘轻盈地出门，从妻的怀中抱过孩子，我与妻子拎着行李，跟随在她的后面，从一条仄小蜿蜒的小路移步而下……

路上，姑娘谈兴颇浓，轻声柔语，娓娓道来，说起我们此行无暇游览的景观。

终于，眼前出现一片平坦，到了山脚下。姑娘嫣然一笑，说："其实，下山并没有别的路，同上山一样，下山走的也是这条小路……"

我眼送着她，凝想起来……

谢振点评：

《下山一条路》颇含深意。观带路者，可知有人善于带路，山路就会走得顺很多。观行路者，可知心中不惧，崎岖就会走得容易很多。心里放松，困难就会消散不少……这篇闪小说之所以给了我们这么多的感悟，与它"花开两朵"的人物刻画有很大的关系。作者以"路"为题，把带路者与行路者都生动刻画出来，让两者相互映衬，从而达到了1加1大于2的效果。

囚　者

文 / 秦德龙

　　8 年后，他走出了监狱。减刑释放，表明他经历了脱胎换骨的改造。

　　听说他出狱，朋友们都张罗着为他摆酒接风。他一一婉拒了。他把自己反锁在梦境的空间里，将钥匙扔在了梦之外。

　　他梦见自己仍被羁押在监狱的斗室里，两眼茫茫地望着窗外。牢房里有两扇窗子，一扇朝向塔楼，一扇朝向阳光。他知道，哨兵随时都在监视牢房，而他已经习惯了这种监视。他的心，日复一日地被狱规洗涤着。每时每刻，似乎总有一双无形的眼睛，从塔楼里射出监视的目光。渐渐地，他变成了自己对自己的看守，形成了自我约束和自我控制的能力。

　　经过沉睡和复苏，他对人世间的一切，看得更清晰了。

　　他神情自若地出现在一个酒会上。设宴的是曾经的一位朋友。朋友说："今天，请你喝酒，就是想知道，你是怎么被提前释放出来的？"

　　他打断了朋友的话："我明白你的意思！请问，人心中最深刻的革命是什么？就是从自己受监护的状态中走出来！"

　　朋友们面面相觑。没想到，住了 8 年监狱，他变成哲学家了。

　　他微微一笑："接受阴影，才会看到阳光；拒绝阴影，永远都不会有阳光！"他拍了拍胸脯，接着又说："我的心里，有一扇永远的门。这道门，通着监狱。任何人的心里，都有这扇门，都通着监狱！不过，只有做到能监视自己，才能从这道门走出来！"

　　朋友无奈地说："看来，关押了你 8 年，等于关押了你一辈子。这辈子，你再也走不出监狱了。"

　　他平淡地笑了："我每天都会回到梦里。在梦里，我既是哨兵，又是囚徒。"

谢振点评：

　　限定在 600 字之内的闪小说，要刻画人物、要有引人的故事情节，殊为不易。《囚者》不但能如此，而且又显得余味悠长，实属高明。《囚者》的成功，也与精练老到、以一当十的词句不无关系。比如小说的最后一句，几乎没有修饰词语，至简至真，却又蕴含深广，可谓是"用最小的面积集中最大的思想"。

奇医秦明章

文/叶 雨

方知县连日烦躁郁闷，憔悴萎靡，百医不效。

家人惶惶不可终日，唯祷神尔。

有秦明章者，不请自至。

望闻问切之后，自取琵琶而弄之。但闻铮然一拨，弦生悠扬——

初如秋风徐来，枫叶飘摇，渐似江波浩渺，芦荻瑟瑟；

次见江上渔舟唱晚，舟上炊烟冉冉；

又若港湾在望，鸥鹭翩翩；鱼跃秋水，锦霞漫天……

方某初而狐疑，进而合目洗耳，俄而双颊红退通体微汗，渐渐神清心静。

至终曲一划，方掀被而起。赞曰：好一曲《浔阳秋水》，妙哉！

上下寻之，病若去半。

次日，明章又携童伶二，于庭中串演赃官、醉鬼，小丑跳梁。插科打诨，种种戏谑。逗得方知县嬉笑不迭。忽然，嗝出气舒，中满尽消。明章见了爽然摘下假面，鼓掌笑道：恭喜老父母，贵恙已祛。

于是，方某排宴感谢明章。

人问秦明章：先生药石未动而力祛沉疴，愿闻其中高妙。答曰：心病心医，非药石之所能。大人今病于郁结，久厌逢迎故也。心病心医，无他。

人未尽其详，曰：何以知也？

明章曰：一闻于民声，二观之尊颜。老父母官声勤廉，卓有政绩而面带愁烦，精神不振。乃不胜官场酬酢尔。

方某闻之，抚髯叹道：知我者，明章也。吩咐奖赏。

明章起而拜曰：大人善保清操则民之幸甚！奖赏却不必了。

言毕，叫上童伶昂然去了。

袁锁林点评：

作品再现唐宋"传奇"风采。人物行为超常而别具魅力，不仅医术奇，医德也高，

激荡人心，也教化人心；追求形式与内容的匹配，采用浅近的文言，"文不甚深，言不甚俗"，明快流畅，雅俗共赏；笔法也富于变化，波澜曲折，摇曳多姿；结构精巧，前后呼应，环环紧扣，扣人心弦。既展现古代高人雅士的古道热肠、大义侠骨，也显现了文言的简练之美。叶雨以"旧瓶装陈酒"方式、以"传奇"手法写闪小说，是对闪小说创作的有益尝试与探索。

老人叹塔

文 / 侯建忠

距闻名世界的应县木塔不远的地方，住着一位年近八旬的老人。一天，他站在自己的家门口，望着挺拔的木塔，发出一阵叹息。

原来，老人很小的时候，就想上木塔去看看，家里人说他小，长大了有的是机会，没有让他上去。等他成年了，自己也觉得住在塔下，迟早也能上去看看，所以一直没有上去。直到有一天，他因年老体弱不慎摔了一跤，再也不能自由行走时，才明白，自己再没有机会登塔了，后悔当初没有趁青春年少登上去。

程思良点评：

好的文章会给人以回味的余地，起到言尽意未尽的效果。《老人叹塔》就是这样的作品，文短意长。住在佛塔下的老人，认为自己住在佛塔下，上佛塔是迟早的事，也就没有把上佛塔当成一回事，一次次错过轻易登塔的机会。直到老人年老体衰，望着眼前的佛塔再无力登上时，才猛然省悟，自己已永远失去了登塔的机会而望塔兴叹。老人的叹息令人惋惜之余，发人深省。简单的事如果掉以轻心，一旦错过机会将难以实现，留下无法弥补的遗憾。老人一声叹息，却让人不由随老人的叹息而发出叹息。正所谓：心动不如行动，机不可失时不再来。

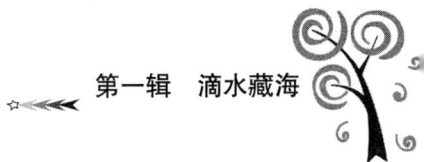

雕　像

文 / 吴宏鹏

他是个雕刻家。

他决定为自己做一尊木刻雕像。

雕塑自己，感觉特别难，扔掉的半成品堆积如山。

一晃三年过去了，这天，终于大功告成。他脸上露出灿烂的笑容。

十岁的孙儿正巧进来。

看看，像爷爷吗？他得意地问。

不太像。孙儿摇摇头。

你再看看，这可是爷爷最满意的哦。他耐心引导。

孙儿一言不发，扭头跑了。一会儿，他抱着一尊未打磨好的雕像进来：爷爷，这是你第一次扔掉的，最像你了。

凝视良久，他恍然大悟，突然笑了，笑得很轻松。

张红静点评：

　　这篇闪小说的题目是《雕像》，从篇幅上来看也是一个精微雕塑。一个雕刻家塑造自己，总是想将自己塑造得真实完美。其实真实和完美是一对矛盾，真实并不一定完美，完美也不一定真实。木刻作品出来后，那种似是而非的才算真正达到了艺术的境界。然而对于欣赏者来说，他更欣赏的是质朴和纯真的本色。尤其在一个孩子的眼里，更有真实的体验并口吐真言。作品的价值也正在于此，它警醒人们沉下心来思考，从而达到了一种自我认识与深刻反思。"清水出芙蓉，天然去雕饰"，本色最美。做人心清如水，就免去了纷纷扰扰和自寻烦恼。最昂贵的化妆品也抵不过曼妙的青春。"文章本天成，妙手偶得之"，寻章摘句无病呻吟不如行云流水返璞归真。万事万物同理，只有达观从容顺其自然才是为人为文的最高境界。

拐

文/李 剑

　　我必须让他放下他的那根拐，让他重新学着走路。因为我和孩子需要他。一个我引以为豪的丈夫，一个优秀称职的爸爸。

　　病房里摆满了鲜花和各式各样的慰问品，透过鲜花我看到了他那滋润而鲜活的脸。但墙角的那根拐却深深地刺痛了我。

　　"你也太不坚强了吧！不就是崴了一下吗！你待了十多天了，不想家吗？不想我吗？不想孩子吗？"

　　"想啊！想孩子！想老婆！但是我的脚还痛得厉害！"我听了心里难受死了。

　　"回家吧！我和孩子离不开你呀！"他好像不高兴了。

　　"你不要再用拐了，用长了你就不会走路了。"

　　"你别瞎说，刚来的时候，几位处长还准备让我坐轮椅呢！我没同意。他们现在都说我原来是这样地平易近人！"

　　"你本来就是个平易近人的人啊！你怎么不知道自己是什么人呢！我看你真有可能忘记人是怎么走路的了！你如果在这里待长了，我看真要换轮椅了。"

　　他有点怒了。"你怎么咒我残废啊！我反正不回去！"

　　为了一个我引以为豪的丈夫，为了一个优秀称职的爸爸，我必须让他离开他那该死的拐。

　　"你回家吧！扔了那拐！"

　　"行了，行了，回家可以，拐还不能扔。"

　　"你必须扔！"

　　"为什么？"

　　"因为你根本不需要！你的拐会害了你！"他瞪大了眼睛看着我。

　　"为了我，为了孩子，也为你自己，你会走的，你的脚早就没问题了。"

　　他低下了头说："你怎么知道我的脚没问题？"

　　"你崴的是右脚，但有几次你却将拐拄在了左边。"

叶雨点评：

　　领导崴了脚本不是大事，却由此伤及了心灵——离不开拐了。这种荒诞的自我感觉，活脱脱暴露了他们虚荣到极点的病态心理。读来，让人忍俊不禁的同时不由深长思之。那些最终进入大墙以内的官儿们，可能最初都是这种病态心理导引的结果。其实，作为领导的男人根本没有弄明白，真正关心他爱护他可以让他能够站得稳立得正的人不是别人，就是那个最爱她的糟糠之妻。只有她才时时刻刻真正关注着他，生怕他一步不稳，倒在邪路之上。能够驱除他心灵邪魔的也只有她！此文，行文从容洒脱，于平静的叙写中不乏荒诞幽默，不乏思想的深度、主题的高度、开掘的宽度。足见作者的为文追求不俗。

其实是常识

文／袁锁林

李东与乔杰成为好友，好多人困惑。

李东是大名鼎鼎房地产开发商的公子，而乔杰的父母是农贸市场摆摊卖菜的。一个在国际学校，一个在乡镇中学，两个人怎么相识成为好友的，一直是谜。有好事者相问，他俩都一笑了之。

于是有人猜测，是乔杰巴结讨好李东的，无非是想占便宜；也有人认为，李东之所以乐意与乔杰为伍，是能够体现条件优越，就像美女喜欢跟丑女结伴，有个陪衬……

他俩当然听不到别人的议论，最多看到人们狐疑的目光。他俩却视而不见，轻松往来。这不，清明节到了，李东踏进了乔杰的家。两个人在明媚的阳光下，在绿油油的田野里漫行，像亲兄弟一样。乔杰的父母卖完菜回来，买些熟菜回来，李东与乔杰吃得津津有味。中秋节到了，乔杰带着母亲手工做的饭瓜烧饼来到李东的家，李东一家都会尝一尝……

人们还是不看好他们之间的交往，可他俩的友谊就是与日俱增，而且更出人意料的，李东与乔杰高考成绩都非常出色，一起被北大录取。

在为他们庆祝暨送行宴会上，主持人对他俩声明：今天有个问题，你们必须回答！因为这几乎是大家共同的疑问！

李东与乔杰诧异地望着大家，又望着主持人。

主持人说：你们两个人生在条件和环境悬殊的家庭，何以能成为朋友，能一起走到今天的？

李东与乔杰相视了一下。

李东说：生在什么样的家庭，不是我们可以选择的呀。

乔杰说：能成为朋友是因为我们志趣相同。朋友是可以选择的呀。

程思良点评：

这篇闪小说，开头设疑，最后解疑：生在什么样的家庭，不是我们可以选择的。能成为朋友是因为我们志趣相同。朋友是可以选择的呀。富有哲理意味的话语，发人深省。其实，这是常识。小说标题可谓画龙点睛。

第二辑 会心一笑

虎猫对饮

文 / 马长山

老虎请猫过来喝一杯。

"您不会拿我当下酒菜吧？"

"哈哈，朕也是猫科动物，彼此照应还来不及呢。"

酒过三巡，天色渐晚。

"大王，您要是没别的事，我就告辞了？"猫喝得有点多了。

"还早呢。朕今天叫你来，是有件事同你商量。"

"只要有用得着臣的地方，就是赴汤蹈火，臣也万死不辞。"

"朕最近得了一种奇怪的病，尾巴痒得夜不能寐呀。"

"臣这就四下打听出灵丹妙药，医好大王的痒痒。"

"不必了。昨天狐狸献了一个偏方，说是用一只小老虎或者猫的骨头煮的水涂在尾巴上，几天以后就好了。"老虎用爪子紧紧抓着猫背，放声大哭——"朕真是于心不忍啊！"

"大王的意思是？"猫的脑袋一下子大了。

"朕只有四个孩子呀！小小年纪，朕怎么忍心使用它们的骨头呀！看来只有暂借爱卿的骨头一用了。"

"大王，自古道，'君要臣死，臣不得不死。'只要能医好大王的病，臣死而无憾。只是臣有一家妻小，很是放心不下。"猫热泪滚滚地说。

"一切都包在朕身上：爱卿死后，朕只要你的骨头，厚葬你的皮肉。至于你的家小，朕将照顾到底。"

"臣就怕老狼欺负它们……"

"它敢！朕的病每年都要犯一次！"

程思良点评：

西方的闪小说源于《伊索寓言》，而当下中文闪小说创作中，也频频出现寓言的影子。通过寓言与小说的互渗，创作出寓言体闪小说。马长山的《四季物语》四

部著作是典型代表，这些作品不同于通常所见的寓言，非常讲究构思的巧妙与表现手法的新颖。如情节构思上的波澜迭起，欧·亨利手法的运用，都给人带来意外的惊喜。这些作品，既具有寓言的教育性，又有小说的可读性与艺术性。例如，马长山的《虎猫对饮》这篇短小精悍的寓言体闪小说，语言生动，构思巧妙，寓意深刻，耐人寻味。作者在几百个字中闪跃腾挪，情节跌宕，意外频出，堪称寓言体闪小说的经典作品。结尾运用双欧·亨利手法，更是让人拍案叫绝。

摔跤的地方

文/凡 夫

苏格拉底要赶到一个地方去讲学。他的学生柏拉图自告奋勇地要求赶着马车送老师。

这条路真不好走，坑坑洼洼，高低不平，大大小小的鹅卵石裸露在路面上，一不小心，就会马仰车翻。柏拉图非常谨慎地驾驭着马儿，灵巧地躲过一个又一个障碍和危险。

终于，他们驶出了那段险象环生的坏路，前面的路又宽阔又平坦，柏拉图高兴地打了一个响鞭，马儿撒开四蹄向前飞奔。

风在耳边呼啸着，路边的树一棵接一棵往后倒。苏格拉底正满怀兴致地欣赏着沿途的风景。突然，马车腾空跳了起来，哗啦一声翻倒在地，把师生二人抛下了马路。

幸亏马路下面是农人新翻耕的一片土地，他俩刚好摔在松软的土壤上。要不，是残是伤还说不准呢！

抹掉满脸的泥土，苏格拉底爬起来回到马路上。刚才让马车翻倒的，只不过是个不大不小的石块——大概是从哪辆运石块的车上掉下来的。

苏格拉底一边拍打着身上的泥土，一边感慨地说："摔跤的地方，未必是凹凸不平的地方啊！"

唐启意点评：

柏拉图翻车的故事，其实就是国人俗语里说的："大风大浪都闯过来了，却在小河沟里翻了船。"现实生活中，这样的例子不少。比如两口子最初创业时，历尽艰难仍相濡以沫，可等到苦尽甘来却因一方心态发生变化而掰了；比如某企业开疆拓土时谨小慎微如履薄冰，却在步入坦途后因疏于管理而前功尽弃；再比如某官员打小卧薪尝胆悬梁刺股就为奔个好前程，偏偏在走上高位后因经不住稍许诱惑而毁了一世英名。前车倾覆，其辙犹在，不可不鉴。

将不动

文／段国圣

　　杨文安是个下棋的好手，这在方圆几百里无人不晓。杨文安自鸣得意，在棋室的门楣上挂一块匾额，赫然写着三个大字：将不动。将不动就牛了，杨文安棋盘上的将是用钉子钉着的，意为没人能将到他的军！

　　一日，一男童跨进门来，要与杨文安对弈一盘，杨文安不屑：小毛孩到外面玩泥巴去。男童不依不饶，杨文安便在棋盘前坐下，几个回合下来，男童突然起身不告而别。杨文安背后骂道：真是个不知天高地厚的小东西。

　　翌日，男孩又跨进门来，摆开架势要与杨文安再弈一局，杨文安满心不快：去去去……没料男孩已抓起炮摆了个炮二平五，杨文安看男孩倔强，便有心戏弄他一下，出了个卒五进一。下着下着，杨文安突然大汗淋漓，男童却不紧不慢地从裤兜里掏出一把小铁钳，口称先生莫急，我来帮你把那钉子拔了。

　　后来杨文安对男童作揖：为何昨日不赢我？男童憨憨一笑，昨天忘带铁钳了。

程思良点评：

　　清代的袁枚在《随园诗话》中强调"文似看山不喜平""文须错综见薏，曲折生姿"，段国圣深谙此理，他的闪小说十分讲究构思巧妙。虽然每文仅几百字，篇幅十分短小，然而，他却通过精心营构，杯水兴波，使故事情节摇曳生姿，引人入胜。譬如《将不动》，写一目中无人的棋手杨文安，将他棋盘上的将钉死，意在表明没人能将其将。一日一男童来与其对弈，几个回合后，男童竟不告而别。翌日，男童复来，下着下着，杨文安大汗淋漓。如果小说只写到这里，平淡无奇矣！作者的高妙之处在于，波澜乍起，别开生面。只见那男童不紧不慢地从裤兜里掏出一把小铁钳，口称先生莫急，我来帮你把那钉子拔了。倘若行文至此，也可算不错之作了。但作者并不满足于此，继续翻新出奇。小说接着写杨文安对男童作揖：为何昨日不赢我？男童憨憨一笑，昨天忘带铁钳了。这个结尾，既出人意料，又在情理之中，妙不可言。

追 梦

文／（新加坡）艾禺

她很不以为然，只是女儿毕竟年轻。

哪有人会不想做这个世界上最美的新娘，还要有世纪婚礼才会一生无悔。女儿这样对她说。

不值得。她心里嘀咕，没有说出口。

婚礼的筹备像倒出来的沙，粒粒都要是精品，酒店晚宴，六星级的；新娘礼服，顶尖设计师设计，婚纱上面的水晶配饰，精挑细选，容不下半点瑕疵；新郎的礼服更要讲究，总不能是曾经的二手货……

以后两口子的居所在半年前就已经开始装修了，虽然两个人的薪水不高，可已买了人人羡慕的高级公寓，首期在征得对方父母的同意下慷慨赞助，之后嘛——腔一定供得起……

年轻人什么都懂得精打细算，不像上一代人那么单纯，算盘好像也没错，不投资如何追梦，这也是现实问题，不过她心里就是没有踏实过，怕旧戏重演……

再豪华浪漫的婚礼也走不出时间的规范，一天唰地过去了，追到的梦就像飞天的彩色气球，飘远……

三个月后，女儿一把眼泪一把鼻涕回来哭诉，欠了酒宴的钱还没有还清，房货拖欠了两个月，信用卡的利息如决堤的洪水，淹到家门口来。两人为欠债的事天天吵架，互相指责，是谁要世纪婚礼的？落地的水晶都变成碍脚的石头。

最美的回忆成了最大的伤痛。

她没有告诉女儿，其实自己当年就是为了追同样的梦，最后害她爸爸不堪债务的折磨选择人间蒸发。她把伤痛藏在心里从来都不与人说，因为至今都还不能面对；她本以为年轻人比自己聪明，会过得了这个门槛，从此幸福下去……

梦很虚伪，爱披糖衣，她穿了一件，女儿也穿了一件……

程思良点评：

　　这篇闪小说构思巧妙。前面娓娓叙述女儿不顾经济实力，一味追求"世纪婚礼"之梦，以致最美的回忆成了最大的伤痛的故事。倘仅如此，只是一个司空见惯的寻常故事。然而，作家显然不会在此收束，而是通过情节突转，引出了另一个故事。原来母亲当年也有着相同的经历。小说结尾写道："梦很虚伪，爱披糖衣，她穿了一件，女儿也穿了一件……"可谓画龙点睛，意味悠长。

狗爷爷

文 /（新加坡）黄奕诚

乞丐坐在闹市的一角，身旁放着一根拐杖，他可怜兮兮地向来来往往的路人乞讨着。

忽然，一位富婆模样的中年女人，牵着一条浑身洁白的长毛狗朝他方向走来。乞丐颠着手里的破罐子对她乞求道："小姐，请您行行好。"

女人停下脚步，眼里露出鄙视，她看了看脏兮兮的乞丐，再瞧了瞧她的爱狗。慢条斯理地打开钱包，拿出一张一百块大钞，傲慢地对乞丐说："只要你叫我的狗狗一声爷爷，这张一百块钱就是你的。"说着晃了晃手中的一百块大钞，盛气凌人地坏笑着。

女人的举动，吸引了不少路人。

乞丐脸上的肌肉僵住了，上唇紧紧地咬着下唇，看了看女人，又看了看女人手里的钱。

"怎么样？"女人气焰嚣张地挑战着。

一百块钱对乞丐来说可不是小数目。他望了望那条狗，那条狗也望着他。思索了一会，他在众目睽睽下对那条狗叫道："爷爷。"

围观者有的哄堂，有的摇着头叹气。

那女人大笑着松开手，百元大钞像一片叶子，无声无息，轻轻地飘了下来。

乞丐眼明手快，伸手抓住了钞票，然后大声地叫道："谢谢奶奶！"

袁锁林点评：

何为"为富不仁"？富婆以百元大钞戏要乞丐，便是一个典型的生动形象的描绘；何为"急中生智"？乞丐在受引诱胁迫之下喊了"狗爷爷"后，取得钞票，再道"谢谢奶奶"便是最妙的诠释。"敬人者人恒敬之，侮人者人恒侮之"，作品以一则机智的故事，阐述了一个永不过时的主题。

请 客

文/（中国澳门）许均铨

曾兆发在澳门生活多年，今天终于在酒楼订了两席，特别宴请老朋友。

年过六十的他，已吃过在座朋友的酒席数十次，他要还这个人情，已经想了几年，他的口袋有数千澳元，是昨天有一笔小横财进账，准备宴会结束后付款用的。笑容可掬的他是今天的主角，一笑起来两眼边的鱼尾纹特别明显，头发略长，从前面往后梳，盖着光秃的后脑勺。算命的说他近来福星高照，他对此坚信不疑。

"大家干杯！"一阵酒杯底敲击桌上的旋转玻璃小圆台，快乐气氛弥漫。曾兆发站起来敬酒，接着说了一声："失陪！"然后去洗手间。

宴会在继续，有人开玩笑说："他会不会借尿遁。"有人附和。有人说曾兆发拿出几张黄色的千元大钞给他看，应该是有备而来。侍者又上菜，人们又开始敲击玻璃小圆台，干杯！

曾兆发回到座位，脸上仍然是一副笑容，带有微乎其微的无奈，没有人觉察到。朋友们在大快朵颐，有人说："发哥，多谢你这一餐。"曾兆发微笑着轻轻说了一句："应该的。"

侍者端上甜品之后，曾兆发非常潇洒地请大家品尝，宴会已进入尾声，曾兆发对大家说："各位朋友，今天这一餐原本是我请客，因一点小事改变了我请客的计划，请朋友们赏个脸，先来个 AA 制，大家凑钱埋单，下一次我一定补请。"

两席的朋友全停下手中吃甜品的汤匙，一时间鸦雀无声。

"曾兆发真系'真少发'。AA 制就 AA 制，大家凑钱就凑钱！"有朋友借酒意口齿不清地说，也为曾兆发解了围。

"吃饭前你给我看你口袋有几张千元钞票……"有人问。

"我刚才上洗手间，出来时到酒楼的娱乐场下注，本想多捞一把，没想到全军覆没……"

袁锁林点评：

总是接受朋友的宴请，在花甲之年发了横财之际，才把回请付诸实施，结果因在酒楼娱乐场下注输光，而不得不请求朋友们 AA 制。作品生动细致地描绘了一个典型的小人物形象，爱贪便宜但良知未泯，迷信星相占卜之术，梦想一夜暴富，心怀侥幸，嗜赌成性，如此小人物在生活中可谓层出不穷，不一而足，或竹篮子打水一场空，或偷鸡不成反蚀一把米，或倾家荡产沦落街头……作品是一出小闹剧，但充满生活的况味。

关闭通告

文 /（菲律宾）林素玲

"哔！哔！哔——"

手机响了，手指像自动机械一样总把她从睡梦中叫醒，第一键马上进入自己的脸书版面，看看几个人点赞。

这张照片，有 15 个人按赞。

另外一张，有 50 个人按赞。

点击按赞名单，搜寻他的名字。

有了，她满意地微笑，退出系统。

15 分钟后，再次打开版面，上传一张自拍照。

再次把手机放一边。

"哔！哔！哔——"，有人点赞了。每五分钟，她会打开看看。按赞的人不少，只是她在名单上来来回回找寻，有点失落，她狠狠地按下退出键。

难道他没上线？几秒钟后，她再次登录，找他的版面，看看他是否在线上。

看到他连续上传好多动态，就是没有给她这张照片点赞，她很纳闷。

"哔！哔！哔——"，在自己的照片上为自己点赞，让照片活跃起来，引起他的注意。

看到他为别人点赞，唯独没有发现这一张。

"偏心！为什么无论我怎么努力，还是得不到他的关注、赏识？好累哦。"

点赞、取消点赞、点赞、取消点赞……手指反复上下滑动。

此时手指滑落刚好触击一个功能，"关闭通告"。

她再次摆个姿势自拍，对自己的镜头开怀一笑。

袁锁林点评：

作品惟妙惟肖地描摹一个处于恋爱阶段的女子的情形与心态，有点自恋，也有点矜持，希望得到所爱的人的关注、点赞，被点赞时心花怒放，被忽视时恼羞成怒，纤毫毕现，惹人爱怜。结尾更是细腻，把那种少女春心萌动却无处可依、百无聊赖又心存幻念的情景，刻画得非常传神。

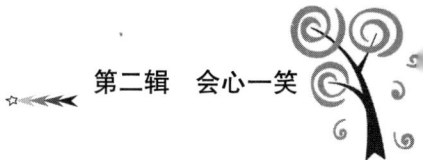

疑

文/(巴西)区少玲

四周暗沉沉的,她开着车子赶路回家,心里后悔刚刚在公路休息站餐厅不该贪嘴,多吃了那最后两口菜,现在胃酸冒上来跟她算账。

哎哟,怎么回事?后面那辆车突然开大灯,远光照得她整个车厢亮堂堂。什么白痴,究竟会不会开车呀?这么没礼貌。

这种公路疯子她一个女人惹不起,只好避让转向右线。该死的家伙居然跟着过来,坚持继续照亮……

她吓着了,真倒霉,碰到个心理变态,她拼命加速,逃命要紧啊!

可是,那辆车子就是紧跟着,她想尽办法也摆脱不了,急得她额头冒汗,手心湿淋淋的……

万幸,救星从天降!前面出现公路警察站可爱的灯光!她慌忙开进去,紧急停在门前,下了车,一边跑一边喊:"救命……救命啊!"差点扑进赶出来的警察先生怀里。她抓着警察的手臂,发抖地指着后面,那辆车居然也跟了进来!

那个吓得她魂飞魄散的煞星下车来,走到她车旁拉开后门,叫警察快来捉坏人。

原来,那人开车时发现前车后座冒出一颗头颅,右手举起可能是武器的东西,正要行凶的样子。他急忙开大灯照亮她的车厢,压制歹徒不敢行凶。

歹徒一定是在休息站停车场藏匿进了她的车子……

程思良点评:

小说构思巧妙,集惊险、悬疑于一炉,情节紧张,层层推进,结尾一闪,抖开谜底,让人拍案叫绝。

规 则

文／郭广华

那天，云淡风轻，空气中弥漫着各种花草的清香。

狼爸爸领着两个刚满四个月的儿子到草原深处学习捕猎。两个孩子高兴得一路上连蹦加跳，一会儿望望这，一会儿看看那，草原上的一切在它俩眼里都是那么新鲜。

三只狼在一处茂密的草丛里隐蔽起来，很快，它们看到前面跑过来两只黑底白花的野兔，狼爸爸用眼示意两个孩子准备捕猎。说时迟，那时快，当野兔跑到跟前时，两只小狼以迅雷不及掩耳之势冲了过去。狼哥哥一口咬住了一只野兔，但狼弟弟却让另一只野兔跑掉了。

回到家里，狼爸爸对两个孩子进行了批评教育。狼爸爸让大儿子罚站两个小时，让二儿子罚站半个小时。

大儿子不服气："爸爸，今天我捕到了猎物，弟弟一只猎物没捕到，为啥让我站俩小时，弟弟却只站半小时？"

狼爸爸抬了抬眼皮："问得好，你弟弟没捕到猎物不算什么大错，而你却犯了我们狼家族的规则，酿成了大错。"

"规则？啥规则？"狼哥哥一脸疑惑。

"上天给了我们吃野兔的权利，但却没有给我们戏耍、侮辱、摧残野兔乃至任何生灵的权利，你明白今天你的错误吗？"狼爸爸严厉的声音震得大儿子的耳朵嗡嗡作响。

"爸爸，我知道错了，我不该像可恶的现代人一样不讲规则。"狼哥哥流下了悔恨的泪水。

张瑞芳点评：

狼爸爸惩罚捕到猎物的大儿子，这一反常举动让人意想不到。原来，作者是想通过这个故事警醒世俗的现代人：做任何事情决不能单凭主观感情臆断，应遵循事情发展的规律规则。

弄错了

文 / 康玉琨

咕咕、咕咕、咕咕……一串鸟儿清脆而响亮的叫声在田晓刚的身边骤然响起，正在聚精会神听课的田晓刚被吓了一跳，但很快明白这是同桌田晓强的手机响了。

许多同学都转过头朝他们这儿看，有的还嘻嘻地笑。戴着高度近视眼镜的数学老师中断了他的演算，摘下眼镜，拿起点名簿看了看，怒喝："田晓刚，站起来。"

田晓刚无奈地站了起来，望着王老师花白的短发，感到十分委屈。要是上语文老师的课就好了，作为班主任，林老师她肯定知道田晓刚和田晓强是双胞胎兄弟，虽然外貌极为相似，性格、成绩却相去甚远。弟弟田晓强才是捣蛋鬼。至少记得田晓刚是副班长，不会轻易违反学校规定把手机带入教室。

田晓刚没有辩解，王老师又背转身去，面向黑板，边画图边循循善诱地讲解起来。

"王老师，刚才是我的手机响了。"田晓强说着站了起来，主动承担责任。

"下课写份检讨交给我。"王老师朝田晓刚摆摆手说，"你坐下，弄错了，不好意思。"

康维方点评：

本篇闪小说截取的是课堂的一个片段，它如一面镜子，照出了王老师、田晓刚和田晓强三个人不同的形象特点。人物虽寥寥数语，或沉默不语，却是个性鲜明，给人留下深刻印象。情节上采用双胞胎同桌的巧合法，却富于真实感和喜剧色彩，且颇具生活气息。

诚　信

文 / 黄志伟

　　在公司，我是副总。我在外面出差了一个月，刚回来，就听到我们陈总要烧掉价值一百万的药品的事。我急忙找到陈总："陈总，那批刚生产的药品还没卖就拿去销毁了，那批药价值百万啊！"

　　陈总"哎"了一声，沉默不语。我焦急地再问："陈总，如今生意难做，这可是几十万元的经济收入，数目不小哪！"

　　陈总把我拉到一边，拍拍我的肩说："我知道你是为我好，可我是有苦衷的。"

　　"啥苦衷非得拿钱开玩笑？"

　　"你不知道，小的时候，我亲哥生病被送往当地诊所就诊，遇上庸医，给用的是假药，结果大哥还没享受这个美好的世界就给治……"陈总热泪盈眶，"从那时起，我就恨透了制假售假的人，所以……"

　　我说："可是，咱们的药从来没有出过任何的问题啊，这批怎么会出问题呢？"

　　陈总说："这批也没有任何问题！"

　　我不解："那为什么非要烧掉！"

　　陈总说："因为药品市场不景气啊。"

　　我说："那也不能烧上百万的药品啊。"

　　陈总说："过些时候你就知道我为什么这样做了。"

　　不久，公司销毁在自查中发现的不合格药品的消息经媒体曝光引起全国轰动。紧接着，公司的股价一连大涨，订单如雪花般接踵而来！

　　后来我终于知道，销毁的药品，是陈总制造的假药，就是为了用来销毁的，成本不过一万多元。

程思良点评：

　　在《诚信》中，前面不断渲染公司如何讲诚信，正当读者为公司的做法而喝彩时，不料，情节却出现了反转，原来为公司赢得"诚信"美誉而被烧掉的那价值百万的药品，是公司特意制造的假药，就是为了用来烧的，成本不过一万多元！诚信其表、欺诈其里的反差，让读者大跌眼镜。小说平中见奇，层层推进，最后突转，让人拍案叫绝。

反　差

文 / 梁明才

近一个月没有和弟兄们一起喝酒了。周末大家聚在一起，特别开心，一开心喝酒时间就拉得长。酒喝结束，走到公交车站时，27 路末班车正在发动，我赶忙跑上去。

与我同座的是一位学生模样的姑娘，面部表情挺甜，看着微信，不时捂着嘴笑。

借着酒劲，我主动和她说话。交谈中，得知他父亲是快递员，母亲在做家政，她在读高三。

20 分钟后，车在郑平公路柴郭站停靠，几位乘客下车，姑娘也下车。

姑娘边走路边把手机往脖子上挂，这时，她突然惊叫一声："我的项链，我的珠子……"车厢内珠子蹦跳着。

灯火璀璨的夜晚，公交车发动机嗡嗡地响。

好几位乘客跑过来帮助姑娘寻找珠子。

一粒、两粒、三粒……大家你一粒，我一粒分捡着。

最后，还差一粒没有找到，姑娘竟然委屈得要哭起来。

我很幸运，最终在车门和地面的连接处找到了最后一粒。

我把捡起的珠子递给姑娘时，觉得成色有点不对，我问她，你这项链多少钱买的，姑娘说："不贵，在地摊上新买的，10 元一条。"

在乘客的惊愕声中，我鼻梁上的近视眼镜啪的一声掉在了地上。

谢林涛点评：

《反差》一文中，与"我"同座的女孩，下车时不小心，戴在脖子上的项链线断珠散。她先是惊叫，接着是委屈得要哭起来。她情绪上如此剧烈反应，给同车人的感觉是她的项链一定很贵重。然而令"我"大跌眼镜的是，那条项链不过是她花 10 元钱买的地摊货。这是字面上的一种反差。另一种反差，则是旁人与女孩对待一条廉价项链价值上截然不同的看法。女孩为什么如此看重这条项链，个中原因引人沉思。

魔术师

文 / 梁闲泉

呼吸机嘀嘀嘀报警。

魔术师老付的心电图成为一条直线了。

护士过来给老付撤仪器的时候，不知为什么魔术师慢慢睁开了眼睛。

这老付生性幽默，住院期间就愿意跟别人开玩笑，可现在这个玩笑似乎开大了，护士小姐噔噔一阵跑，不一会儿主治大夫过来了，问："老付的子女都到了吗？"

"对呀，我们都来了。"

大夫伸手轻轻给老付合上了眼睛，一拿开手老付的眼睛又睁开了。

"老人家单位同事来了吗？"

"来了，我们在家的都来了。"

大夫给老付合上眼睛，拿开手老付的眼睛又睁开了。

"老人家单位领导来没来？"

张书记点一下头，走到老付的床头，说："老付哇，我是老张哪，你放心走吧，你的徒弟们都挑起了大梁。"

大夫给老付合上眼睛，拿开手老付的眼睛又睁开了。

张书记说："老付哇，你家老伴和孩子们的生活你不用担心。"

大夫给老付合上眼睛，拿开手老付的眼睛又睁开了。大夫问张书记："你想一下，还有什么事是老魔术师生前最惦记的？"

张书记眼睛眯缝一会儿，点点头："老付哇，你正处级魔术师待遇批下来了。"话音刚落，魔术师老付的眼睛合上了。

安石榴点评：

梁闲泉的《魔术师》"闪"了一下讽刺与幽默的光，很好，因为不那么烈性，比如三伏天骄阳的光芒，那就让人受不了，无法领受，早就躲到远远儿去了。我觉得，即使书写人间丑恶、进行教化，也要温柔些，讲究一个度，何况魔术师对世俗所抱有的期待是普遍的人性反映，可是这世俗的期待毕竟又是不美的（在那样一个大限时刻甚至可笑可悲），所以，我说，这束光刚刚好，有切肤的刺激让人警醒。

病 人

文 / 飞鸟

冯背后传来低沉的声音："看病。"

冯重新打开门。

病人说："听说你是这里最好的心理医生。"

冯亲切地笑笑。

病人说："我精神萎靡，郁郁寡欢，有时还胡思乱想。最恐怖的是仿佛有一座大山压住了我，也说不清是不是山，因为又像一张网，牢牢地网住了我，越挣扎越紧，透不过气。医生，求求你，尽快治好我的病，过了冬天我就要离开这里了。"

病人露出痛苦的神情。

冯知道，这种病人只要开怀大笑了，慢慢就能调整过来。

冯说："开心大剧院来了个滑稽的小丑，他简直棒极了，每次都能让人开怀大笑。其实——我和你一样也被大山巨网所困扰，痛苦不堪，试尽各种办法也无济于事，每天下午去观看小丑的表演，才得以暂时解脱。"

当然，"其实"后面的话冯是在心里说的。一个心理医生患上了忧郁症，又束手无策，只能靠小丑治疗，这叫冯怎么说出口。

病人摇摇头。

冯说："那个小丑，有种绝技，可以不用手捡钱。有一次，我扔了一张大纸币，他双膝跪地，用嘴唇轻松地捡起。我又扔了些硬币，他用嘴唇一枚一枚地接住。当然，这些钱都归他。多有趣啊！"冯忍不住哈哈大笑。

病人突然面色发白，目光呆滞，嘴唇颤抖着使劲摇了摇头。

冯说："你是病人，要听医生的。"

这个病人再没来过。冯想：他一定是听了建议，去看了小丑的表演，也许已经痊愈了。

冯每天下午，依然去看小丑的表演，只是心里的忧虑越长越大：听剧场经理说，冬天结束的时候，小丑就要走了，到时候自己该怎么办？

程思良点评：

这篇闪小说，构思精巧，内蕴丰赡。文中，冯医生与小丑都患上了忧郁症，并互为"医生"。冯医生告诉病人去看小丑表演的治病之法，是自己的亲身经验。然而，让人啼笑皆非的是，冯医生的这位病人，其实就是开心大剧院的那个滑稽小丑。至于病人（小丑）是否采用了类似的方法，文中并未交代，而是留下了空白，任由读者想象。小说的结尾闪得妙，可谓豹尾，颇具艺术张力，文已尽而味悠长，留下了丰富的想象空间。

恼人的婚宴

文 / 段万义

利先生二十有八，属工薪一族，今年他结婚。

婚宴在双方农村老家摆得排排场场，部分所需资金由利先生自己借支。由于农村贺礼甚少，所以利先生欠下一笔不小的债。

一日，有好事者给利先生进一言，说是通过在城里办一次婚宴可以填补资金缺口。于是他清点被宴请者，再按照一般所送礼金预算，总计款额确能还清债务，还略有盈余。后来利先生又和新娘商讨了此事，都觉得可行。

婚宴如期举行，酒店好一派喜庆氛围。新郎新娘在大堂恭候两个多小时后，利先生和新娘决定再等等，因为发出的请柬数目远不止这些。此时，利先生对待陆陆续续光临的客人有点强作欢颜，不禁自言自语起来：还有那么多客人咋不来呢？那些同学和自己都交情不错，还有那些朋友也都是哥儿们，周末都忙吗？不会都在路上堵车吧？是他们忘了，还是路远？或是……利先生越想越急。

正当利先生转身想进去时，一回头看到几位老同志下了一辆小面包车。这伙人虽姗姗来迟，但着实让他感到一丝安慰。紧接着，又来了几大批人，利先生心里总算踏实些。

恭候三个多小时后，婚典终于开始了。

晚上，在新房中，利先生和新娘清点贺礼。哪知实到人数只占预计的三分之二，单笔礼金很多都低于估计数，因此，不能盈余，反而亏本许多。利先生面对债上加债，怨气不止，新娘责怪不断，两人大吵。

利先生被新娘赶至厅中沙发上睡觉，他捶胸顿足，然后蒙着头，嘴里念念有词："这些人……"

柳文长点评：

两场婚宴，让利先生债上加债，这是一个含泪的笑话。当今社会，很多和利先生一样的草根"蚁族"，为结婚几乎倾尽家财，负债累累的也比比皆是。作者批判婚礼的大肆操办，继而引发我们对婚姻幸福的探讨：难道房子、车子和票子包装的婚姻，就等同幸福吗？我们大多数人经济上不宽裕，富强是我们要去的方向；很多陋习等待废弃，文明是我们要去的方向。

凑份子

文 / 鲁荞

肖科长的老母亲病了，部下们相互招呼去医院探视。早上一上班，大家都按照惯例，很自觉地掏出礼金，交给老陈统一封包。可老单不说话也不掏钱。沉默片刻，老陈悄悄对老单说："你的……"老单冷冷地打断他："算命的说我今年犯忌，告诫我红白喜事一律不能掺和，也不能去探望病人，否则后果不堪设想。你们去吧。"

"那你凑份子吗？"老陈追问道。

"人都不去，凑什么份子。"老单说。

"这样不好吧？"老陈用商量的口吻说，"我们都去了，就你一个没去。科长问起你来，我们怎么回答？"

"不用回答。"老单说，"没见人到，有什么好问的。"

大家见老单态度无比坚决，也就什么话都不说了。但大家心里一清二楚，老单哪里会"今年犯忌"，上个月老陈的妻子病了，老单还去探望过呢。老单这是在以牙还牙，当初他爹病时，科长没去看过，去年他的老娘过世，科长也没去瞧过。其实同事们心里都装着一本账，他们谁家里有个什么大小事情，科长也都没去瞧过，有时高兴就凑一份子，大多时候连份子都不凑。

大家虽然心里都明白，可肖科长毕竟是科长啊！

晚上，一行人到了医院。坐在老娘病床前打瞌睡的肖科长见少了老单，顺口就问了一声："怎没见老单？"

"他病了。"大家异口同声地说。

众人话音刚落，身后突然传来很刻意的咳嗽声。大家扭头一看，是老单。

老单结结巴巴地说："我，我……来看病，顺便探望一下科长的母亲。"

左世海点评：

《凑份子》一文，作者选取科长老娘生病，部下商议去医院看望作为叙写故事的角度。开头通过同事间几句简短的对话，成功地塑造了老单老奸巨猾的形象，侧面揭示了科长自私、冷漠的丑恶嘴脸。这使本来去医院看望病人的常理举动，变得复杂化。当一行人到了医院，科长顺口问道："怎没见老单？"众人异口同声地回答，反映了日常相互包庇的工作作风。尤其是最后老单的突然出现，使整篇文章的讽刺效果，达到了极限。

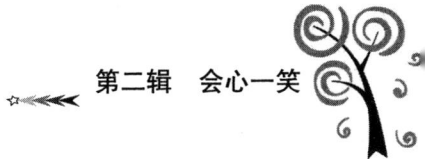

踩了大婶的脚

文 / 陈德君

那位大婶"哎哟"一声，抬眼怒目瞪我："你硌脚不？"

我赶紧道歉："大婶对不起！大婶对不起啊！"

显然我那重重的一脚踩疼了她，只见大婶用手不住地揉着脚，又埋怨地说："年轻轻的咋没长眼呢。"

我说："大婶，要不要去医院看看？"

大婶说："没事的，不过你这一脚真的踩疼了我。"

到站了，我下了车，那位大婶也下了车。

因为我踩了大婶的脚，想再对她说句话，可她却急急忙忙地走了。

我向一家银行走去。

填写完存款的单子，一抬头，我看见了那位大婶，她显然要用我手里的笔。因为在公交车上踩了她的脚，也算是认识的人了。我说："大婶，你也存款啊，要不要我来帮你填写单子？"

大婶摇着头说："不用，不用！还是我自己填写吧！"

我把笔递给大婶，就站在她旁边没动。我看见大婶在存款数字的那一栏里，填写了五千块。

大婶填完单子抬起头，便疑惑地看着我。

我没走开，是因为心里有话想要对她说。

我看着大婶笑了，就说："大婶，你以后出门要小心点呀……这事好险啊，你坐车正在打盹时，这包里的五千块钱差点让你身边的那个小偷给掏走呀。"

叶雨点评：

一脚踩出俩好人——一个宽于待人的妇女，一个偶然同车的善良人。虽然写的是寻常的好人好事，却写得富于文学而温暖，准确抒发了作者赞美新型人际关系、社会新风的深情。文学即人学，抓着随时随地的闪光镜头给人向上向前的文学力量应该是新时代文学的重要使命之一。《踩了大婶的脚》这样的闪小说应予点赞鼓掌！

如果先生的墓志铭

文 / 憨憨老叟

我迷路了。

夜，伸手不见五指。我跌跌撞撞地走进了一个阴森森的地方。

突然记起身上还带着手机，抖索着摸出来，摁亮屏幕，想照一下周围的情况。

忽然，手机发出"滴——"的一声响，低头一看，原来是扫到了一个刻在石块上的二维码。

屏幕上跳出一行行的字：

欢迎你关注如果先生的微信平台！

……

如果我再努力一点，就一定能考上大学

如果我再大胆一点，就一定能追上那个女孩

如果我再肯干一点，就一定能坐上那个位子

如果我早点戒烟戒酒，身体就能一直健康

如果我不沉湎于网络

如果……

如果看了我的墓志铭你还无动于衷，那么，朋友，请你进来静静地躺着，换我出去好好地享受与珍惜时光。

这么有趣的墓主人会是谁呢？我就着手机的光照了一下镌在碑上的头像，却赫然发现那个人竟是我自己。

我一下子惊醒了。枕边，手机游戏里的魔兽，还在一个劲呜哇怪吼着。

袁锁林点评：

魔幻中折射现实，荒诞中幽默告诫。作品中的主人公"如果先生"，其名设置颇具匠心。"如果"是假设，或许发生或许不会发生，故事充满悬疑。其身也颇有意味，"如果先生"一分为三，一个是长眠地下的"我"，一个是游魂，还有一个是睡梦中的"我"，三者却借助梦境而得以统一。此"墓志铭"也非同寻常，充满人生"不努力""不大胆""不克制"……的百般懊悔，末一句"如果看了我的墓志铭你还无动于衷，那么，朋友，请你进来静静地躺着，换我出去好好地享受与珍惜时光"，谆谆告诫中却不乏风趣。

尊 重

文/黄 平

"司机，到长途客运站！"

他上气不接下气地冲到马路中拦了辆的士。

到一拐弯处，司机说："前面直走二百米是红绿灯，今天周末，车辆比平时多，这边倒是有条小路可以绕过红绿灯，但路程多二百米左右，你是选择直走还是拐弯？"

他看了看表，不加思索地说："直走。"

不料，在红绿灯前一等就是十几分钟，看来已赶不上准点的长途车了，他要求下车。

付款时，司机看了一眼计价表说："其实刚才要是拐弯走，现在应该已经到站了，车费也会减少一半！"

他说："你明知我赶车，这个决定应该由你做才对！"

司机说："大哥，我这是尊重你的选择呀！"

秋童点评：

文明社会，有良知的司机越来越多。文中大哥为了打车省钱，在红灯处等急了。当听完司机的一番话后当即后悔了，甚至埋怨起司机来。大哥说得没错！按理，人在车上主宰权应交给司机，客人只需要达到目的就行了。但司机有言在先，难道这是司机的错？即使是司机的错，又是谁让司机做出这种选择的？

明与暗

文 / 唐和耀

猴王大寿庆典在即，猴子们忙开了。

甲猴早就看中了空缺的公关主管职位，为此准备送给猴王三根金条，它将金条藏在水果礼篮里。

在众目睽睽之下，甲猴口念"恭喜恭喜"，毕恭毕敬地将篮子递给了猴王。猴王似乎有些不悦。

傍晚，乙猴在王宫后的垃圾堆里发现了被遗弃的水果篮。它连忙拾起，到树林里很快吃完所有的水果，然后眼前一亮，得到了三根金条。

趁着夜色，乙猴悄悄将三根金条送给猴王。猴王大悦。

两天后，乙猴荣升公关主管。众猴恭贺乙猴的同时，纷纷称赞猴王不徇私情。

半年后，动物庄园电视台播报猴王被查的消息时，众猴目瞪口呆。

程思良点评：

说的是猴事，其实是人事。猴王明面上清正廉洁，暗中却贪赃枉法。甲猴公然送礼，暗藏玄机，殊不知聪明反被聪明误，结果竹篮打水一场空，美梦成虚。乙猴趁着夜色借花献佛，猴王旋即将其升为公关主管。好一个"礼尚往来"！然而，常言道，莫伸手，伸手必被捉。

考驾证

文/王 伟

小明和小花商量订婚的事，遭到未来岳父老赵的冷遇。老赵是驾校教练，他一再要求，等小明考了驾照再说。

要考科一了，小明一天书也没看，就掂着礼品找到教练老赵。老赵拿一套试题交给小明，让他先做做看。

一、车辆行至水坑前，不知深浅，正确的做法是：

A.下车认真察看　　B.听路人意见　　　C.低速缓慢通过　　　D.加油门猛冲

小明选 A，小花说，问路人多省事呀。

老赵笑而不答。

二、驾车出门时，安全带应系在：

A.臂上　　B.腰上　　C.心上　　D.胸前

小花暗示选 D，小明却选了 C，小花急得直摇头。

老赵笑而不答。

三、家里没车库，晚上车辆应停在：

A.有摄像头的小区　　B.停车场　　C.自家小院　　D.路边

小明选 C，小花说，有摄像头多放心！

老赵笑而不答。

四、车辆行驶中突遇路边一女孩晕倒，正确的做法是：

A.装作没看见　　B.停车拍照　　C.报警　　D.拨打 120，必要时做人工呼吸

小明选 D，小花叫起来，你脑子进水了？别人都不扶，你还做人工呼吸,安的啥心！

老赵笑而不答。

五、考取驾证后，你认为换证的最佳期限为：

A.三年　　B.六年　　C.每年　　D.一生不换

小明选 D 后，小花彻底失望了。我咋找个这么笨的男朋友！

"谁说小明笨？小明全都答对了！"老赵很兴奋地说，"现在可以领证了。"

　　"开啥玩笑啊赵叔？现在我科一还没考呢。"小明惊讶极了。

　　"过了我这一关就算全通过了，花啊，明天你陪他去领证吧！记着，到民政局领！"

谢振点评：

　　在生活中，以一纸试题选女婿的做法是不可能的，但是在小说里却成为可能。艺术高于生活啊！作者以集聚式变形的手法，把在生活中未来岳父老赵对小明多时多地的"考查"集中于一时一地，使得情节在洗练中又得到强化。如果不是运用这种超越常态的试题选婿，是不可能这样"以最小的面积集中最大的思想"的。据作者本人说，他无意在一个好友的QQ空间里看到："如果人的结婚证要有考驾证那么严格就好了"。灵感处处有，就看你抓不抓，我们应该做个有心人。

投　票

文／颜士富

　　某君的小小说参加微信公众票选。于是，某君在朋友圈贴出邀请，希望朋友们伸出宝贵的手指，为自己的作品投出一票。

　　一会儿，某君陆续收到朋友一一回复——

　　已投。

　　已投。

　　已投。

　　……

　　某君看着自己的票数在不断叠加，心中不禁慨叹，朋友多了路好走啊！某君一一回敬：谢谢！

　　次日，某君仍然接到一些朋友的回复：已投。一连数日不歇。某君照回不误：谢谢！

　　数日下来，在某君脑海里留下深刻印象的朋友是 B 君。每天几乎在同一时间，接到 B 君短信：今日已投。

　　其实投票规则是：每个微信仅限投票一次。某君犹豫了一下，还是回复：谢谢！

程思良点评：

　　文章不以长短论英雄，精短之作照样可以意蕴丰赡。《投票》以人们司空见惯的微信公众平台投票为创作题材，以微显著，以小见大，耐人寻味。每个微信仅限投票一次，可是，一些朋友却连续多日都发来消息，表示"已投"。这些并不存在的"已投"，令人发笑。幽默中含有辛辣的讽刺。某君明知真况，为了不让对方难堪，依然回复"谢谢"。这一举动，则闪耀着人性美与人情美的光亮。

洪画家夫妇

文 / 凌鼎年

洪画家夫妇是画坛有名的老夫少妻。

年初，洪画家生病住院。消息一传出，来看望他的学生、朋友、同道，络绎不绝。

娇妻小他三十多岁，很是尽心尽力地照顾着洪画家，她还做有心人，每天谁来看望都做了记录，半个月下来，来看望过洪画家的已超过三位数了，但她很奇怪丈夫最好的朋友省文联的阎主席怎么反倒没来看望呢？

她忍不住问丈夫："阎主席真是你最好的朋友？"

洪画家十分肯定地说："那当然。"

过了一天，阎主席果然到医院来看望洪画家。

洪画家一见阎主席，立时脸色大变，喃喃自语道："没救了，没救了。"

阎主席意识到洪画家误会了，忙解释说："少夫人打电话给我，又正好去上海开会，顺道来看望一下。我代表个人，不代表组织。"

当天晚上，洪画家病情急剧恶化，竟没能抢救过来。

程思良点评：

俗话说，聪明反被聪明误。少夫人私下打电话给丈夫最好的朋友省文联的阎主席，本想给丈夫一个意外的惊喜，殊不知却弄巧成拙。阎主席顺道来访，令洪画家大惊失色，误以为自己得了重病，惊动了组织派领导来看望，病情急剧恶化，竟一命呜呼。小说撷取生活中的一朵小浪花，管窥世相，寓讽刺于幽默之中，以小见大，含蓄蕴藉，耐人寻味。

千里眼

文 / 谭贵珍

"泽睿，你今天怎么和同学吵架了？"

"没有啊！"五岁的泽睿一边漫不经心地回答我，一边专心地踢着矿泉水瓶。

"你撒谎，说谎的孩子是会长出大象鼻子的。"我追上他说。

"哦，妈妈，你是不是说宋佳佳？我早忘记了。"泽睿用力踢出瓶子，开心地向前跑去。

我刚想对他说教一番，他突然将瓶子踢向我："妈妈，你踢一下。"

瓶子正好滚到我脚下，我飞起一脚，瓶子落到了绿化带中。

"妈妈，是不是杨老师跟你说的？"

"是我亲眼看见的。"

"你又没有去我们学校，怎么看得见？"

"妈妈有千里眼啦。"

"千里眼是个什么鬼东西？"

"妈妈的千里眼坐在家里就能看见你在幼稚园里做什么。"

"不可能。那你猜猜今天中午我们吃的什么？"

"有米饭、土豆丝、鸡肉、青菜，还有鸡蛋西红柿汤。"我得意地看着他。

"肯定是杨老师跟你说的。"泽睿用不信任的眼光看着我。

"是妈妈用千里眼看见的。"

泽睿不再言语，一门心思地踢他的瓶子。

"妈妈你再踢一下。"泽睿将瓶子踢到我脚下。

我起脚用力一踢，却没有踢到瓶子。

泽睿捧腹大笑，我也大笑着，又一脚踢了出去，瓶子滚了几圈，停在了一米远的地方。

我紧走两步，提起脚准备再次踢出去，只听泽睿说："妈妈，你说爸爸现在在干什么？"

"妈妈又不在爸爸身边，怎么知道他在干什么？"我随口说。

"你不是说你有千里眼吗？我就知道你说谎。"泽睿哈哈大笑起来，"妈妈你小心长出大象鼻子！"

熊荟蓉点评：

这是一篇很有童趣的闪小说。作者从一个孩子的角度来审察妈妈，对妈妈知道自己在学校的所有事情感到很惊奇，但并没有迷信妈妈有千里眼的说法，而是巧妙地提出一个问题，让妈妈的谎言不攻自破，读起来妙趣横生。文中多次写孩子专心地踢着矿泉水瓶，看似闲笔，其实在推动故事情节的发展，并且在不露声色中，干扰妈妈的视线和心理，令其毫无防备地陷入不能自圆其说之中。还有"说谎会长出大象鼻子"前呼后应，更透露出孩子的机灵可爱。"千里眼"的标题也言简意赅，内涵丰富。总之，这是一篇精心打磨却显得浑然天成的闪小说佳作。

最喜欢五月

文／熊荟蓉

四月渐渐走到末梢，孟晓美的情绪一天比一天高涨，满面红光，连走路都哼着歌儿。

好友丽云问她："晓美，瞧你开心的，遇到啥好事啦？"

晓美展颜一笑："没什么，就是五月快到了！除了春节，我最喜欢五月了！"

丽云问："五月有啥好的？"

晓美说："五月节日多啊！五一劳动节，五四青年节，还有母亲节……"

丽云又问："你准备趁节日出去旅游？"

晓美说："我才不会花钱去买罪受呢！我喜欢宅在家里，坐收渔利！"

丽云笑了："宅在家里收钱，你真是会做梦！"

晓美晃了晃手机，神秘地说："我花一百元装了一个软件，专门抢红包的！"

丽云忍俊不禁："原来你说的坐收渔利，就是用软件抢红包啊！"

晓美说："是啊，准确地说，是睡收红利，我可以蒙头睡大觉，软件自动帮我抢红包，比闪电手还快！"

丽云说："可天上不会掉红包啊！"

晓美说："我的朋友群、同学群、同事群……每到节日，红包满天飞。我春节时抢了六百多，手都点软了，还有很多红包没抢到。这次我的目标是抢到一千六！"

丽云说："你抢了人家的红包，自己也要发红包呀！"

晓美说："我又不是大款，我发什么红包？春节也有人说我只抢红包不发红包，我装作没看见。后来又有人说，我就说手机给孩子在玩，是她抢的……"

五一节下午，丽云在街上碰到没精打采的晓美："晓美，咋啦？红包抢得不多？"

晓美噘起嘴："我睡到中午才醒，赶紧去看手机，发现一个红包也没抢到，再一看，发现所有的群主都把我移出了……"

安燕点评：

　　所谓生活处处皆小说，本文作者信手拈取的正是如今流行的抢红包，提取的也是很多人只想抢红包却不愿发红包的心理，通过略微夸张的写法，塑造了一个为尽快尽多抢红包不惜花钱安装抢红包软件的人物，最后，以群主将她踢出群为闪点，读起来幽默可笑又触动心灵。不失为一篇匠心独运的闪小说佳作。

诨　号

文／廖小权

化学老师演示着实验说："在这个实验中，酒精灯是个调皮学生，迟到早退……"

"报告！"庄虎又迟到了，站在门口，同学们哄堂大笑。从此酒精灯就成了他的诨号。

九一年疯养海狸鼠，种鼠价格涨到两千一对时，庄虎也开始养。后来种鼠涨到五千一对，行情还在飙升，他却四千五一对全部卖出。大家都骂他真是酒精灯，迟到还早退，呱！不到一年，海狸鼠一百元一对也没人要了。

二〇〇八年住房涨到一千零五一平方米，庄虎贷款买了五套。朋友都为他捏一把汗，他却笑笑说："我迟到了，多买点。"二〇一二年房价涨到四千六一平方米，庄虎却以四千三一平方米卖了四套。朋友们心里嘀咕，价格还在涨呀，咋就低价出手了？真是酒精灯！一年后住房价格大幅回落。

庄虎有钱了，全家搬进县城里。他平时坐坐茶馆，做点转手买卖，奇怪的是，他从未亏过。老人们都说他修成祖传道法，有了预测未来的本事。同龄朋友向他取经，他笑笑说："我哪有经呀，上初中三年，啥也没学到，就知道个早退。"

月前庄虎和朋友一起自驾游，遇见景区一座仿古茶楼起火，消防车未到，火越来越大。突然，楼中传出女孩的哭喊声。庄虎和一个朋友钻入楼中，寻到女孩，大火已封住楼道，一根燃着的瓴子掉下来挡住退路。

"你们快跑。"庄虎奋力将朋友和女孩从窗户推出。

屋顶塌了，朋友们惊恐地喊着："酒精灯、酒精灯……"

一个火球滚出，熄灭，庄虎站起来，衣不蔽体，一脸黑灰："嘿嘿！到！"

王平中点评：

此篇闪小说语言风趣幽默，人物"酒精灯"形象饱满、充满正能量，材料接地气，细节有味，结尾反转自然，谋篇布局、情节推进、结尾处理均见功力。

裁员风波

文 / 何书兴

公司准备裁员，人事部拿出了几套方案，总经理都不满意。

这天公司门口冷不丁地出现一个擦鞋老头，身边放着小牌子：擦鞋，自愿投币。奇怪的是，投币箱放在老头的身后，谁投没投，投多少，他一点也不知道。

门卫让老头到别处去，老头不肯。正在吵闹，总经理刚好走过来，问明情况后，总经理说："算了，他也是为我们公司员工服务，都这把年纪了，不容易。"

每天上班之前，很多员工到老头这排队擦鞋，并七嘴八舌地谈论着公司的一些事，一些人。

十几天后，公司裁员的通知名单贴了出来。整个公司像烧开了的水，沸腾起来。

有人扬言："我们到市里告状去，凭什么把我们裁下来？"

"暗箱操作，不明不白，我们是冤大头！坚决不同意裁员名单！"有人附和着。

公司上下一片混乱。

公司总经理马上召集被裁员工开会，情绪激动地说："大家安静下来，听我说，你们在门口擦完鞋后，都做了什么，自己心里最清楚。我也不含糊，有人投假币，有人投残币，还有人只投一毛，甚至有人装模作样地去投币，结果一分钱也没投。作为一名公司员工，不讲诚信，不懂得尊重别人的劳动成果，投机取巧，贪小便宜，公司不需要这样的人！"

"那擦鞋老头是你什么人？你凭什么这样说我们？"有人站起来反驳道。

总经理喝口水，恢复一下情绪，说："我明确地告诉你们，门口的擦鞋老人是我爸，他身后的投币箱正对着摄像头，如果冤枉了哪位，就留下来看看录像。"

大家低着头，怏怏地挤着走出会议室，没一个人留下来。

丁国梅点评：

裁员和擦鞋老头看似风马牛不相及，文章一开始就给人留下了悬念，引人不禁读下去。用对话诠释了一部分人的不满心态和自私自利的嘴脸。最后公布裁员结果，出人意料，但有很强的说服力，将原本一个很棘手的问题，圆满解决，被裁人员，只能服输。情节曲折宛转，行文自然流畅，让人不得不佩服总经理的绝招和作者的匠心独运。

孩子，你说咋办

文 / 毛腊梅

爸爸今天回家不像以往那样有说有笑，而是紧锁眉头。铭铭轻轻地走到爸爸跟前小心地问："爸爸，您怎么了？"

"你姨妈买房问爸借钱呢。孩子，你说咋办呢？"

"姨妈平时对我们那么好，我们是不是应该帮帮她啊？"

"铭铭说得对！借给姨妈，那咱们只有节省一点过了。"

过了几天，爸爸回来又眉头紧锁，唉声叹气。铭铭小心地问："爸爸，您怎么了？"

"你爷爷奶奶老了，身体不好，我又不在身边，想给他们寄点钱，但我们公司最近资金周转出了问题。孩子，你说咋办呢？"

"爸爸不用担心，爷爷奶奶在乡下住，用不了多少钱。我每个星期不去游乐场就够了。"

"铭铭过来！"这天爸爸刚下班就喊道，"你成男子汉了，爸爸有个重要的事要跟你说说，爸爸公司最近效益不好，可能要破产了。我要是个穷爸爸了，你还会爱爸爸吗？"

"爸爸公司不是全省民企五十强吗？怎么会破产呢？"看到愁眉不展的爸爸，铭铭哭着说，"不管怎么样，您永远是我的好爸爸，我是班上每个月零花钱最多的，以后我不乱花钱了。"

"铭铭真是一个乖孩子！"

这时候，妈妈冲爸爸会意地一笑，竖起了大拇指。

安燕点评：

这篇闪小说构思不错，闪味十足，且很有现实意义。利用孩子的单纯善良，父母通过善意的谎言，帮助孩子改掉奢侈浪费的坏习惯，立意很好。

有　病

文/卢　群

临下班的时候,小区来了一个人,朝大门上下左右打量了一番,随即取来撬杠和扳手。

刚准备动手,住户A和住户B回来了。那人吃了一惊,却听到住户A对住户B说:"那人在干什么?"住户B说:"谁知道,许是维修吧。"

那人暗喜,遂决定留下来相机行事。

不一会,住户C也到了大门口。那人刚想解释,住户C的坐骑已从他身边呼啸而过,只留下一缕尾烟在空中飘荡。

紧接着进门的是住户D父女俩。女儿指着那人悄悄地说:"爸爸,他好像要偷大门。"爸爸眉头一皱:"别瞎说。"女儿争辩:"就是嘛,他就是在偷大门嘛!"爸爸说:"快走,小孩子别管闲事!"

那人不再犹豫,放开手脚干了起来。

没多久,住户E也回来了。那人迎上去说:"同志,请你帮个忙。"

"行。"住户E撸起衣袖,帮那人将大门卸下,抬到不远处的一辆三轮车上。

次日清晨,小区的居民还陶醉在甜蜜的梦乡中。

"不好啦,有人偷窃啦!"住户E的惊叫声,将众人从睡梦中惊醒。大家连忙查看案情,发现车库全被撬开,稍有价值的物品已被洗劫一空。大家又急又气,纷纷拨打110。

突然,一辆三轮车,吱吱呀呀地出现在大家面前。

"是他,就是他!"所有人义愤填膺、群情激愤,训斥的、索赔的、喊打的,嚷成一团。

"别碰他!"随着一声怒喝,来了位气喘吁吁的老汉。

"你是他什么人?"众人怒问。

"我是他爹。"

"那好,你说这事怎么办?"

"我还想问你们呢,他脑子有毛病,发作时经常会干些匪夷所思的事。你们呢?你们眼睁睁地看着他弄走大门,难道脑子也有毛病?!"

吴瑛点评:

本文切中时弊。有过类似构思的文章,这篇却荡开一笔,偷大门的,是个病人。可是恰恰是那些正常人却见怪不怪。明哲保身、事不关己高高挂起、漠视集体利益这些都是病。一个病人的举动,却烛照出一个病态的社会。读完引人深思。

那年糗事

文 / 成　峰

张三和李四本是一对儿女亲家，因两人都喜好烟酒，一来二去，竟成了比亲兄弟还亲的兄弟。偏那年月一包香烟也成了稀罕之物。没承想，两人竟然因为一根烟的事儿，差点毁了一双儿女的婚事。

有一天，张三在河里行船，烟瘾犯了，鼻涕眼泪流了一河，看见李四在码头上抽烟，急忙靠了过去。不料李四见他停船靠岸，竟然转身离开了码头，气得张三吹胡子瞪眼，暗恨李四不够兄弟，一根烟都舍不得。

隔了一天，张三经过码头，嘴上叼着一根烟，岸上李四见了，大喊："亲家，亲家！"希望张三靠岸，给根烟抽，可张三却像没听见一样，驾着小船，自顾离开了。气得李四咬牙切齿，暗恨张三不够兄弟，一根烟都舍不得。

如此三番过后，两人的怨气越结越深，不由得在女儿面前诉说起对方的不是来。张三的女儿是个火药桶子，一听爸爸说李四连一根烟都舍不得，立刻来了气。

"轻视我爸，就是轻视我，拿我不当人，这日子还怎么过，离婚！"

李四的儿子也不是什么省油的灯，早就听说了李四的遭遇，心里本来有气，闻言怒道："离就离，谁怕谁呀？欺负我老子，就是欺负我，离就离。"

张三和李四听说一对小夫妻因为他俩的事儿闹起了离婚，后悔得涕泪涟涟。

李四说："说我欺负亲家，一根烟都舍不得？那真是冤枉。我抽的是荷叶卷的烟，因为怕亲家笑话，所以装作没听见，没承想……"

张三听了后说："我抽的也不是烟，是棉花卷的，我一个棉袄都让我抽光了！"

袁作军点评：

读罢《那年糗事》，会心一笑之后，免不了一阵心酸。作者用大量的篇幅进行铺垫。先是俩亲家为抽烟的事，"互不理睬、装着没看见"，因此，矛盾产生。继而，小两口都为自己父亲被"轻视"，闹到要离婚，这是矛盾升级了。如果故事就此打住，就没有意思了。作者笔锋一转，揭开了矛盾背后的原因：俩亲家其实抽的都不是真正的香烟，一个是荷叶卷成，一个是棉絮卷成……作者牵着读者的心，一波三折，体会"糗事"的主题。

又想来跟咱们换东西了

文/王　雨

换了新房子，搬进新小区，为了和未曾谋面的邻居搞好关系，我端着爱人新烙的春饼敲开了对门。

开门的应该是男主人，有点搞笑：大腹便便，在家里还穿西装，而且还打着领带。见了我，一愣，眼神很警惕。

我指指背后半开着的门，说："我是您的对门，新搬来的，以后咱们就是邻居了，这是我爱人新烙的春饼，送两块你们尝尝！"

对门收了新烙的春饼，很高兴，也很客气，双手抱拳，拱了几拱，嘴里道："不好意思！谢谢了！"

晚上，悦耳的门铃响起。我开门一看，竟是对门那位男主人，手里拎着个塑料袋，说："这是朋友送的西瓜，味道很不错的，送你们尝尝！"

谢了又谢，把对门送走。我回到客厅，告诉妻子："对门一家人蛮好的！"

吃着人家的西瓜，妻也点头赞同。

俗话说，来而不往非礼也；俗话又说，受人滴水之恩当涌泉相报。

就这样，做了啥好吃的，就更不能忘了对门了。

对门也是如此，也常常"知恩图报"，回送些茶叶、进口巧克力和水果什么的。

某个周末，爱人炸了些荠菜馅的春卷，喊我端一盘给对门送去。

开门的是女主人，接过盘子，表情淡淡的，说了声："谢谢！"

予人玫瑰，手留余香。我心里美滋滋地转身，正欲进家门，却听见对门女主人那特有的尖尖细细的嗓音，从紧关着的门里"挤"出来："什么意思啊？难道他们知道你刚从国外回来？这不，又想来跟咱们换东西了！"

刹那间，我脑袋一阵眩晕。此时此刻，我突然觉得我真是太天真，太不成熟了！

安燕点评：

你想的（哪怕是一片真心想的），别人却往往不一定也会这么想。那样的话，就麻烦了。小说写出了现代人与人之间的那种理解信息的不对等，也反映出了深刻的人性和生活的况味。

善 行

文／吴 剑

周末，我和老公应邀到他的同学田局长家做客，恰遇田局长老家的杨村长因村里遭受火灾前来向田局长求援。饭桌上，大家话一投机，老公便多喝了几杯，回到家，就一觉睡到大天光。

"老婆，昨天我喝多了，不会又说错什么话吧？"老公一醒来就问我。

"你说什么话真的记不起了？"我很认真地说，"你不是当着大家的面，答应要买些棉絮送到田局长老家的村里去吗？"

"我真的是这样说的吗？"老公疑惑地问。

"你从来都是禁不住别人劝酒的，喝多了，连自己说了什么也记不清，这样很容易得罪人呀！"

"哎呀，话都说出去了，我该怎么办呢？"老公显得有些局促不安。

"你就看着办吧，我今天得去看下爸妈了。"我窃笑着出了门。

到中午的时候，老公给我打来电话。我猜想，他肯定是又有了应酬。

"喂，老公，你今天不会是又有应酬了吧？"我有些不高兴地说。

"老婆，我有什么应酬啊，还不赶快到'好利来'超市帮帮我！"老公显得有些急切。

老公大概是去超市买几天前我们看中的双门冰箱。于是，我离开娘家，赶紧打的过去。在超市门口，我一眼就看见了自家的那辆越野车，而旁边并不见冰箱，却见老公头在车内，身子在车外，正在整理着满车的棉絮。

天呀，老公这是在干吗呀？我突然想到上午和老公开的玩笑……

麻坚点评：

《善行》一文中，主人公利用老公喝高了的机会，故意说老公答应买些棉絮送到田局长老家，老公为了不失信于人，只好真买了棉絮。其实老公还真没有说过这话，这从行文中可以看出来。主人公的善良和聪明从文字里可以感受出来。

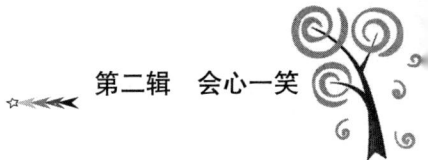

钉 子

文 / 林纾英

杨一视力很差，戴一副深度眼镜。正常情况下，他的眼镜只有在睡觉时候才肯摘下来。别的时间，那一副沉甸甸的水晶眼镜就一直架在他鼻子上，很是辛苦。

只有那一次，天气很热，因为他脸上出了很多的汗，一进家门，他热得来不及放下书包，才第一次在没睡觉时把眼镜从鼻梁上扯了下来。

他急忙忙地取来毛巾擦汗。

一边擦着汗，他一边从肩膀上拿下书包，习惯性地往墙上那个钉子上挂去。

一松手，书包掉地上了。

捡起书包，抬头往墙上看去，他发现是自己挂错地方了。钉子在右上方，而自己刚才挂反了。

于是他盯准那个黑色的钉子将书包再次挂了上去。

书包再一次掉到了地上。

他很是奇怪，抬头去寻那个钉子，却发现那钉子忽左忽右地移动，并不时发出嗡嗡声。

原来是只苍蝇。

他气坏了。

他放下包，轻轻地靠近那堵墙，瞅准那只苍蝇，抬起手掌，狠狠地拍了下去——"啊！"

他惨叫一声，钉子深深地印进了他的掌心！

程思良点评：

文似看山不喜平。小说如果平铺直叙，会令读者生厌。林纾英的闪小说颇讲究构思巧妙，杯水兴波，尤其注重结尾的出人意表。《钉子》写的是一位近视者的遭遇，构思精巧，幽默风趣，令人莞尔。生活中不是缺少幽默，而是缺少发现的眼睛。林纾英擅于挖掘生活中富有幽默味的元素，使其小说富有浓郁的幽默味。

彼此逗乐

文 / 郑武文

到风景区旅游，刚转过山脚，站起一个长须、打扮得仙风道骨的人。

"先生请留步。看先生印堂发暗，最近定有烦心之事。然则先生天庭饱满，地格方圆，双目如炬，非久居池中之物，只是欠缺明人指点，如蒙不弃，可丢下少许卦资，让老夫指点一二。"

当确定是在跟我说话之后，我站住了。

突然我眼前一亮，顾不得跟老者说话，眼睛死死盯着他盛卦具的红木箱子。又掏出眼镜，仔仔细细地看了一遍，嘴里小声嘟哝着："质地细腻坚硬，手感滑润，真是鸡翅红木……雕刻栩栩如生，古朴大方，看风格，明朝的无疑……不敢说价值连城，起码也值几十万……"

然后我对老者说："你真是守着金饭碗要饭啊。我一千块钱买你这个箱子吧？"

旁边同来的朋友说："王馆长，又捡漏了。"

我说："哪里，一个普通箱子，回去给孩子盛鞋。"

老者急忙把箱子抱起来，说："不卖，不卖。我还有事，今天收摊了。"

又过了几个月，我又一次来到这个风景区。

一拐弯，老者还在。截住我，气呼呼地说："我和你远日无冤，近日无仇，干吗骗我？让我花了好几千块钱去鉴定一个破箱子。"

我笑着说："你说的我不信，我说的你也别信。几句闲话，彼此逗个乐子而已嘛，干吗当真？"

高山点评：

这是一个典型的以其人之道还治其人之身的故事。在短短六百字之内，展示了一个跌宕起伏的故事，既在意料之外又在情理之中。从中也可看出作者丰厚的知识积累，实为厚积薄发。

漏 洞

文 / 谢志强

悬疑电影大师阿尔弗雷德·希区柯克完成电影《精神病人》后，他邀请了数位业内朋友举行了个小型的试映。他和太太阿尔玛·雷威尔赶到那座小型电影院的时候，朋友已提前等候着了。大家预祝《精神病人》获得成功。参加试映的还有第一号人物詹奈特·李的扮演者。朋友们借此调侃：你还活着呀？！试映结束，场内灯光豁然辉煌，仿佛走出惊悚的暗室进入明媚的现实，顿时掌声响起，众位朋友异口同声地赞颂此片不愧为希区柯克的又一部悬疑杰作。詹奈特·李的扮演者也惊喜不已，他说：如果再叫我重演，我肯定把握不了那么准确那么到位。大家一致认为，这部电影正式放映，将掀起新一轮希区柯克狂潮。甚至，有朋友建议尽快在各地投入放映。雷威尔女士保持着沉默，甚至严肃地板着脸。希区柯克照例很在乎太太的反应，太太似乎有什么话要说，他示意朋友们安静。于是，雷威尔女士异常坚定地说：你不能就这样把片子放出去。朋友们哗然。詹奈特·李的扮演者尤其在乎，仿佛雷威尔女士全盘否定了他的表演，他试探地说：雷威尔太太，你不是开玩笑吧？雷威尔女士表情严肃。众人去看希区柯克，因为，朋友们知道一个秘密，希区柯克最想得到太太的赞赏。希区柯克问：为什么不能正式放映？雷威尔太太答：因为，詹奈特·李死去以后还在咽唾沫。

程思良点评：

细节决定成败。在众人异口同声地赞颂《精神病人》不愧为希区柯克的又一部悬疑杰作时，希区柯克的太太却异常坚定地反对就这样把片子放出去，并严肃地指出该片有漏洞：詹奈特·李死去以后还在咽唾沫。小说布阵设疑，层层推进，最后揭开谜底，让人有原来如此、真没想到的兴叹。

好心人真多

文 / 黄克庭

这是 1981 年的故事。那时，人们钱少。坐火车逃票的事时有发生。

有一次，我到金华市办事，要到义乌的苏溪镇火车站下车。钱不够，没买票就上了火车。火车启动后才知道，这次火车在苏溪镇不停靠，心里暗暗叫苦不迭。幸好，我与李列车员关系好。

李列车员告诉我，火车到苏溪时虽然不停靠，但是车速会减下来，我把车门打开，你可以跳下去。不过，你跳下去后，必须向前奔跑一会儿，否则要摔倒的。

火车到苏溪时，我跳下车，向前奔跑起来。后面一节车厢的列车员，奋力地把我拉了上去，对我说："你今天运气好，碰到我，才会把你拉上来，本来，这里是不停靠的！你去补票吧。"

顾建新点评：

这是一篇忍俊不禁、以悲衬喜的闪小说。前后两个好心人，第一个人是真正的帮助，第二个人是帮了倒忙，好心却做了错事。作品反映了在那个经济困难的年代，人与人之间是充满友爱、阳光的。第一个好心人是熟人，属于情理之中，第二个好心人是陌生人，却及时"伸出援手"，属于意料之外，导致结局反转，虽是悲剧，却有强烈的艺术美。小说标题画龙点睛。作品用第一人称，增加小说的真实性，结构非常紧凑。

大傻儿子

文 / 蒋治斌

他咚咚咚地敲了三下，门开了，出来一个满头银发的大爷。

"你回来了？回来就好，回来就好。"大爷热情地说，又扭头大声喊："老婆子，快出来，我们儿子大傻回来了，几年不见，长得可精神了。"

矮胖的老婆子急急忙忙从里间出来，说一声："儿子大傻——"就扭头一直捂着嘴巴，好像在笑的样子。

推销员刚张开嘴："我是……"大爷就热情地招呼他："大傻呀，你怎么还不坐呢？你看看这个木头小长凳，这可是你最最喜欢的，好多年了我就是舍不得扔掉，小时候你常当马骑，嘚儿，驾，嘚儿，驾……"

他实在是没有办法待下去，更谈不上推销产品。他几乎是仓皇飞奔而出，跑了老远，身后还传来"大傻，你快回来"的呼唤。

"唉，老人实在可怜，估计是中年丧子吧。"推销员想。回到公司，他将这个经历和同事说了，年长的一个笑起来："哈哈哈，你估计成大傻了，他们老两口好过着呢，因为无聊，所以想出这个法子找乐，上门推销的都被戏弄过。"

"找乐子？下次我再去。"

"没用的，下次，下次他们会拿出一堆衣服说你是他女儿，非让你穿上不可的。"

程思良点评：

这篇闪小说乍读之，幽默风趣，令人莞尔。然而，倘细细品味，却不乏辛酸。老两口为何无聊，以至想出这个法子找乐？不能不引人沉思。尤其是联系到当下普遍存在的空巢老人现象，则文中的幽默便是"含泪的笑"了。

第三辑 温情脉脉

靠窗那张床

文 /（泰国）司马攻

他和他父亲到泰北一小镇收购土产。

小镇只有一间客栈。这天，客栈客满，只存一个房间。

他和他父亲走进房间。他说："爸，你睡靠窗的那张床。那边比较凉爽。"

他下楼去买点东西，听到客栈里的伙计在谈话……

他回到房间，对他父亲说："爸，换床吧，我要看风景。"

他父亲有些不愿意，但还是换了。

两天后，他们回家。

晚上，他母亲问他："那晚在客栈，你为什么要换床？你一向孝顺，一出门就变了，爸不大高兴。"

他悄悄地说："我听到客栈的伙计说，我们住店前晚，靠窗那张床有一客人暴病死去。"

马长山点评：

《靠窗那张床》写的是儿子对父亲的爱。真挚的爱存于换床的细节之中。人们常说，文学就是人学，是要写人性的。人性在哪里？还不是在一颦一笑，在一举手，在一投足，在一嗔怒，在一叹息之间吗？没有细节，人物就等于没有了血肉。闪小说的篇幅太短了，但是仍然要关注细节。如何描写细节，描写哪些细节，是对闪小说作者的严峻挑战。本文的成功在于抓住了最能体现儿子对父亲爱的细节。没有多少对话，更没有什么心理描写，只有一个换床的行动，但是却深深打动了读者。

夜空多出星星了吗

文 / 吴宏博

一家三口去大草原旅游。男人和妻子并肩坐在夜色里蒙古包前的草地上，三岁的儿子在一旁独白仰望着天空，说："爸爸妈妈，我看到织女和牛郎了！只是他们被天河隔着，他们肯定在天上羡慕咱们一家人在一起呢！"

男人和妻子相视一笑。儿子也得意地大笑着，因为他看见爸爸妈妈笑了，知道自己又说了让他们开心的话语。

有风吹来。一颗流星划破长空，拖出一道美丽的亮弧。儿子问："那是什么？"

男人说："是颗星星落了！"

儿子又问："星星怎么会落呢？"

男人摸摸儿子的头，说："地上有一个人去世，天空就会少一颗星星！"

儿子有些难过。

男人回答儿子这些问题时，妻子的乳腺癌还没有任何征兆。

一年后，妻子走了。

儿子从此没了笑容。

男人和一个女人又结婚了。男人让儿子叫女人"妈妈"。

儿子不叫。儿子管女人叫"嗨"。

女人很爱儿子，女人甚至比男人的前妻更爱儿子。儿子喊女人"嗨"时，女人总是笑着应："嗳！"

一年后，儿子终于叫女人"妈妈"了。女人哭了。儿子却从此又有了往日的笑容。

男人对女人说："一年了，怪委屈你的，不如出去旅游一趟吧！"

女人说："那就带上儿子一起去看海吧！"

夜色里，男人和女人并肩坐在沙滩上，静静地欣赏潮起潮落。儿子却在一旁抬头，久久地盯着夜空。

男人问："你在看什么呢？"

儿子神秘地笑，满口稚气地说："我看天空有没有多出一颗星星！"

男人看看身旁的女人，眼里突然就热热的。

程思良点评：

好的闪小说，都有"绝招"，或深刻耐味，或构思巧妙，或以情动人……泰国华文闪小说发起人、著名作家司马攻在《我与闪小说》一文中说："我认为最难写是情，在两三百字内表出情来，不易。要感动人更难。真正的'难为情'。"《夜空多出星星了吗》这篇感人至深的闪小说，正是在"情"字上做文章，以情动人，大放异彩。慈母去世，天空中少了一颗星星，孩子从此没了笑容。而继母之爱，终于化解了孩子的悲伤，天空中多了一颗星星，孩子又有了往日的笑容。值得一提的是，小说的标题颇妙，可谓画龙点睛，以问句为题，答案不言而喻。

最美的康乃馨

文 / 陈华清

我当邮差送的第一封信就是给安娜。她是外国人，丈夫死于战争，她又把唯一的儿子安东送上战场。

孩子，这些康乃馨是安东临走前种的呢！安娜亲切地拉我看。真的，院子里种满康乃馨，粉红粉红的真好看。

她拿着我送来的信左看右嗅，在信的一角亲吻着，然后递给我，说她识字不多，叫我帮她读。

那是安东的信。信中说，妈妈，又一个春天来了，康乃馨开花了吧？记住啊，每朵花都是儿子送给您的祝福。部队又要开往前线了，可能要很久才能写信。妈妈您多保重，不要牵挂。

转眼到了深秋，我听见有人叫"孩子！孩子！"原来是安娜。她来镇上看看有没有儿子的信。

我不敢告诉她，安东其实已牺牲了。

我又给安娜送信了。是安东的信。

你教我识字吧！安娜有一天说。

她会自己读信了，但从来不亲自回信，依旧是她口述，我代笔。

东东，你种的康乃馨开得很漂亮呢，打完仗就回来看吧！她看着院子里的康乃馨发呆，眼泪直打转。我停下笔怔怔地望着她。

刚才说到哪儿了？她问，赶紧撩起衣角拭眼泪。

安娜走了。她留给我一封信。信中说，安东知道她识字不多，离家前约定，在信封上画一朵康乃馨，见花如见人。从那个秋天开始，信封上没有画着康乃馨了。她猜是我以安东的名义写的信。

孩子，谢谢你陪我度过这么多美好的时光，我在天堂也会保佑你的。

我怎么没想到康乃馨这个细节？我一直以为自己做得天衣无缝。

我在安娜的墓碑上画上康乃馨，把一束束粉红的康乃馨放在坟墓上。

程思良点评：

　　华清善于捕捉平凡人身上的人性之美。如《最美的康乃馨》，写当邮差的"我"为安娜送信，并为她读信、回信。安娜的丈夫死于战争后，她又把唯一的儿子安东送上战场。可是，安东又不幸阵亡了！为了避免这位可怜的母亲遭受致命打击，"我"果断隐瞒了真相，代安东继续给安娜写信，直到她去世。安娜留给"我"一封信，说她早已知道安东牺牲了。在"我"与安娜互瞒的行为中，闪耀的是人性美的光华。华清还擅长在作品中妙用道具。文中的"康乃馨"这一道具的运用便很精彩。"康乃馨"的花语有爱和关怀的寓意，它在小说中具有多重作用，既是展开故事的小道具，推动了情节，又以花喻人，揭示了作品的主题。最后，小说以墓碑上画康乃馨作结，意味隽永，极富艺术张力。

左 耳

文/黎 凡

病房的夜晚，很静谧，用了镇痛药的老太爷睡着了。

老太婆凑着老太爷的右耳说："老头子，我扶你起来，喝新鲜的小米粥啰。"

老太爷睁开眼："小毛小病的，看把我惯成啥似的。"

老太婆凑着老太爷右耳说："就要惯！我喂你吃。"

老太爷说："别，别，我自己来，你不方便。"

老太婆较上了劲："啥不方便？我就喂你！"

老太爷呵呵点头："都老得不成样子了，还黏糊着。"

一听这话，老太婆啪嗒啪嗒掉起了眼泪。医生说，老太爷右耳长的是个恶性瘤子，已经侵犯到了脑神经及耳神经。

老太爷说："哭啥呢，说你老还不乐意了，呵呵。"

老太婆凑着老太爷右耳说："医生说了，没大碍，明天把那瘤子哧溜割下就是。"

老太爷说："明天手术后，我的右耳朵可也一起没了。"

老太婆又啪嗒啪嗒掉眼泪："那多好啊，你听不见我这话婆子唠叨，以后耳根子清静了。"

第二天，手术做了三个多小时，老太爷麻醉清醒后被推回病房。他伸手去摸自己的右耳朵，除了纱布，什么也没摸着。他虚弱地说："老婆子，别怕，我右耳朵没了，还有左耳朵听你唠叨。"

老太婆红了眼圈，小声喃喃自语："真是个糟老头子，麻药给打糊涂了，你生下来左耳朵就是聋的啊，我都对你右耳朵唠叨一辈子了。"

老太爷开心地笑了，无血色的脸像一朵暮秋尽头的白菊。

他说："傻老婆子，我左耳朵不聋。那时，我第一眼就喜欢上了你这个残疾姑娘，我不那样说，你会嫁给我这个帅小伙吗！"

袁锁林点评：

黎凡的闪小说一直以女性细腻、独到的笔触见长，即使写读者熟悉的生活题材，

也时常给人带来非同寻常的艺术享受。《左耳》写一对老夫妻的絮叨，貌似平淡，实则温馨、隽永，是一曲动人心魄的爱情之歌。作品情节简单，人物集中，不枝不蔓，仅描写了"手术前"与"手术后"两幅场景，均写的是老夫妻之间的耳鬓厮磨，不寻常的不是在"家"里，而是特殊的场景——在"病房"里。文似看山不喜平，两幅场景同中有异，"手术后"絮叨有了波澜。手术毕竟让老太爷失去了右耳，但作品结尾合理又出人意料的一"闪"，不仅照亮了全文，也闪现出这对老夫妻恩爱的一生。为了消弭恋人的自卑心理，以白色谎言给予对方以平等和尊严，这是何等缜密的心思？这是何等博大的胸襟？这是何等炽热的情爱？什么才是爱情？什么才是永恒的爱情？相信会给我们带来深沉的思索。

金手链

文 / 蓝　月

那是一条昂贵的黄金手链，金光闪闪，有着层层叠叠的波纹。

妻子的眼睛被牢牢吸附了。那条手链真的很配妻子，要是戴在妻子的手腕上一定非常美。

当妻子把眼光期待地转向丈夫时，丈夫却把眼神闪开了。

后来，妻子一而再再而三地提及那条手链。

丈夫却总王顾左右而言他，还说，好是好，不安全。

我们同事都戴着，没见不安全呀！

妻子有点生气了，看来，丈夫先前的那些甜言蜜语都是假的，丈夫爱钱胜过爱自己。

半年后，妻子生日那天，丈夫变戏法般拿出一样礼物，金光闪闪，有着层层叠叠的波纹。

妻子在惊呼声中，笑容如玫瑰般绽放。

金手链在妻子的玉腕上闪闪的，果然美极了。

随后的日子，妻子发现丈夫老喜欢跟着自己，眼神时不时留意自己手腕上的手链，甚至执意接送自己上下班，惹得同事们笑话，她生气委屈，严重抗议。

这天夜里，妻子下夜班，路上窜出一个人，拦住了去路。

早就盯上你的金手链了。歹徒歪着嘴邪恶而凶狠。

妻子害怕极了，下意识地呼叫丈夫的名字。

放了她！

随着一声大吼，丈夫居然真的出现了。

这时候，歹徒亮出了匕首。

说时迟，那时快，妻子迅速取下手链扔到了远处。

算你识相。

歹徒捡起手链扬长而去。

妻子哭了，丈夫却笑了。

我扔掉了金手链，你怎么一点不心疼？妻子梨花带雨，一脸疑惑。

傻瓜，手链能和你的安全相比吗？我就是担心你遇上突发事件，不肯舍弃手链，所以天天暗中保护你。丈夫神秘地说。

妻子这才发现，丈夫这段时间消瘦了很多，原来他不是心疼钱，而是每天都在担心着自己。

何开文点评：

《金手链》全文仅有 500 多字，却写出了故事的曲折性：从妻子怀疑丈夫不爱自己——舍不得买金手链送给自己，到丈夫日夜守护妻子，只为担心妻子会因为手上的金手链受到坏人伤害。而当妻子真的遇到抢劫时，丈夫挺身而出，妻子却将自己心爱的金手链给扔掉了。妻子哭了，丈夫却笑了。妻子不解，问丈夫我丢了金手链你还笑？丈夫说只要老婆安全了，金手链丢了又算得了什么。一波三折，可谓是惊心动魄、感人至深。

秋天，叶子红了

文 /（泰国）梦凌

"老伴，快来！看看是不是儿子来信了。"谢妈妈在庭院里大呼小叫。

"是吗？"谢爸爸手里拿着一份报纸，从里屋走出来。

"一定是儿子小军来信啦！"谢妈妈说。

"老伴，你咋知道这是儿子的来信？"谢爸爸看着老伴手中的信。

"我刚才摸了摸，好像是邮票，这么大的信封啊，一定是从法国寄来的。"

谢爸爸低头看老伴，不再说话。

去年，到英国出公差的儿子在车祸中去世。不久，谢妈妈的眼睛也看不见了，精神时好时坏，听到邮差经过的声音，总以为是儿子的来信。

谢爸爸决定，每隔一段时间给家里寄一封信。

撕信封的声音很清脆。

"儿子在信里说什么来着？"

"儿子说，秋天，叶子红的时候就回来。"

"秋天到了吗？"

谢爸爸看着手上空白的信纸，悄悄地拭去泪水："快了，秋天马上要到了。"

谢妈妈别过脸。泪水，悄悄滑下。

赵朕点评：

谢爸每隔一段时间，以儿子的名义写封家信，对失明的谢妈是一种善意的谎言。这种善意的谎言寄托着人们的美好愿望，是人们善良心灵的对白，是人们彼此之间相互安慰的一丝暖意，是人们心底里流露出来的一种柔情……

养　子

文 /（泰国）晓云

红婶得了肾萎缩，躺在医院危在旦夕。医生说，半月内再不换肾，就是华佗再世也难救治。

新是红婶的亲生儿子，峰是养子，红婶一视同仁。两个孩子也孝顺母亲。

红婶家境一般，值钱的就是临街的那栋四层楼房了。如今眼看活不成了，该如何分配遗产，纠结呀！

老天总是眷顾好心人的，红婶终于得到肾源，顺利换肾捡回了老命。

红婶术后，峰没有出现，问了新等，大家支支吾吾，只让红婶安心养病。

红婶伤心极了，关键时刻还是亲生儿子好！红婶知道该如何支配自己的财产！

出院那天，护士长高兴地说："恭喜，给你捐献肾的亲人昏迷了那么久，今天终于醒过来了！"

红婶赶到重症室，见到了骨瘦如柴的峰……峰看到红婶，微弱地喊："妈……"

（泰国）司马攻点评：

一声"妈"胜过千言万语，唤碎了读者的心。"妈"虽是本篇最后一个字，但不是全篇的结束，是震撼人心的开始。

味　道

文 /（马来西亚）匆匆

惨！别要给溺死了。妻子在厨房忙碌，听到似有物体掉落沟渠的声响，探过头来看，就见到两只初生没几天的小狗，像坐滑板般滑入沟渠，幸亏沟低水浅，方没把它们给淹死了。

几天前家里的母狗刚生下一窝小狗，三只和母亲一样，浑身毛色黝黑，两只褐色皮毛附带星散的白斑点。妻子自然喜不自胜，但为了照顾小狗，工作也加倍忙碌起来。

沟渠边长满苔藓的墙壁下，有一大片阴凉，妻子就把狗儿安置在那儿，一来在厨房忙碌时可照看，二来可以避免把家里弄得满是狗骚味。

妻子半蹲着身子，一手一只，捏住狗耳朵，把它们从污水里提起来，放在浴室的水盆。

其实妻养的这只母狗并非什么名种犬，不过是一只时常在篱笆外徘徊的流浪狗，因为可怜而收留它，这会儿一下子当了五个孩子的母亲，自然也在发挥母爱，一边哺乳一边在小狗们身体上舔舔嗅嗅，好像要熟悉自己孩子们的味道。

对于动物畜生，味道就是它们的条形码，而鼻子就是最佳的读码器，这种本能，让兽类能轻易地分辨亲疏。

妻子把两只小狗洗净弄干后，小心地放回狗窝。母狗还在为其他三只小狗喂奶，奇怪，一见这两个落难的孩子，非但没有怜惜之情，还有排斥之意，发出低低怒吼。妻子随即明白，两只被洗得白白净净的狗儿，已失去母亲所熟悉的味道。

那晚他应酬后回家时，妻子因白天劳累先睡了，他摸黑轻手轻脚地钻入被窝，生怕惊醒妻子，但还是不小心惊动了她，她翻了身躲入他怀里。

嘿！怎知道是我？他戏谑说。

熟悉了十几年的味道，还不清楚！她低应一声，像在说梦话。

叶雨点评：

天生万物，物我本是一类。缘自情生，味同而气和。女人因爱狗而洗崽，却不料触犯了狗的本性反害了狗儿。夫妻因处久而气通，即暗夜亦坦然投怀。两件事看似无关，却赫然展现出相同的因果。作品不温不火，朴素如寻常流水，所示立意则意味绵长——人因深交能至爱而无碍，狗却不能。与人这种高等生物相比，狗类毕竟是单纯的、愚蠢的。由此观之，本篇所讲似乎是"珍惜做人机缘"的社会哲理。是也，非也？

陌生人的温情

文 /（马来西亚）菲尔

丽丽站在鞋子部门无法做出决定，她有选择恐惧症。

"早知跟珠珠一起来。"她懊恼。

珠珠是妹妹，做事果断，总在丽丽没办法决定时为她做定夺，大至买车买屋、小至吃炒饭还是炒面。

青色难搭衣服、米色不出色。

"小姐，你穿红色啦。"一个妇人很友善地说。

丽丽感觉突兀，抬头，一对中年夫妻在旁，那妻子拿一双红色高跟鞋递给她。

丽丽向来不跟陌生人攀谈，可中年妇人脸上友善的笑容让她放下戒心。

"红色很鲜艳。"丽丽迟疑。

"你的肤色这么白，一定适合。"妇人怂恿她，"你试试看。"

丽丽好奇试穿，果然不错。

当丈夫的中年人有点腼腆："这个牌子不错，鞋底做得好，走路不会滑。我们女儿最喜欢。"

"小姐，红色真适合你。"妇人称赞。

丽丽低头看，满意："那也是。好，就拿这双。"

"谢谢。"道谢后，丽丽去收银处付钱。

"我怎么跟陌生人讲话？真糟糕。"妇人看着丽丽的背影跟丈夫说，"安娜在美国读书，洋人对她会友善吗？"她担心。

丈夫不语。一会，他挽起妻子的手："喝咖啡吧。"

妇人还在说："孩子不在身边，我们要学习独立。不知找得到安娜每次带我们去的 CAFE 吗？"

她没发现丈夫鼻子已一酸。

他跟妻子一样联想到昨天搭飞机出国留学的女儿，也是白白胖胖，跟刚才买鞋子的小姐有点像。

叶雨点评：

从不跟陌生人讲话的丽丽却接受了一个陌生女人的购物建议。为什么呢？因为陌生女人很诚恳。而陌生女人也是从不跟陌生人讲话的，却偶然兴起指导一陌生姑娘购物的兴趣。为什么呢？因为她的女儿昨天离家留学去了，偶遇的姑娘长得"有点像"她的女儿。是这种爱屋及乌的移情打破了女人的习惯。此中流淌着的母爱同感却具有令人心颤的纯真美感。可怜天下父母心哦！作品情节紧凑，倒装句的较多运用更增添了作品节奏感和异域色彩。

看画的女孩

文 /（新加坡）张挥

画廊里，一对夫妇饶有兴致地对着那幅题名为《脚印》的油画看了又看，似乎有意要把它买下来。画题《脚印》，但画的是黄昏的海滨景色。

应该是黄昏时分退潮时，暮色渐浓，潮声细碎。几块体积硕大的礁石，以各种不同的姿态，躺卧伫立在潮水浸沾不到的沙滩上，遮住了大部分的海面，只有远处的海平面闪动着浪花的白光。整幅画的氛围就得"宁静"两个字。然而，画家的巧思在于安排了一行清晰可见的脚印，把观画人的目光从画框外一直引向大海的方向。好像刚刚有一个人，一步一个脚印地往大海中走去了。这行脚印是这幅画的"画眼"，有着让看画的人去完成想象空间的作用。

这时，妈妈低下头来问站在身旁的女儿：

"我和你爸爸都很喜欢这幅画，想把它买下来。你喜欢吗？"

"我也觉得这幅画好看。但我不要你们把它买下来。"

"为什么？"夫妇俩人几乎异口同声地问道。

"因为那个走向大海的人，没有留下回头的脚印。一看到这幅画，我就会担心那个人，不知发生了什么事情，一直没有回来。"

林子点评：

闪小说不能像长、中、短篇小说般有宏大的结构框架，设置鲜明的年代和历史背景。它不一定需要有一个完整的故事，而只是仅仅描述生活一个别具意义的片段，通过这个生活片段、小插曲艺术地反映社会人生，或表现某思想和哲理。所谓"从一滴水见汪洋""从一粒沙看世界"，好的闪小说尽管是故事简单，有头无尾，也将犹如闪电般地划破夜空，给人们留下深刻印象。例如张挥的《看画的女孩》：作者只着重写一对老夫偕同女儿在画廊里的情景和对话，从这生活小事件突现了两代人对待生命愿景的差异，从而反映了女儿对父母的一片爱心。"宁静"是老年人所向往的生活状态，黄昏里走向大海的脚印恰恰反映了生命的最终的归宿，因此两老对这幅画产生了共鸣，特别喜爱；而没有回头的脚印在女儿潜意识中是对死亡的恐惧，是双亲永远离她而去不祥的预感。

遗　爱

文 /（德国）麦胜梅

老太太提着篮子走入 312 号加护房，这是她女儿已经入住五年的病房。

"早啊，我的宝贝，你今天的脸色真好看，昨晚一定睡得好吧！"老太太亲了女儿一下说。

看见女儿眼睛眨动了一下，她慈祥的笑容更加灿烂了，这是她们的默契，眨一下是表示"好"，眨两下是表示"不好"。她一面替女儿洗脸擦身体，一面和女儿聊家常，当她要替她翻身时，忽然，觉得自己力不从心了，尽管她怎样的使力都推不动那微微浮肿的身体。

看着在床上瘫痪的女儿，她脸上不禁露出一抹哀伤。回忆起那漫长岁月，她从一个小护士做到护士长，整整走过 45 年的职场，曾经帮助多少病人疗伤，给了多少人温暖，不知不觉已退休 20 年了，她那布满青筋的双手，因操劳过度而发炎变形。

不！女儿正需要她来照料，而这双手不能在这个时候背叛她，她默默地祈愿在她有生之年能见到女儿从昏迷中醒过来……

想到今天是女儿的生日，她顿时梳理了情绪说："今天天气特别好，咱们要打扮得漂亮一点喔！记不记得那个陈经理老是夸你是公司里的大美人？"

洗漱完毕，阳光乍然照入房里，几乎每一角落都在发光，女儿双颊慢慢泛出红晕。她从篮子里拿出一个大蛋糕，小心翼翼地点上六根蜡烛，再徐徐拿出一根笛子，吹了起来。曲终，她轻声说："生日快乐！我的宝贝！你 60 岁了！"

这时候在门外响起了祝贺生辰的歌声，推门进来的是拿着一束鲜花的陈经理和同事们，老太太看到女儿眼睛再次眨动了，高兴地紧紧拥抱着她。

程思良点评：

老太太在昏迷不醒的女儿 60 岁生日这天，突然发现自己已力不从心了。不觉中，她照料女儿已五年！每个人都有油尽灯枯的一天，这是无法抗拒的自然规律。老太太唯一放心不下的是爱女，她是多么期盼在有生之年能见到女儿从昏迷中醒过来啊！小说中女儿的两次眨眼，让我们看到了一丝希望的微光。

遗　爱

文 /（新西兰）林爽

喜宴上，衣香鬓影。老约翰夫妇笑得合不拢嘴。可不？婚后十年膝下犹虚的独子终于令两老如愿，升了级，怎能不大排宴席，广邀城中名流为刚满月的嫡孙摆上百桌弥月酒。

天下无不散的宴席，再丰盛的喜宴也得画上句号。

午夜时分，新任父母抱着宝贝登上豪华轿车，司机冒着倾盆大雨，小心翼翼开车送大、小主人回归。冷不防迎面飞来一辆跑车……

酒精超标的跑车手鲁莽地将城中富豪一家从喜庆中揪出，又将老约翰夫妇狠狠地摔进晚年丧子的痛苦深渊去。

救护人员从奄奄一息的美丽少妇怀中救出血流披脸的婴儿。

数周后，一个凄风苦雨的黄昏，一架小型私人飞机缓缓停在一幢别墅前。小小额头上缠着雪白纱布的婴儿在司机妻子怀中安静酣睡。

满头银发的老约翰忙不迭从里面迎了出来，一下子苍老了许多的脸上表情复杂，双手颤抖地接过嫡孙，老泪纵横、悲喜交集。

因车祸导致脑部严重创伤的婴儿被医生诊断将会终身残疾，无法自理，从此得由祖父、祖母雇专人护理照顾。

多年后，弥留病榻的老约翰于医院病房中让律师宣读遗嘱："依照约翰老先生遗愿，其半数家产将捐赠城中孤儿院，半数留给照顾他嫡孙的司机妻子。"

程思良点评：

天有不测风云，人有旦夕祸福。富豪老约翰夫妇一家从幸福的云雾中突然坠入极度阴冷的深渊，其深悲剧痛可想而知。因车祸导致脑部严重创伤的婴儿被医生诊断将会终身残疾，无法自理，从此得由祖父、祖母雇专人护理照顾……可是，老约翰夫妇百年之后呢？小说以老约翰老先生的特殊遗嘱结尾，闪得精彩，不仅解开了谜团，而且其中折射出的"幼吾幼以及人之幼"的精神，升华了小说的主题。

苏 醒

文 /（中国香港）徐振邦

一场车祸，导致多人受伤，其中包括了这对年轻夫妇。

车祸当天是他俩的结婚周年纪念，他正准备跟怀有身孕的妻子庆祝，却在途中遇到横祸。

女的受了轻伤，幸好没影响胎儿；男的也没有大碍，但头部受到撞击，暂时失去意识，陷入昏迷状态。

在医院昏迷多时，他终于对外界的刺激有所反应。他慢慢睁开双眼，举起无力的手摸着受过伤的头部，"啊——这里是什么地方？"

"你终于苏醒了，这里是医院。"她捉住他的手兴奋地说。

他望着她，想了一会，才回过神来："撞车，我记得是撞了车。"

"是的，撞了车。现在你苏醒了就好。"

"我没事，"他用手指着她的肚，"胎儿没事吧？"

"我没有事，胎儿也没有事。"她伏在他的肩上哭了起来。

"放心，我会好好照顾她。"站在她身旁的男士向他礼貌地说。

他将视线慢慢移向男士，待了一会说："你……你是谁？"

男士拍着她的背："我们结婚了。"

"什么？"他激动地说，"你们结了婚……"

"不要激动，"她捉住他的手说，"我们曾告诉过你的，只是你昏迷了。爸爸不用担心，他对我很好。"

"为……为什么你叫我爸……爸爸？"他更加激动。

"爸爸，你已昏迷了二十多年。"

"二十多年……"他呆滞地望着她，"你是？"

"我是你的女儿，我出世时，你仍在昏迷中。"

"妈妈……呢？"

"自你昏迷那天，妈妈每天都到医院陪着你，跟你聊天，替你擦身，给你做肌肉运动。"女儿流着泪说，"她临走前，叮嘱我每天都要到医院来看你，因为妈妈

相信，终有一天，你会苏醒过来的……"

程思良点评：

　　小说讲述了一个令人为之动容的故事。构思精巧，布阵设疑，杯水兴波，故事情节一转再转，出人意料，又在情理之中。

买鲜花的老人

文 /（澳大利亚）王若冰

老人穿着单薄的衣服，在瑟瑟寒风中，更显得多了几分孤单。

熙熙攘攘的人群、来来往往的车辆在他的身边穿行而过。风吹在身上，愈加寒凉。老人望向街角，那家"爱永远"几个字依然在鲜花的簇拥下，绽放着光彩。

他移动脚步，用手按了按口袋，安心地笑了。

花店里很安静，卖花的女子，正在眼睛一眨不眨地盯着屏幕。见有人推门进来，她抬头，看到了老人。她在手机的屏幕上按了暂停，对着老人说："大爷，您问路？"

老人来到女子的面前，抬起了头说："姑娘，是我，按照老规矩，给我包一束花。嗯，还是要红色的包装纸，紫色的丝带。"

卖花女子立刻笑了，她热情地将老人让到一把椅子上，又回身倒了一杯热水递过来说："大爷，这离大娘的生日还有一个礼拜呢，我今天早上还想着您肯定是下周才来。怎么这么早啊？"

老人落寞地笑了笑："哎，都一年没有去见她了，想去跟她说说话，就提前来了。你看看我，今年85岁了，说不定哪天一闭眼就再也睁不开了……"

老人叹了口气，脸上是满满的伤感。

女子认真地挑拣、包装鲜花，很快那些被她选出的鲜花就成了站在红色包装纸中、打着紫色蝴蝶结的花束。女子将鲜花捧到老人面前，郑重地说："大爷，给！"

老人将包裹里的钱给女子，女子又推给老人说："不要了。"

"那不行。"老人又递过来。

女子抽出十块钱说："今年鲜花产量太多，跟白菜一样便宜。"

老人感激地鞠了一个躬，颤悠悠地走出了门。

女子潸然泪下，这是老人第七年带着鲜花从龙游去墓地陪去世7年的妻子过生日。

叶雨点评：

作品叙述了一位贫穷的耄耋老人连续七年于亡妻生日去花店买花的故事。生动表现了主人公窘困孤独的生存状态，既抒发了作者对弱势人群的关心与同情之意，同时又赞美了卖花姑娘给予老人的爱怜与温暖。似一声饱含悲悯的感叹，呼吁人们践行良善积善扶弱。作品文短意长，既有悲酸关切亦有温暖深情，具有一定的文学感染力。

说过麦收时回家

文 / 傅修建

路程较远兼工作较忙，每年都只是在春节放假才回去几日。

今年公司订单不足，加之父亲身体不好，一个月前与老妈通话时我告诉她麦收时可能要回去一趟。

我说的是"可能回去"，那就当然也可能不回去。换言之，这几乎就是随口一说。

南风劲吹，田野里金浪滚滚，麦子熟了。

公司依然很闲，于是我决定真的回去。家里的几亩农田爸妈一直坚持种着，虽说收种都已基本机械化了，但毕竟他们年纪都大了，回去多少可以帮着干点力气活。心想。

既然一月前的通话并未说定现在要回去，何不趁此也学着人家给爸妈一个惊喜？主意打定，真正动身时我并未透露半点消息。

每次回家都是选择夕发朝至，这次也不例外。

早上五点刚过，我就来到了老家的村口。

虽是农忙时节，天也亮得早，但毕竟不是过去手割肩扛的年代了，乡亲们在这个时间多数还在甜甜的梦乡中。我准备悄悄地进村。

"今天车好像晚点啊？"拉着行李箱低头正走着。母亲不知啥时迎到了面前。

我有些惊讶："老妈起来这么早！"

"这还早啊？一个钟头前就来过一次了，等一会儿没人又回去的。"随后赶到的老爸忙着插话。

稍顿又补充一句："上次听说你麦收时要回来，这最近一星期天天都起这么早来村口等……"

悄悄背过身来，眼角一阵湿。

袁锁林点评：

"我"随口一句"可能回去"，害得母亲"一星期天天都起这么早来村口等"，这一动人细节，"眼角一阵湿"的又岂止是作品中的"我"？"蓼蓼者莪，匪莪伊蒿，哀哀父母，生我劬劳。"（《诗经·小雅·蓼莪》）作品虽然题材不算新颖，但隽永的亲情，不会褪色。

压 岁

文 / 剑言一白

劈哩啪啦……鞭炮声挤窄了小城的空间。

星移斗转，四季更替。年夜饭前，三代单传的王家总要给斌压岁。

满头银丝的奶奶似注入力量，拄着拐杖，拿着一个红包，颤颤巍巍地来到斌的面前，先是眯缝着眼看着墙上那些奖状、立功喜报，然后猛地丢掉拐杖，一手扶着桌子，一手轻轻地抚摸着斌的头和脸："乖孙子，长高了，出息了，奶奶保佑你……"

憨厚的父亲，背更加驼了，他看着桌上那一叠红包，动了动嘴："娘，斌都 30 多岁了，您就不要再……"

奶奶瞪了一眼显得苍老的儿子，目光如炬："我们家只有他这宝贝……"说完转过头，继续对孙子说："乖，收下奶奶的心意！"说完，她一下子跌坐在藤椅上。

斌的目光，深情地注视着垂暮的奶奶……

"孩子……小时候你想要一支玩具枪，因为家里穷……"父亲咳了几声，喉头滚动，欲言又止。

静静地，斌似乎沉浸在回忆里。

母亲的眼圈红了："孩子，妈给你织了新毛衣。天冷了，站岗时别忘了穿上……"母亲哽咽了，脸上浮现出望眼欲穿的神态。

沉默，相视。

父亲按下 DVD，一曲激越、悲壮的《热血颂》在社区里回荡：

当你离开生长的地方梦中回望，

可曾梦见河边那棵亭亭的白杨？

每一棵寸草都忘不了你日夜守望，

思念你的何止是亲爹亲娘……

桌上，红包旁那张泛黄的照片镶着黑框：战壕，弥漫着淡淡的硝烟。坐在弹药箱上的斌，枪靠在身上，干裂的嘴唇微张，正读着一封家书，黑黝黝的脸上稚气未脱，流溢出一丝幸福的微笑……

程思良点评：

放眼当下闪小说界，吴跃建的军旅闪小说独树一帜。如果用一个词来概括吴跃建军旅闪小说的主题，那便是"军魂"。闪小说是在600字之内做文章，由于篇幅短小，倘平铺直叙，读者必无兴趣。因此，闪小说格外讲究构思的精巧。吴跃建深谙此理。他的闪小说在构思上颇下功夫，螺蛳壳里做道场，杯水兴波，闪跃腾挪，于"山穷水尽疑无路"处，峰回路转，别开生面，踅入柳暗花明又一村之境。譬如《压岁》，就是一篇佳构。每逢佳节倍思亲。作品层层推进，最后凌空一闪，镜头定格在一张泛黄的战地军人照片上。原来家人们思念的这位亲人已经牺牲了。这一结尾，极富艺术张力。

婆婆的笑脸

文 / 李文全

我第一次出远门去深圳，临行前，婆婆坐在门槛上，拿响竿赶着乱拉屎的一群仔鸡，她不看我也不问我。离开时，我向婆婆告别，她笑着"哦"一声，算是告诉我她知道了。

婆婆的笑脸让我怀疑亲情，我居然没了离愁别绪。

我第二次外出打工去兰州，我离家时，见婆婆靠在齐腰的石磨上，从瓜瓤中挤出南瓜子。我特意上前向她言别，婆婆并没停止她的劳作，她歪脖笑笑，这次连"哦"一声都省了。

婆婆的这一笑，无意伤了我，让我感觉到我是这个家的累赘，仿佛她在庆祝我的离开。

第三次出门，我故意躲着婆婆，行前也不声张。那天，我抬腿迈门槛时，婆婆突然叫住我，我以为她先知先觉要主动跟我告别呢，结果，她坐在堂屋的太师椅上，咧嘴笑着说："丘儿，记得随手关上木门。"

离别时婆婆的笑让我顿生叛逆之心，我决定这是最后一次回家省亲。

不久，父亲打来电话说，你婆婆不行了，你是你婆婆一手带大的，必须尽快赶回来。

我犟不过，再次返乡，见到奄奄一息的婆婆时，我忍不住哽咽起来，婆婆还是那样笑着说："丘儿，学我，分别时笑比哭好！"

徐红清点评：

这篇文章采用先抑后扬法。婆婆对离别的无动于衷，一次次升级，竟然到了貌似欢送的畸形地步。在亲情面前，"我"也从不能理解，发展到对婆婆的所作所为产生怨恨。婆婆弥留之际，行文至此，让矛盾直接对垒。婆婆最后的那句话，是谜底，是泪点。这一闪，出人意料，亲情铺天盖地而来，给人以强烈的震撼。闪小说精短，讲究谋篇布局，一开始就得进入主题，行文贵曲，在手掌上翻跟头。闪小说还要主题立得巧，结构巧，巧用对白，本文做到了。

爱的拐杖

文/范　进

我的报摊设在繁华的闹市区。每次她来，都是拄着拐杖，颤巍巍地穿过马路。

"报纸到了？"

得到满意的答复后，她总是喜不自禁。接过报纸，她先是从头版开始，一一翻过去，然后目光突然定格在某个版面的某个位置，嘴角露出一丝不易觉察的微笑。

看她一直捧着报纸发呆，我忍不住发问，"买吗？"

"噢，不用了。"她赶紧把报纸重新叠好，整整齐齐地放回原处。

随后，她又拄着拐杖蹒跚离去。

日复一日，她还是经常拄着拐杖来我的报摊。这家报纸逢周五出版，可她从周三起就不断地到报摊打探。

去年深秋的一个黄昏，天空下着毛毛细雨，她一手打伞，一手拄着拐杖，照例来到我的报摊。

"我的儿当上责任编辑了——"她手捧报纸自言自语。

看我和妻一脸疑惑，她不好意思地笑了起来，"我儿一年前辞职去的南方……"

原来如此！

妻子当时就感动得热泪盈眶。她答应老阿姨，以后每期的这家报纸，都替她留一份，且免费赠送，她可以随时来取。

出人意料的是，就从那个黄昏以后，她再也没有在我的报摊出现过。

"她一定是被儿子接过去享清福了。"妻子揣测。

"但愿如你所说。"可不知咋的，我心里总有一种不祥的预感。

今年中秋前夕，我的预感得到证实。

在当天的这家报纸副刊版面，她的儿子写了一篇怀念她的文章：

"无论我走到哪里，母亲慈祥的目光都如拐杖似的支撑着我；可在母亲风烛残年最需要拐杖时，我却脱手了……"

凌鼎年点评：

我曾在早年的一篇创作谈里说起过：角度要刁。所谓角度要刁，就是要找到一个与众不同的切入点。《爱的拐杖》角度也特别。我敢打赌，读者一开始一定猜不到那位拄着拐杖，风雨无阻，每天来翻看一下报纸，却又不买的老妈妈究竟想看什么？我算是个小小说老写手了，也常编稿评稿，一般的创作套路我往往能猜个八九不离十，但这回我没猜着。谁又会猜到残疾的老妈妈是来看当了报纸编辑的儿子编的那个版面——这种母爱让人震撼，因为这绝对是来自生活的真实写照，不是坐在书房里瞎编可以编出来的。

午夜电话

文/柴 佳

凌晨 2 点，卧室的电话突然急匆匆响了起来。

她条件反射似的从床上弹坐起来，开灯，抓起电话："喂！"

"妈，是我。"传来一个沙哑的声音。

"强子，是你吗？"她激动地握紧了电话。

"妈，是我。"

"强子，你好久没给妈打电话了，在外面过得好吗？"

"妈，我很好。你呢，身体怎么样？"

"只要你好，妈就好。你的工作特殊，要注意安全！"

"妈，我都这么大了，您放心。"

"强子，我听你那边有些吵，这么晚了，你在哪儿？"

"妈，我……我……"

"孩子，出什么事了？"

"妈，我和几个朋友在外面吃烧烤，几个流氓过来挑事，就打起来了……"

"啊！流氓？打架？孩子，你受伤没有？"

"妈，我们没事，可我把对方的腿打骨折了，对方报了警，要……要我赔付 5000 元医药费，我身上的钱不够，你方便给我汇点钱吗？"

"这大半夜的，妈到哪里找银行啊！"

"可如果不给钱，对方就要去告我坐牢。"

"坐牢？孩子，你别吓唬妈啊！"

"妈，我没吓唬你，毕竟我把人打伤了。如果你不方便去银行，手机转账也可以。"

"可妈连上网都不会，更别说转账了。"

"妈，难道你就忍心看我去坐牢吗？呜呜……"

"孩子，你别急，妈这就想办法……"她焦急地翻找了起来。

啪！——老伴起身挂掉电话，朝她嗔怒道："你是不是傻啊！这半夜三更的，一听就是诈骗电话。而且，咱儿子春节救火时就牺牲了，你怎么还能上当？"

　　"我知道他是骗子！"她泪眼婆娑道："他的声音和强子太像了，其实，我就是想听他多喊几声'妈'……"

王世虎点评：

　　本篇闪小说从一开始，就在制造悬念——因为半夜的一个紧急电话，引起了"母亲"快速紧张的反应，引发了"母子俩"的一问一答，蕴含着母亲对儿子的关爱，埋伏着儿子精心设置的道德陷阱……最后，一切都在"老伴挂掉电话"的那一刻被残忍撕开。就像《大话西游》里紫霞仙子临终前的那句话一样："我只猜中了开头，却没有猜中结尾"，小说前面"母子俩"的所有对话，不过都是为了给最后的结尾反转留下伏笔。

眼　睛

文 / 李功秀

通完电话,眼前浮现出外祖父躺在病床上与病魔抗争的情形,不由得眼睛有些湿润。

小的时候,爸爸在外地工作,妈妈是医院的护士,我就由外祖父和外祖母照料,当妈妈上夜班时,我就被放在外祖父家。我会走路时,已经离休的外祖父每天拉着我,提着菜篮子,取报纸、买菜,再给我买些吃食,一直照料我读完小学、初中。我15岁时,要到另一个城市去读高中,临走时外祖父送妈妈和我去车站,一路上告诉我乘车注意事项,怎样在学校过集体生活等。以后每次我开学走时,都是外祖父送我,叮嘱我许多事情。我上大学时,外祖父已78岁高龄,因战争年代参军负过伤,左腿做了人造血管手术,行动不便。得知我第二天要走,打电话让我过去,抓着我的手说道:"外祖父老了,明天不能送你了,出门在外一定要注意安全,照顾好自己,好好学习,和同学搞好团结。"末了还拿出200元钱给我,说这是电话费,让我常给他打电话。以后每次我走时,清晨全家人还没起床,外祖父就打电话过来,要不提醒爸妈不要误了乘车时间,准备点早饭,要不提醒变天了,让我多穿衣服。大学毕业后我已经工作了5年,并且已成家生子,已87岁的外祖父最终因腿部坏死做了高位截肢手术也在医院躺了5年,但他还是一如既往常用手机打电话给我,关心了解我的工作、生活以及孩子的情况。

如今,已近而立之年的我,终于明白了,外祖父在我的生命里,就像是一双熠熠闪光的眼睛,时时引领着我在人生的长河里做人做事。

冯丽琴点评:

眼睛是心灵的窗户,打开每一扇心扉,都是一个世界。这篇闪小说看似叙述平淡、舒缓,实则层层铺垫,推进,结尾点题,在平淡无奇的琐碎事情中,吐露人间真情,感叹之余顿悟真谛。原来这就是生活,这就是爱的世界。作品章法自然,水到渠成,人间亲情,留在心中,难以忘怀。小说题目好,构思巧,结尾精彩闪亮,叙述娓娓道来,不矫揉造作,语言质朴,情感真挚。从字里行间和每个细节描写中,感悟生活和人间亲情。外祖父是我成长的引路人,他的一言一行、一举一动凝聚了对我的爱。而我对外祖父的情感也与日俱增,做人做事我能做好,这是回报外祖父最好的礼物。明亮的眼睛点燃心灯,照亮前行的路。

笨妈妈

文/高 杰

女儿上初中后，总是嫌弃老妈惠珍笨，经常说的话就是："妈，你笨死了！"

这不，女儿放学回家，刚进门便嚷道："妈，以后，我的衣服，我自己洗，瞧你洗的衣服，脏死了，在我背后盖了一个油印子，同学们都取笑我呢！"惠珍赶紧应声道："好，好。"

饭桌上，女儿嚷起来："妈，你炒的菜咋比食堂的还难吃！瞧瞧我的手艺。"女儿撸起袖子，说干就干。惠珍嘴上说："看把你能的。"脸上却堆满了笑。

惠珍正收拾房间，女儿看到了，嚷起来："哎，你这不是越收拾越乱吗？东西应该分门别类！还是我来，您歇歇吧。"女儿把惠珍推出了房间，麻利地干起来。

惠珍越来越闲，开始拾起年少时的梦想——写作。左邻右舍都投来羡慕的眼光。

一年后，惠珍发表了好多作品，女儿也在夏令营活动中成了"独立自主明星"。

王姨说："你家女儿真懂事，家里家外，样样能干。惠珍呀，你真有福气。"

张婶说："我家女儿跟你女儿一般大，在家啥活都不干，而且脾气还大，连自己的袜子都不洗，你是怎样教导你家女儿的？"

惠珍抿嘴一笑："因为我笨嘛！"

李姐笑着说："你笨，谁信？装笨吧？"

惠珍哈哈大笑："是啊，就是装笨！"

高和平点评：

当下社会中的独生子女，在家族众星捧月般的呵护中，捧在手心怕摔了，含在嘴里怕化了，关爱不止、疼爱有加，过着衣来伸手饭来张口的生活。尤其是小孩子，更是如此，一个明显的特点就是"挑剔"，自理能力差。但文中作为妈妈的惠珍，故意"放低"自己的姿态，让女儿学会发现问题并解决问题，因势利导，逐渐培养孩子的独立自主能力，在潜移默化中，养成一个良好的生活习惯，逐渐从"依附于父母的关爱"中"脱离"出来，真正走上自立自强的人生之路。这就是一个"笨妈妈"的初衷，也是一个"典范"，由于它的"大众性"，以点带面，也彰显了一定的"社会性"，尤其对独生子女的家庭教育，有一定的借鉴意义。

一根牛缰绳

文／桃　子

一个竹竿样的人影，挑着一担草，在田埂上晃荡着，像一架永远都无法平衡的天平。

他只有一只左胳膊，两条腿长短不一。他光着蒲扇样的大脚板，在田埂上留下一深一浅的脚印。

他是给老黑割草。老黑老了，一天劳作下来都不想站起来，他就一担担地给老黑割来青草。

傍晚，下了犁的老黑就趴在河边一棵大柳树下，嚼他割来的草，他用柳条前前后后地替老黑驱牛虻赶蚊子。老黑吃饱后会到河里滚来抖去，只露出鼻孔和尖尖的犄角，他就坐在河堤上神情专注地看着。

他感谢老黑，是老黑让他多活了这么些年。

那年他15岁，大家都饿得走不动路，妈妈的脚浮肿得不能下地。他约小伙伴阿虎，偷了队里炸石头的雷管，去一个深水潭里炸鱼，结果阿虎被炸飞了，他成了现在的样子。

他不能原谅自己，一心求死。队长将一根绳子塞进他手里。老黑那时候叫小黑，年轻着呢。小黑是全队人的依靠和希望，再饿也没人敢对小黑下黑手。从此他一心一意地照顾小黑。

小黑渐渐地变成了老黑。终于有一天，队长来找他，说社员们要求把老黑宰了。

他扑通一声给队长跪下了，说："让我照顾老黑给他送终吧，我不要队里记厘米。"队长拉起他，抱了抱他的肩膀走了，在他肩头滴落几滴浑浊的泪。

他嘶哑地朝队长的背影喊，把那根牵牛的缰绳给我。

老黑走了。每到黄昏时分，他总是习惯性地坐在河堤上，手握牛缰绳，回味老黑洗澡的样子，任余晖把他孤独的影子越拉越长。

梁闲泉点评：

这是作者用悠长旋律谱就的一曲挽歌，这是作者用写意手法画就的一幅国画，

这是一篇我屡次阅读屡次心动的美文，所谓艺术的感染力就是这个样子吧。所谓的以小见大、以情取胜、以物为线就是这个样子吧。一根牛缰绳联通起了那边的牛和这边的我，也就渲染了人和动物的相互依赖关系，这就悄然地触及和谐共处的宏大主题，使文章有了形而上的思想上的张力。作者的成功之处在于用白描的手法呈现了人与动物之间的情感，而且情景交融，感情饱满而文笔又超越一般情愫的写法，引起读者共鸣也就自然而然了。首段的肖像描写极具笔力，尾段呼应天衣无缝，妙的是夕阳余晖的铺陈，夕阳渐渐落下，从而把主人公的影子越拉越长，仿佛夕阳也在为这样写意国画唱挽歌了，余音袅袅，听来心动。

风　景

文 / 何开文

　　我因事出差苏州，要从一号线的乐桥站到广济南路站换乘二号线去火车站。

　　乐桥站的站台上人很多，人们自觉地排队候车。排在我前面的是一位身材较高的老年女士，头上戴着一顶十分时尚的红色太阳帽。

　　列车进站。上车。

　　我发现门的右侧处有一个空位置，便主动让给了那位戴红色太阳帽的老年女士。

　　到了下一站，上来了一位背着书包的小男孩。那位戴红色太阳帽的老年女士立马从座位上站起来，让刚上车的小男孩坐下。

　　女士看见我在看她，冲我友好地笑了笑。

　　我从心里赞道：好一幕温馨的风景。

　　列车不久到达了可换乘二号线的广济南路站。

　　去火车站方向的旅客更多，列车刚启动，一幕温馨的风景又一次地在我眼前发生：一位扎马尾的女孩从座位上站起来，给紧随我后上车的那位戴红色太阳帽的老年女士让座。

　　到了下一站，上了一位拄着拐杖的盲人。

　　那位戴红色太阳帽的老年女士立即从座位上站起来，让那位拄拐杖的盲人就座。

　　顿时，车厢里刮起了温暖的风，那风是乘客们赞许的目光。

范学望点评：

　　该小说没有着力描写核心人物身上发生的故事，而是用散文化的笔调，为读者描画出一幅极温馨的社会生活画面。事情平常，但与人为善、关爱弱者、尊老爱幼的和谐的社会氛围却极生动地展现在读者的眼前，给人以鼓舞，给人以信心，人们的心里回荡起一股压抑不住的暖流。这不能不是一道亮丽的风景。社会不缺乏美，只在于发现，作者为我们做出了榜样。

瞒

文 / 左世海

老大是煤矿工人，老二村小学老师，老三在县城打工。

年近八十的娘，随老二住在村里。老大老三每月回村陪她几天。

娘快过八十岁生日了，哥仨商量，让苦了一辈子的娘好好乐乐。

娘生日的前一天，老二突然对娘说要去县城买东西，让娘照顾好自己。

娘笑着点点头。

第二天，老二老三结伴回来，为娘买了大蛋糕、新衣服。娘看着，眼睛笑成了一条线。哥俩虽然也笑着，但显得很不自然。

老二向老三使了个眼色，老三出院抱柴火去了。这时老二的手机响了，他接起来对娘说："是老大的，他说工作忙，不能回来了。想和您说说话。"娘将电话捂到耳朵上，仔细听着话筒里的声音对老大说："钟子，好好上班，有你俩弟弟照顾，我好着呢。"

老二见娘脸上笑着，眼角涌出了泪水。

娘是高兴的。他想。

以后，无论多忙，老三每月都回来陪娘。老大也定时打电话和娘唠上一会儿。

半年后，娘病了。兄弟俩知道娘像熬干的油灯，离熄灭不远了。

老二的电话又响了。老二对娘说："是老大的，您和他说吧。"老二将电话拿到娘的枕头旁。

娘艰难地摇摇头说："甭打了，费钱。自己的孩子，娘还听不出是谁的声音？"

老二脸上的笑容僵住了。

当晚，娘安详地闭上了眼睛。

兄弟俩给娘换衣服时，感觉她怀里有块硬邦邦的东西，取出一看，竟是老大生前穿过的一只旧鞋。

程思良点评：

作品《瞒》，设疑解疑，一波三折。小说写的是娘过八十岁生日前，在煤矿做工人的老大突然去世，老二、老三担心娘无法面对噩耗，便编造谎言用打电话的方式瞒娘；最后娘却以一句"自己的孩子，娘还听不出是谁的声音？"使情节突转，将故事推向了一个高潮。然而，故事到此并未结束，娘去世后，兄弟俩给娘换衣服时，从她怀里取出老大生前穿过的一只旧鞋。以此收尾，极具张力，将娘对老大的无尽思念推向极致。

三支雪糕

文 / 佘悦妍

三伏天，丈夫陪师傅在楼顶装太阳能。我在厨房准备午餐，汗水迷糊了我的眼睛。

"妈妈，我想吃雪糕。"儿子跑到我面前说。

"行，拿一元去买。"我举起沾满蒸菜粉的手，示意他来我兜里掏。

过了一会儿，儿子又来了："妈妈，绿豆雪糕太好吃了，我还想买一支。"

我说："好吧，雪糕不能多吃，这支吃了就不能再吃了啊！"

他又在我兜里掏了一元钱，欢天喜地跑了。

大概过了一刻钟吧，儿子又来了："妈妈，我把作业全部做好了，你看看。"

我看着写得工工整整的字迹赞道："不错，字写得好，答案也正确。"

他小心地说："那妈妈可不可以奖我一元钱？"

"又要钱干吗？"

"我去买个本子。"

我想，该不会还要买雪糕吧？便虎着脸说："不许撒谎啊！雪糕真不能多吃！"

儿子眨着天真无邪的眼睛："妈妈，我保证不多吃雪糕。"

我又给了他一元钱，哪知过了一会儿，他果真又举着一支雪糕回来了，我劈头盖脸一顿训："不是说了吗？雪糕不能多吃。你小小年纪，怎么不听话？还撒谎！"

儿子眼泪汪汪地看着我："妈妈，这支雪糕是买给你的。我在房间做作业都很热，你在厨房里做饭更热……"

正说着，丈夫和装太阳能的师傅下来了，奇怪的是他们手上各拿着一个雪糕包装袋！丈夫笑着说："今天我家小宝贝立功了！这么高的温度，我们在楼顶都快中暑了，幸亏他及时送了两支雪糕上去……"

余清平点评：

《三支雪糕》虽然写的是一个生活中看似稀松平常的事，却能令读者心里温暖满满。作品首先单刀直入渲染天气，接着儿子伸手要钱买雪糕，再就是我对儿子的训斥，作品梅花间竹着延伸，到后来再揭开谜底，三支雪糕孩子一支也未吃，给了安装师傅、他爸爸和"我"。作品以小见大，真情无限。

笔 友

文 / 秋桐落

她没有见过爸爸，妈妈在生下她不久就因为一场失败的手术成了哑巴。

没有人想跟她交流，她也渐渐不想交流，把自己关进了小房间。

十岁时，她遇到了她的笔友。

她永远记得那个下午，妈妈拿着一个信封，信封上写着她的名字。信封里有张粉色信纸，上面画了一幅画，写了一行歪歪扭扭的字，落款：马。

她和马很快变成了好朋友。她告诉马，她很喜欢音乐。马回信：那就去试试，古筝，怎样？

她随即去找妈妈，提出想学古筝。

两天后，她走进了琴房。

她的天赋极高，经常得到老师的表扬，她特意写了一封信想把这些告诉马。妈妈接过信打算出门时，她又喊住妈妈，在信纸的最后加了一句：但是，我真的能弹好古筝吗？

一天后，马回复她：我相信你。

她第一次登台表演是在高中的迎新晚会上，她提前一周邀请马来看自己的表演。

那天晚上，她以一曲《渔舟唱晚》技惊四座。

一下台她就问妈妈，马有没有来过？妈妈递给她一束鲜花。还是熟悉的字体写着：我永远相信，你可以。

她开始参加各种大大小小的比赛，高中毕业时，她的奖杯已摆满了家里的壁橱。

而她的妈妈，在她收到大学的录取通知书后不久，病故了。

她像小时候一样，把自己关在妈妈的房间，一遍又一遍地整理着妈妈的遗物，她看到了一张信纸，上面的字体她太熟悉了。信纸上写着：我答应你从此不再干涉你的生活，但我还是放不下女儿。

门吱呀一声被推开，突然出现一个高大的身影，带来了一屋子阳光。

俞敏华点评：

　　开头，小说按常理逐步推进，透露了单亲主人公和妈妈相依为命的事。虽然没有提及父亲，但在这里，父亲无疑是一个缺席的，甚至可能是负面的形象。紧接着小说中的另一个人物，也是主人公的笔友——马出现了，这让小说具有了一种神秘色彩。读者逐渐将注意力放到马的身上，但作者却一直没有透露马的身份。小说结尾则峰回路转，原来马就是主人公的爸爸，是他一直以笔友的身份支持和鼓励女儿，使她发展自己的兴趣，并取得了骄人的成绩。如此一来，父亲的形象前后逆转，让人不觉大吃一惊。小说不按常理出牌，故事的发展使人疑惑又有所期待，最后在感动与惊讶中解开了谜底，以此，颠覆了诸多离异版本中父母离异给孩子带来多少创伤的叙述逻辑，或许这源自作者内心的美好与善良。

红辣椒

文／北　娜

　　火舌舔舐着锅底，我蹲在灶膛旁，边添柴边看着这火焰。

　　"双儿，别烫着啊……"

　　刚从县城回来的父亲边嘱咐着我边开始刷锅、添水。他笨拙地淘米下锅，漂沫，玉米脐打着旋儿就是不到他的笊篱里来。

　　"爹，我娘这样，这样……"我站起身抡着胳膊比画，我的样子逗笑了父亲，这笑容我好久没有看到了。

　　柴在灶膛里噼啪作响，火光中我看到了娘的影子，娘为我梳头时的样子。

　　父亲笨拙地给土豆去皮，我在墙上又画上一条道道，道道快划到门口了，娘依然没有回来。

　　我蹲在灶膛边看父亲出来进去地忙活。

　　我跑出屋攀上鸡架，向村西通县城的路口张望。

　　"爹，娘啥时回？"我回头冲爹喊。

　　父亲没有回答我，而是转身从屋檐下的辣椒串上揪下几个红辣椒。我看着父亲扒出余火学着母亲的样子把辣椒在火里转了个圈……一股辣香味在灶间弥漫开来。

　　看父亲烧辣椒，我跑到墙角的白菜堆前，抱过一棵白菜；父亲不能喝酒，家里以前来客人，特别是给娘瞧病的郎中来家，客人喝一口酒，父亲就吃一个辣椒陪客。母亲总是心疼地看着父亲，她会用稀缺的白糖给父亲拌个菜心解辣。

　　"爹，拌个菜心吧？"我说。

　　父亲怔怔地看着我手里的白菜，而辣椒已经在火里烧着了。

周波点评：

　　闪小说不允许多重情节的打开，它讲究点的有效突破。《红辣椒》就是这么一篇闪小说。娘是全文的核心，而娘始终未出现，有的只是父女俩的挂念。读《红辣椒》，仿佛置身于阅读国外的闪小说，这是一种创作的潮流，北娜显然已较熟练地掌握了它的创作手法，之前读过她的《雷声》《彩色的梦》等作品，无不有异曲同工之妙。北娜的思想是集中的，她知道自己想写什么，怎么去写。当读者以为家庭温暖的一面需要更多的情节来表现时，北娜提供了另一个可能，那就是：点的突破、气息控制与短句跳跃。

爱的秘方

文 / 尹翔学

一幅玫瑰色迷你发光字牌匾，以喜庆浪漫的婚纱照为背景图，高悬在大厅正墙中央，一进门就跳入眼帘。那个繁体"爱"字，倾情放大着。"爱"中的"心"，绘成一颗呼之欲出的耀眼红心。

这是他特意定制的，他曾不胜苦恼。连嫌吵的祖坟，都迁到了僻静的风水宝地，仍然于事无补。

一进门，就吵。

她埋怨："脱的鞋子，放整齐点行不行？"

他不服："又不是放到天安门去检阅！"

进卧室，也吵。

她看不顺眼："像狗窝一样，总该叠一下被子吧。"

他也有道理："把被子翻过来更好，能杀死螨虫。"

上床，还吵。

她捂他的嘴鼻："你呼吸，怎么像猪那么喘呢？"

他搬她的肩膀："你不滚被子就不行吗？"

出门，照吵。

"又不是新娘子，不能快一点呀？"

"猴急什么，又没有金子捡。"

这牌匾神了，使争吵声逃之夭夭。

她只读完义务教育，习惯从左往右念牌匾：

我爱太太。

他是中文系毕业的，懂得牌匾应该从右往左看：

太太爱我。

不久，小夫妻俩又感受到家中静得可怕，如同冷暴力的煎熬。

终于有一天，两人不约而同地提议：咱们要个孩子吧。

白玉兰点评：

　　毋庸置疑，爱情婚姻需要保鲜的秘方。因为爱情的自身保质期很短，进入婚姻殿堂后需要不断地磨合，寻找最新、最大的情感助推力。小说中的男女主人公也没有跳出凡人的生活状态。日久审美疲劳，琐碎的家务也成了吵架的导火线。一幅牌匾能让两人重拾激情，足以看出人类的感情世界需要激活。不久，两人又进入了冷暴力阶段，是不约而同地想要个宝宝的愿望再次点燃了激情。道具新颖巧妙，情节一波三折，细节真切动人，人间烟火历历在目，最普通最普遍的百姓日子熠熠生辉。

春暖花就开

文／孔爱丽

她说，语言是有温度的你不知道吗？

他说，有个屁温度！我骂你一句你冻死啦？

她哭着跑了出去。

他追着追着来到了一座城市。这个城市很奇怪，你每说出一句话，这句话就会从你的嘴里蹦出来，在空中跳跃，然后要么结成冰凌，要么开出花来。

他看到两个人在骂架，一句话刚说出来就结成了冰，那些词在两个人之间不断地堆积，堆积，最后变成了冰的利刃，把对方扎伤。

他看得胆战心惊，不动手也能伤人？

他试着把以前凶她的那些话说出来。那些话在空中翻转，逐渐地变冷、变硬，有的成了霜，落在地上，有的结成冰，顶端尖尖的像一根透明的针。他顿时感到浑身冰凉。他蹲下来，对着那些霜和冰轻轻说："对不起。"

奇怪，那些霜和冰渐渐融化了。

他又说："请你原谅我吧。我懂了，人与人之间要相互尊重。"这时候那些冰渐渐融化并开出花来。

他站起来，大声喊："我爱你！我爱你们！"一些人听见了，也跟着喊。

他看见那些结冰的词都化了，慢慢变成花瓣在城市的上空飞舞。整座城市的人都在欢呼。

他被自己的喊声惊醒了。他转过身看她，她仍在睡梦中，眼角溢满了泪水。他轻轻吻了她一下。他看见她的嘴角开出花来。

袁锁林点评：

春暖花就开，是自然之理；话暖心花开，是人性之理。前者容易让人明白，后者却有人不以为然，虽说有"良言一句寒冬暖，恶语一句三伏寒"的古训。《春暖花就开》，避开空洞说教，巧用浑然不觉的梦幻形式来演绎语言的温度，以成了的霜、堆积的冰、冰的利刃等一系列物像来显现恶语的后果，以道歉使冰融化开出花来，以"轻轻一吻"的肢体语言使"她的嘴角开出花来"，具象良言的力量。作品以一对情侣的冲突开篇，以和好收笔，首尾呼应，结构完整；寓真于幻，寓理于情，在直观形象中让读者去领悟。

三轮车把上的口罩

文 / 孙怀军

下班后,我帮助父亲扫大街。秋天来了,落叶越来越多,环卫工人的工作越来越辛苦。

父亲其实是一个农民,他和土地打了一辈子交道。虽然起早贪黑,地位卑微,他对这份工作却非常知足,对待遇也很满意。

把父亲从乡下接到小城,源于母亲去世后,他一个人在家,孤苦伶仃,整日借酒浇愁,后来染上酗酒的毛病。邻居告诉我,把你爹弄走吧,再这样下去,撑不了多久。

帮助父亲干活,起初我心里有些犹豫,感觉低人一等。我不知道父亲第一次是什么感受。认为好多人注视着自己,还特别怕遇到熟人。看着父亲佝偻着身体,挥动扫帚的样子,还是忍不住低着头,默默地来给父亲帮忙。

最近几天,我感觉背后不远处,有几双眼睛在看着我。等我回头,那些眼睛就消失了,等我转过身,那几双眼睛会再次出现。虽然每次不能目光相遇,直觉告诉我,那几双眼睛的确存在。

终于有一次,我捕捉到了三双眼睛,它们就躲在盛垃圾的三轮车后面。那是三双清澈见底的孩子的眼睛,他们应该是我的学生。我瞬间脸红了,看到老师扫垃圾,一定会嘲笑,看不起,我在他们心中的高大形象会轰然倒塌。

这一次,我鼓起勇气,向他们走去,我必须要面对他们,我想解释一下。他们开始好像并没有打算离开,等我靠得很近了,他们才笑着,跑着逃走了。

我没有追他们,因为我看到三轮车把上挂着一个白色的东西。我摘下来,竟然是一个新口罩,里面还有一张纸条,上面用铅笔歪歪扭扭写着一行字:老师,dài上吧,灰尘多,这是我们三个同学用零花钱给你买的。

尹翔学点评:

这篇闪小说以低微的扫大街为线索,典型地聚着广义上的三代人:挟丧妻之痛进城为环卫工的父亲,照料父亲的儿子,三个纯真有爱的低年级小学生。其中,父亲借酒消愁思亡妻,儿子不顾感觉低人一等地挥动扫帚帮父亲,学生为不让老师难堪而躲着和送口罩关心老师的健康,每个细节都独特逼真,致使人物个性鲜明。尤其是贯穿与洋溢着爱父亲和爱老师,温馨温暖,真挚感人,是孝顺和尊师等中华传统美德在涌动,在传递,在发扬。

父亲树

文 / 夏照强

大姐出嫁了，母亲躲在里屋轻声哭泣，父亲却说："有什么伤心的？"拿起铁锹，在院子里种了棵小树。我问父亲这是什么树，父亲回答："大姐树。"

大哥去远方当兵，父亲又种了一棵石榴树。春天，红彤彤的石榴花映红了院落。父亲坐在树下，手捧家书，读着大哥提干的消息，喝着小酒，脸笑成了一朵花。石榴熟了，父亲把它们摘下，挂到屋内大梁下，晾干，等到大哥回来探亲时，全家人在一块津津有味地品尝。父亲说，那棵石榴树的名字叫"大哥树"。

我是在考场失败，人生失意后，在夜半的鸡鸣声中悄悄离开家的。几年后回家，发现院子里又多了一棵树。父亲说："这是专门为你而种的花椒树，其貌不扬，但生存能力极强，你以前常常掰下野外花椒树上的大刺刻字刻印章，想必也是比较喜欢。"我明白父亲的良苦用心，亲自爬上树，剪了许多风干的花椒粒，送进了母亲的厨房。在心里，我也给这棵树起了个名字——"希望树"。

光阴荏苒，那几棵树越长越茂盛，越长越高，父亲却越来越苍老，背越来越弓。再次回家过年时，我看到院子里又多了一棵树。父亲咳嗽着说："这是香椿树，家家都几乎要种的一种树，想起它，你就会看到家的方向。"

十几年过去，父亲早已长眠在村西的一隅。只有家中院子里，父亲种的那几棵树，依然健壮地生长着。尤其那棵香椿树，枝叶亭亭如盖，就像父亲曾经伟岸的身躯，守护着那时孱弱的我们。

我们都喊那棵香椿树"父亲树"。

程宝顺点评：

该文以树寄情，以人称树。从父亲为出嫁的姐姐植一株小树写起，到父亲为当兵的哥哥植石榴树，为落入人生低谷的"我"植花椒树等，情节朴素，出人意料又在情理之中。榆树的顽强坚韧，石榴的春华秋实，花椒的耐旱苦香都被父亲注入祝福，种下希望。而父亲生前手植的香椿树，茂盛清香，根深叶茂，更是将满满的父爱显露无遗！

需要安静的艺人

文/谢　振

"给你五百块一场，干不？"

"七百？"

"一千？"

"对不起，我不干了！我现在只想好好地静一下。"艺人面对纷纷扰扰，还是那么直躺着不起来。

一个月后，艺人重新干起他的老本行——修自行车。别人都笑话他，说他有轻松挣大钱的活都不干。

他可是神人，能泰然自若地上刀山下火海受重锤吞玻璃……

寒风凛冽，艺人出去回来时，看见家门口停着一辆车。那车是导演的，去年这个时候也来过几次。导演迎了上来："师傅，三千块表演两场。就两场。"

"我已经不干那行了。你就饶了我吧。"艺人一脸平淡。

"你以前两百块一场，还四处自我推荐。现在你精神很好，怎么说不干就不干了？春节就要到了，你一上场保准能火，一火价格还不得一个劲地往上飙呀？"

"我现在不需要钱了，我需要的是安静。"艺人有点不耐烦了，他坐到门前的椅子上抽起了烟来，烟雾中他那黑白相间的头发若隐若现。艺人干脆闭上了眼睛，仿佛没有人在跟前和他说话一样。

许久，艺人才慢慢地睁开眼，对导演说："她以前在的时候，一看到我出去揽活就难受得不得了。她不在了，我也不再需要钱了。"艺人相濡以沫的妻子，一年前的那个冬天因病不治而去了。

说完，艺人关上了柴门。

陈华清点评：

小说用对比的手法写一个老艺人前后的变化。以前，他到处推介自己揽活，就算价钱很低廉，也要表演。而现在给他多少钱都不愿意再表演了。这其中的变故，吊起读者的好奇心。小说到最后才解谜，原来他以前拼命表演，是为了赚钱给妻子治病。而现在她走了，他只想做回真实的自己，淡泊名利，过安静的生活。

手牌儿

文 / 杜景礼

婆婆患上了老年痴呆症，儿媳妇静为她制了一个手牌儿，给她戴到手腕上。儿子明指着手牌儿，郑重地嘱咐道："妈，外出找不到家，就给人看这个手牌儿，上面有咱家的住址，还有我俩的电话。"

"别人能信？"婆婆问。

静赶紧点头保证："信，一准儿信。"

婆婆"哦"了一声，默默回自己屋里去了。

果然，有那么两次，婆婆在外面溜达，忘记了回家的路，就给身边的人看自己的手牌儿，热心人打来电话，静接到电话后，去将她领了回来。

这以后，就像灰姑娘爱惜水晶鞋那样，婆婆就把手牌儿当成了宝贝。

静也患了重病，看中医，每天都要熬汤药喝。

一天早晨，静忙着照顾要上学的儿子，还要不时地照管婆婆，就忘记了热药喝。

婆婆走过来，举起自己的手牌儿，让静看。

静不解地问："妈，你要——"

"求你帮我看看，我得回家，好提醒儿媳妇热汤药喝呢。"

那一刻，静仿佛一下子被孙悟空的定身术定住，模糊的泪眼，定格在手牌儿上她写给好心人的那两个字："谢谢。"

安燕点评：

因为爱，所以简单；因为爱，所以深刻。静以真心关心自己的婆婆，一丝不苟，而患上了老年痴呆症的婆婆，忘记了儿媳妇的容貌，却只记得要提醒儿媳妇喝药这一件事。爱在这里得到了超越和升华——爱不在索取，而在奉献。所以，你能得到的，往往就蕴含在你的付出之中。

摸　手

文／史建树

晚会上，高潮迭起。节目"摸手"，又引起轰动。

随机抽出五对夫妻出场，中签的五位男士分别是副厂长、生产科长、车间调度、一名工人和一位出差刚回来、临时进场找妻子要钥匙回家开门的销售员。

他们的眼睛都蒙上了手帕，要求用最短的时间最快的速度（不超过一分半钟），通过摸手的方法，辨别和确认谁是自己的妻子。

男士们轮流摸着女士们伸出的手才十秒钟，销售员一把扯下眼睛上的手帕，兴奋地举起妻子的手来，夺得了第一名。主持人笑问："凭什么样的心灵感应和特别的方法，这么快就毫不犹豫地确认了您的夫人？"

他怜惜地抚摸着妻子的手，一字一顿地说："我长年跑外，妻子厂里家里，老人小孩，里里外外一把手，她的手，骨节就粗硬些，皮肤也粗糙得多了。"

被握着手的女士，凝视着丈夫风吹日晒得黑里透红、胡子拉碴却神采奕奕的脸，眼睛里渐渐盈溢起晶亮的光泽……

掌声，骤然响起。

顾建新点评：

这是一个宣扬正能量的作品。按照现在一般小说的模式，都是贪官在外花天酒地，早已经忘记了自己在家含辛茹苦的妻子。可这篇小说通过工厂晚会的节目，用工人们身边熟悉的人，让我们宛若亲临欢乐现场，独辟蹊径，结局出人意料，感同身受，在我们面前打开了一个崭新的天地，让读者为之振奋。

无　期

文／朱红娜

　　我掐指一算，已有十五年又六十八天没有回过老家了，整整十五年啊！人生有几个十五年？

　　一想到母亲，我的心就刀绞般疼痛，十五年了，母亲，我无时无刻不在思念着您。

　　十五年前，因为母亲不习惯跟我待在城里，我自己定了一个规定，每月最后一周的周末回家。每次回家，母亲都会早早在村口榕树下等我，直至有一次，我因为临时急事走不开，母亲一直等到晚上。后来我跟母亲说，我现在已是领导了，身不由己了，那个规定就废了吧？母亲的头鸡啄米似点着，牵着我的手说，只要你没事就好，我在电视上能看到你。

　　离村口越来越近了，我的脚步却灌了铅般越来越沉，远远看见村口的大榕树依旧枝繁叶茂，母亲瘦小的身影在浓荫处缩成一团，朝路边张望着，我揉揉眼睛，母亲的脸庞越发清晰。母亲等了我多久？她怎么知道我今天回来？我快步走向前去，原来，身影是一根朽木。

　　在村头遇见三叔，三叔硬朗的身板已佝偻，眼神混沌，牙齿脱落。

　　回来了？回来就好。三叔面无表情。

　　三叔带我去见我母亲。

　　我跪在母亲面前，想跟母亲说十五年积攒下来的话，而只说了一句：妈，对不起。我的话就哽在喉咙里，再也出不来，泪水却像决堤的河水，汹涌而出。

　　我在母亲面前跪了一天一夜，求母亲的原谅，母亲却一直沉默不语。母亲无法原谅她的儿子，母亲在十五年前我出事的那一天已含恨离世。

　　今天我出狱了，才知道亲情的牢狱是无期的。

曾冠华点评：

　　朱红娜作品《无期》的设置巧妙，通过情节紧凑而有序地推进，最后抖开包袱，在出色完成了精彩叙事的同时，成功塑造了两个人物：母与子。尤其，母亲善良朴实、

爱憎分明的形象以震撼人心的艺术表现力给读者留下深刻的印象。母爱之所以伟大，不仅因为无私，更在于她的无期。人的生命有期，母爱无期，在朱红娜的作品《无期》里得到了充分的体现，这份母爱已不单纯体现一个母亲对一个儿子的爱，文本结尾合理而绝妙的转折，以四两拨千斤的出彩表现，使文本得以大大超越，从而加深、加厚其精神品质，让绵延的母爱，呈现、展示出具劝世警人意义的人间大爱，以此诠释以小见大的闪小说艺术的文学魅力。

妈妈的味道

文/李　横

六一儿童节，已经过去一个星期了。可我给胡静雅盘的头发，还一直盘着。

这天课后，我把胡静雅叫到我的办公室，说："静雅，这六一儿童节过去都一星期了，怎么还不把头发放下来呢？"

"老师，我的手有一道伤疤，手好了后，我会梳洗的。"胡静雅伸出一双黑黑的小手，左手背上有一道2厘米的伤疤，伤疤在阳光的照耀下，刺痛着我的心。

"老师帮你梳洗。"我蹲下来摸着胡静雅的头说。

"不！"胡静雅低着头，说："我作业还没做完，我去做作业了。老师，再见……"话还没说完，便向教室跑去。

第二天，我刚到教室，听到一阵伤心的哭泣声。班长站起来对我说："老师，是刘小龙不小心把胡静雅的头发扯脱了。"

我走到胡静雅的身边，胡静雅趴在课桌上伤心地哭着。刘小龙站起来，紧张地看着我，我示意刘小龙坐下。

胡静雅抬起头，黑红的小脸上闪着明亮的泪滴。

"静雅，为什么这么伤心？头发扯脱了，老师还可以帮你盘上。"我抚摸着胡静雅的头。

"我妈妈，在我很小的时候，就离家出走了……"胡静雅低下头，哽咽地说，"老师，我昨天骗您，说我的手有一道伤疤，那是我用彩色笔画的。我故意不洗头，让头发一直盘着，是因为头发上还留存有妈妈的味道……"

安燕点评：

保持住老师盘的头发，就留存住妈妈的爱！这简单的要求，一丝丝让人心疼……

天气预报

文／蒋先平

每天晚上，她会准时打开电视，收看黑龙江电视台播出的天气预报。半个小时后，再调到云南电视台，还是收看天气预报。

自从女儿考上云南大学，老公去黑龙江打工以后，她就开始天天晚上收看这两个省的天气预报。

女儿十八岁了，在她眼里还是个孩子。以前女儿在身边，天天能见到女儿，大小的事儿都能照顾到。

为了能攒够女儿下学期的生活费，老公背起行李跑到黑龙江打工去了。老公身体不好，天凉好感冒，天热又眩晕。在家时天凉了，她会让老公多穿衣服；天热了，她一个人先去地里干活，太阳不那么毒了，才让老公下地。

于是，收看天气预报成了她每天生活中重要的一部分内容。

明天有暴雨，从寝室出来时要带雨伞。明天有大风，在脚手架上要当心啊。每当看到天气有变化时，她就给女儿和老公发去提醒的短信。

日子就这样一天一天地过去了。

这天，她去南山下铲地，突然下起了阵雨，她被浇成了落汤鸡。

晚上女儿高兴地给她打来了电话，说得了五百块奖学金。女儿听到她说话声音不对，再三追问下，她才说是被雨淋感冒了。女儿责怪她，怎么不看一看天气预报呢。

一定是女儿把她感冒的事告诉了父亲。很快，老公打来了电话。

让她想不到的是，当天晚上，收到了女儿和老公的短信，告诉她明天还有阵雨，让她出门时不要忘记带上雨衣。

从此，每当天气变化时，她的手机都会嘟嘟地响上两次，她知道这是女儿和老公发来的天气情况短信。

就这样一家三地用短信传递着天气情况，也传递着血浓于水的亲情。

安燕点评：

《天气预报》是一篇打动心灵的闪小说。作品以天气预报为主线，用简洁的语言，娓娓道来，叙述了一家三口相亲相爱、携手互助的动人故事。

来自远方的敬礼

文/罗 飞

张大爷拗不过老伴，硬是买了票，坐了六个多小时火车从塞北赶到北京。凌晨四点二十分，他拐着一条腿，搀扶着她，缓缓地出了北京站口。

今天，是年三十。

火车站外，灯火通明。

经风一吹，她一阵干呕，像是要把肠子吐出来。

他俩在站前广场转着，开始寻找。

执勤的真多，一个个笔直站立，几乎一个模样。

她有点后悔，这么多人，怎么找？都怪自己想儿心切，没合计好就来了。

冷不丁，他扯了她一下。

"快看！在那里！"顺着他的手指看去！真的是儿子。

她急忙拉着他，往儿子的岗靠去。

还没到跟前，她猛然停住！

儿子正在上岗，腰板挺直，军姿傲然，目视前方。

端详了许久，她毅然转身，拉着他往进站的方向走。

他说："要不咱过去跟孩说句话，都两年没见了。"

她说："看一眼就够！别让孩看见，为咱操心。"

他又说："老婆子，要不咱们一会到天安门广场看看升旗吧，好不容易沾了儿的光，来一趟。"

她摇摇头，说："就你那腿脚还想转，想啥哩，家里的鸡、猪还等着。"

他俩，又进了站。

大年初一，晚上九点钟，他和她终于回到了家。

刚进屋一会，按照约定，儿子的电话就打来了，他摁下免提："爹！娘！春节快乐！"

爸说："好好当兵，听部队首长的话，想当年我当侦察兵的时候……"

娘说："儿子，数九寒天，记得多穿件衣裳……"

儿说："给二老敬礼！"

坐在沙发上的张大爷也不由地站起，举手，回礼。

儿说："我要上岗了，明天再聊。"

娘说："等有时间，娘一定去看你……"

刘东霞点评：

身为军人的儿子，在万家团圆的日子里坚守着工作岗位，一个忠于职守，尽职尽责的军人形象跃然纸上。而作为父母，在寒冬腊月坐一夜火车仅仅是看了儿子一眼，能不遗憾吗？两代人舍小家为大家的爱国情怀令人敬佩和赞叹！正是有这样的儿子和父母，才保障了国家安宁、社会稳定、人民生活幸福！

懂写作的妈

文 / 李宗山

"最近中午不能回来做饭，等忙过这阵子，早春小白菜、韭菜下来就好了。这季节，我们生的豆芽顶大事了。"吃早饭时，母亲唠叨着，"刘阿姨的婆婆住院，她也没能去照顾。别小看'五七连'的老婆子们，关键时刻没有掉链子的。"我带些埋怨地说："我说再放假我想去干临时工，您却说'五七连'生豆芽。"

母亲没理我，继续说："还真不是吹，每天来拉豆芽的车排长队。昨天有人拿着条子找连长要加塞儿走后门。连长掐着腰说，天王老子也要排队。好几个门市部还送来了锦旗。一天拉出二十多吨，要没我们的豆芽，那些菜铺子柜台上就剩下过了冬的白菜萝卜和土豆了。"我生气地说："妈，我说东，您却说西。"

母亲仍旧不停地说："生豆芽比伺候月子还难，动辄容易受风、变绿，那就不好看也不好吃了，不是谁都能干得好的。"

"妈，我说的是干临时工，找素材，写作课有新闻写作，我也想写新闻稿。"我打断了妈的话。母亲放下碗筷说："我刚才说的，广播里讲讲是不是也挺稀罕。"这还倒真提示了我。我又让妈重复说了一遍，很快写好寄给市广播电台，没想到电台第二天就播了。

我突然间竟诞生了处女作。老师高调表扬我，问是谁指导写的。我涨红着脸说："我妈。"老师说："李同学有个懂写作的母亲，那是多数人没法比的，大家更应该加倍努力。"

这是四十年前我上中学时的事。其实，母亲连小学都没念完，"五七连"也没有正式职工待遇。

周慧心点评：

小说揭示了写作要深入生活，注意细心观察，处处留心皆文章。母亲没有文化，但知道大家需要什么，希望听到看到什么。最后的转折超乎意料，但在情理之中，主题得到了升华。母亲形象生动，勤劳工作，也不失幽默风趣。读后深感温馨，促人上进。

那抹最温暖的阳光

文／郑志玲

教室外面的窗棂上，倒垂着的冰凌又加长了一截，只不过比昨天苗条了不少。

屋角透风的教室里，孩子们的手冻得像胡萝卜，不住地搓手呵气；有的孩子冻得清水鼻涕直流……教室里不时有吸鼻跺脚的声音。新来的一位年轻好看、长发及腰的老师说："孩子们，站起来，拍拍手，跺跺脚，直到大家暖和起来。原地踏步，走！"教室里立即响起了嗵嗵的跺脚声，像一匹匹骏马奔驰，地上的尘土也被搅得飞扬起来。

孩子们开心地拍着跳着。忽然，老师皱了皱眉头，向西北角的一个小男孩走过去。那小男孩的衣襟上满是饭渍、口水的痕迹，她看了会儿，没说话，又回到了讲台前。

"同学们，我们来做一个找朋友的游戏，好不好？"

孩子们开心地大声喊好。

"大家闭起眼睛，看谁最先找到自己的好朋友。"

孩子们闭着眼睛开心地去找朋友。她走过去，看着那位小男孩笑吟吟地说："你是我最好的朋友！"说着，她蹲下身子，背起那个男孩，将他放在了南边靠窗的地方，并示意他不要说话。

教室里安静下来，太阳冲破云层，将温暖的阳光洒进了破旧的教室，正好照在那位男孩的身上。男孩睁大眼睛，看着老师，哭了。

多年以后，男孩成了著名的科学家。有一天，他来到了早就不再年轻的老师家里，深深鞠了一躬说："一个两腿残疾，生下来就被父母嫌弃的孩子，在那个严寒的冬天，感受到了生活的希望和美好。谢谢您，给了我冬日里最温暖的那抹阳光。"

余清平点评：

每一个成功者的背后，都有一个感人的故事，温暖着一生，令其不断地进取，终至获得成功，这不能纯粹说是幸运，更应归纳为爱的结果。《那抹最温暖的阳光》，写了一个双脚残疾的学生，在寒冷的冬天，遇上一位女教师，女教师用她的爱温暖了这个自卑学生的心。然而，就因为有了这女教师的爱，他终于成了一位科学家。这也说明了，其实爱，可以创造奇迹。任何一个老师的爱与鼓励，总能成就学生的辉煌。满满的正能量，感人至深。

一杯幸福

文 / 丁国梅

每天早晨，他的房门都被轻轻地推开。他知道是母亲，母亲进来后，会在他床边站立很久，他不知道母亲要干什么。于是他竖着耳朵屏住呼吸，他感觉到了母亲俯下身来……他蹙了一下眉头，母亲又蹑手蹑脚地出去了。

他很奇怪母亲为什么会这样，他今年都二十岁了，很不习惯大清早这样被人凝视着。

他是一个听话的孩子，不想直接告诉母亲，于是他想到母亲的QQ里留个言，间接地告诉母亲。

母亲年轻的时候美丽优雅，爱读书爱写诗。后来他得了地中海贫血症，母亲就开始打三份工，早出晚归拼命赚钱。她不再写诗，也不再美丽优雅。

在母亲的QQ里，他看到这样一条说说：幸福其实是用器皿盛装的，别人的器皿很大很大不容易满，而我的幸福是用杯来盛装的，只要每天起来看见儿子还在，我就满足。

他没有给母亲留言。只是，在以后的每天早上，他不再竖着耳朵屏住呼吸，只要听到房门轻轻推开，他都尽量用力呼吸，让被子一起一伏，或者干脆梦呓一般吧嗒吧嗒嘴。母亲不再走进来，房门会轻轻地关上。这个时候，他似乎能感觉到房门外的母亲，卑微的福杯满溢！

袁作军点评：

这是一篇让人眼睛一亮的闪小说，首先名字就很诗意，读第一句就想让人继续读下去。"我不知道母亲要干什么"，"我不习惯大清早被人这样盯着"，"我"皱了一下眉头，母亲就走了。这些铺垫是为什么呢？让人一睹为快。原来"我"得了绝症，母亲每天清晨偷偷看"我"是怕失去"我"。于是"我"每天早上配合母亲吧嗒吧嗒嘴或者使劲呼吸，让被子一起一伏。全文没有一句赘言，这一杯幸福温暖，酸楚，甜蜜。

架子车，行驶在山道上

文/吴　建

　　那天，他正在给娘喂饭，进来一个女人："我来做你家的保姆，行吗？"

　　他一惊，看着她的脸："不行，你不行。"

　　"为啥？不放心吗？"她给老人掖掖被角。

　　"不，不是。"他嗫嚅着。

　　"那为啥？我保证把老人照顾好。"

　　"我说不行就不行，你回去吧。"他转过脸，不敢看她的眼。

　　没想到，第二天她又来了："我想了一夜，我还是要做你家的保姆。"

　　"不行，真的不行。"他的话能砸个坑儿。

　　"别害怕，我不要你的工钱。"

　　"那也不行。你家里有孩子，有地，有牲畜，还有一个八十岁的老娘……"他憋出了一大串理由。

　　"我可以两头跑，只要你……"她的话也能砸个坑儿。

　　"不行，这样你受不了，对你不公平。"

　　"这点苦对我来说没啥，只要你……"

　　"不行，这样不合适！"他又打断了她的话，"你还是回吧。"

　　没想到，第三天她又来了，身后还拉着一辆架子车。

　　"你这是做啥？"他看着她还有她身后的架子车。

　　"我想让老人住我家，和我娘做个伴。听你说老人晕车，坐这车，老人不会晕的。"她抬手抹了一把额上的汗，然后看着他的眼，"你娘就是我娘。"

　　"这，这不合适吧。"他嗫嚅着，看着她的眼，"这样不合适。"

　　"没有啥不合适，只要你……"

　　"你这个人，真是……哎——"他叹了一口气。

　　崎岖的山道上行走着一辆架子车，她在前面拉着，他在后面推着……车轮子轧在山道的石子上，石子蹦出老远。

　　靠山屯小学门前，十二个孩子齐刷刷地站着："欢迎王老师归来！"

他是村小学校唯一的一名教师,他娘得了病,站不起来了。她是这个村的村主任。

徐建英点评:

作品有很强的场面感和震撼力,读者读后如亲临其中,短小的篇章,把村主任对支教老师的重视,王老师对山区教育的支持,对病娘的孝顺,都写得细致入微。技法上,题材虽旧,但经作者巧手编码,一路悬念到底,最后才抛开包袱,原来如此啊,意料之外,情理之中。一篇感人肺腑弘扬正能量的闪小说!

戒 烟

文／曾繁斌

他不抽烟。可每次出差，他都会不自觉地买烟。

烟是给父亲买的。这些年，为了帮父亲戒烟，他费尽了心思。父亲是把老烟枪，一抽烟就咳。他让父亲戒，可父亲熬得难受，娘见了心疼，又让他抽回去了。

娘过世后，父亲身体每况愈下，却还是放不下手里的烟。父亲咳一次，他的心就揪着疼一次。那天，父亲又蹲在门前抽。他走过去，轻轻拍着父亲的后背，说："爸，这烟，咱戒了吧？"胡子拉碴的父亲抬起头，用手抹了下鼻涕，点了点头。

他把父亲接到城里。每天，都让父亲张嘴伸舌，对着喷戒烟剂。喷完，父亲像个孩子似的喷喷舌头，苦！父亲倒坚持下来了，咳的次数也少了，他也稍稍心安了。

一天深夜，他起来上卫生间，见父亲缩在沙发角上，烟头一闪一闪的。灯一亮，父亲慌慌张张地把烟掐了。眼尖的他看到父亲拿了个东西往沙发里塞——那是娘常佩身上的玉观音。他蹲在父亲身边，抚着他的手背，说："爸，想抽就抽吧。"父亲把玉观音捧在腮边，闭上眼睛滴下了泪。

但父亲还是下决心要把烟戒了。那天，他和妻子从医院回来，告诉父亲快抱孙子了。父亲乐得胡子一翘一翘的。笑声未了，父亲一拍脑袋进了房间，从床底下拉出个铁盒子。他上前一看，满盒子的烟头。父亲憨憨一笑，嗫嚅地说："一定戒了，再也不躲着抽了！"妻子扑哧一声笑了，父亲也笑了……

好容易，他把父亲抽过牌子的烟都买齐了，便提着回了老家。在父亲坟前，他把烟全拆了，一根一根扔进火盆里……

青烟缭绕。他点燃一根烟，试着凑到嘴边，一股苦辣味涌上来，呛得他满脸是泪。

王苏华点评：

短小精悍，以情动人。吸引我非读不可的是这篇作品的题目，因为我是一个控烟志愿者。然而我仅仅是简单地看了一遍就已经是泪流满面了。我问自己为什么？是看了太多的悲欢离合吗？是想起了生活中遇到的挫折吗？都不是，而是那句"在父亲坟前……"。作者先是给作品留了个伏笔，不抽烟的人却要买烟。是因为母亲

心疼父亲而让他买？还是父亲因为母亲的离去而偷偷抽烟，所以给他买？可是，因为这里已经有了第三代即将出生的消息，父亲已经发誓不抽了呀。那么，当我看到"他终于把父亲曾经抽过的烟都买齐了，拿到父亲坟前的时候"，我的眼泪真的是止不住地在流了。原来，这是一个当儿子的对父亲最真挚的爱。他虽然反对父亲抽烟，却还是会注意父亲喜欢抽的烟是什么牌子的，甚至，他对父亲的思念中，有心疼，有悲痛，有一丝愧疚……就让读者去细细体会这份情吧。

我有一个梦想

文/崔　立

孩子5岁时，从幼儿园跑回家，对着父亲说，爸爸，今天老师问我们有什么梦想了。父亲微笑着问孩子，那你是怎么说的呢？孩子大声说，我告诉老师，将来，我也要做一个老师！父亲摸摸孩子的头，依然笑着。

孩子8岁时，看着家里的电视机，那里正直播着奥运会，乒乓健儿们为国出战，拿下了一个又一个世界冠军。孩子看得是津津有味，对着旁边的父亲说，爸爸，他们真是太棒了，我梦想也要做运动员，为祖国去拿金牌。父亲呵呵笑着，说，好啊好啊。

孩子12岁时，在一处游乐场玩。那里突遭了大火，眼看着火势要逼近孩子时，是一群消防员奋不顾身不畏生死，把他给救了出来。惊魂未定的儿子坐在家里，说，爸爸，我梦想要去做消防员，我也要做英雄。父亲看了孩子一眼，赞许地点点头。

孩子15岁时，喜欢上了文学，一有空就在家里翻看那些精彩的小说，看得真是连连点头。孩子看着父亲从外面进来，信誓旦旦地说，爸爸，我梦想将来做一名作家，我也要写出让人赞叹的惊世之作来。父亲很认真地说，你一定能行的。

孩子18岁时，父亲突患重症进了医院，并且情况不是很好。正是孩子面临高考的关键一年，孩子拿着填报志愿就进了病房，一脸认真地看着父亲说，爸爸，我要去做医生，我最大的梦想就是希望您能康复。父亲没说话，背过身去，整个身子莫名地抖动起来。

谢振点评：

《我有一个梦想》，题为"一个"，却连珠炮般写了五个梦想，值得玩味。孩子在不同时段要当老师、运动员、英雄、作家等梦想看似五花八门，实则可统归于一，这些梦想都是孩子受制于身边人事而为了自己的荣耀一时冲动立下的，算不上真梦想，充其量只能是小志气。只有最后一次，他是为他人（他爸爸也可以看成是他人）着想的，这梦想才算得上是真梦想。

红兔子

文 / 三月丫头

三年级美术比赛，老师拎着一个精致的笼子走进教室。笼子里有五只颜色不同、活泼可爱的小兔子。

同学们一窝蜂围上讲台，胆大的男生打开笼子抱出小兔子，女生也纷纷伸手触摸小兔子。

看到青青闭着眼睛坐在座位上没动，同桌抱了一只可爱的蓝兔子，举到青青面前。

青青缓缓睁开眼睛，猛地看到兔子的三瓣唇在不停地蠕动，突然放声大哭起来。

老师快步走过来问："怎么啦，青青，不舒服吗？"

"头有点疼。"

"要不要紧？老师给你妈妈打电话吧。"

"不要，老师，我能坚持。"

青青止住抽泣，艰难地拿起了画笔。

一叠灰、黄、白、蓝、黑，形态各异的兔子里，青青画的红兔子分外显眼。

老师若有所思，拨通青青妈妈的电话。

"红兔子？她画得怎么样？"

"她画的卡通版红兔子，很传神。"

"哦，这样我就放心了。老师我告诉你个秘密，青青是我收养的兔唇女婴，政府免费给她做了三次手术，修复得很好，去年我带她搬离了老家。"

"对不起，青青妈，我不该把画兔子定为比赛题目。"

"不，老师，总有一天她要面对，谢谢你帮她过了这一关。从小到大，她拒绝看兔子，我坚持给她买了一个卡通的红兔子。"

第二天放学，青青举着奖状，像一只小兔子蹦向妈妈："我得奖了，老师说我画的红兔子是天使。妈妈，明天你带我去动物园看小兔子。"

妈妈欣慰地笑了，这是她第一次从青青嘴里听到"兔子"两个字。

白水点评：

作者用行水流水般的语言和情节，呈现了教育的主题，其实也是人性的问题，抵达到读者的心灵深处，温暖了我们的心。

红兔子

文 / 朱祥秋

丫丫是兔年生的，爷爷给刻了枚印章，高品鸡血石的，顶上雕了一只属相兔，红红的，笑得好可爱。

从小跟爷爷学画，丫丫知道印章是画家的宝。有次书画义卖，她和爷爷当场联手作了一幅画，也盖了印章。不想，印章被一个女孩看上。不肯撒手，非要大款爸爸买下，丫丫不为所动。

没过多久，爷爷查出患重症，要做大手术，需要大笔的钱。丫丫看到大人们四处筹钱，想到了要买自己印章的女孩。她找到上次书画义卖的组织者，要了联系方式，打电话给女孩的爸爸。

送印章那天早晨，丫丫把印章拿在手里，轻轻抚摸着红兔子说："真对不起，爷爷病了……"话没说完，淌起了泪。红兔子笑盈盈地，好像在说，懂事的孩子，不怪你。

印章递给女孩，丫丫转身就跑。

"等等。"身后传来女孩的喊声，丫丫止住脚步，把眼角的泪水抹去，心里给自己打气。学着红兔子笑着回转身，望向女孩。

女孩快步赶过来，把印章塞给丫丫。丫丫蒙了，不知所措地望向女孩爸爸的脸。没看出什么，她小心地问女孩："你反悔了？"

"印章上的红兔子只看一眼，我就喜欢上了。当时你没卖，我伤心了好多天。不就一个印章吗，让你爷爷再刻一个怎么啦。想着想着，恨上你了。"

"你想咋样？"

女孩笑笑，接着说；"等爷爷病治好了，再给我雕一个新的。"

丫丫把印章举到女孩面前说："你看红兔子笑话我了。"

朝阳中，印章上的红兔子把她俩的笑脸映得红红的。

顾建新点评：

围绕一个红兔子印章，几百字的闪小说极尽曲折之能事，写得动人心扉。从舍不得卖到卖到送还，小说如急流回环，打破了线型的小说惯常结构，此其一。其二，一笔写出了两个姑娘的高尚心灵，实在不易。

送

文 / 迟占勇

那年秋天，年轻帅气的父亲抱着哇哇大哭的我上了小学。

还是一年秋天，我将上高中，父亲骑自行车把我带到开往县城的汽车站，父亲腰板儿挺得笔直，把车子蹬得飞快。

又是一年的秋天，父亲把我送到开往省城的火车上去上大学，火车开动了，隔着玻璃，我发现父亲跟着火车跑着，大声叮嘱着什么，父亲的步伐显得有些苍老，一缕白发风中飘摇。

一年的正月，大学毕业的我要到南方去打拼，弯腰驼背的父亲坚持要送我到汽车站，我从他手中抢过那辆不知带过我多少次的自行车，带上父亲。父亲紧紧搂住我渐渐强壮起来的腰，我心中涌动起一股热流。

又是一年的正月，大病中的父亲坚持要把我一家三口送到大门口，我的家在遥远的南方。我不敢回头，怕见父亲那苍老无助的身影。

一阵哀乐把我惊醒，送葬的人流中，我怀里紧紧抱着骨灰盒，骨灰盒里，睡着我的父亲。

我的泪又一次滚滚而出！

这是我第一次，也是最后一次送我的父亲！

安燕点评：

这样的"送"，我们每个人都在或将要经历，小小的"送"，"送"出了父爱，"送"出了人间温情！

父亲的拐杖

文／张正旭

　　父亲老了，行动不太方便。我们姐弟三人都在杭州打工，我们接他到我们打工的城市来住，他拒绝。我们深谙父亲倔强的牛脾气，就此罢休了。于是一合计，决定凑钱给父亲买一个精美且价格不菲的拐杖，尽我们一份孝心。

　　精美的拐杖买回来了，我们快递邮寄了回去。

　　可奇怪的是，拐杖不久被退回来了。我们姐弟三人很纳闷，我们明明提前通知父亲邮寄拐杖回去了，为何他会不接收呢？

　　我们再次打去电话问明原因，父亲说，我难道真老态龙钟了吗？难道真得依靠拐杖行走了吗？笑话，简直是笑话。我强健着呢！

　　尽管父亲不服老，我们还是把拐杖再次邮寄回去了，我们让堂妹收的，让她送给父亲。

　　不久，堂妹从手机里发来彩信：是一张三个并排放着的拐杖照片，父亲用的。说是拐杖，确切地说是桃树枝条简单加工的。

　　堂妹解释，从杭州邮寄来的拐杖叔父拒绝接收，又被我拿回到了我的家中。叔父说，他已经习惯了用桃树的拐杖。他有三个桃树拐杖，分别是你们出生时栽下的桃树枝条取下的。每个拐杖都刻有你们的乳名和学名。叔父每天轮流拄着三个拐杖到婶婶的坟前去说话……

　　我看后，泪水哗啦啦地流下来，朝车站飞奔而去。

庄有禄点评：

　　小说紧扣"拐杖"二字，展开叙述和描写，情节一波三折，构思巧妙，引人入胜，入情入理，把父亲不服老、十分倔强、讲情重义的性格特征刻画得入木三分，呼之欲出。作者善于埋设伏笔，至结尾处才揭开谜底，戛然而止，回味无穷。在前文层层铺垫的基础上，集中反映出父亲十分疼爱三个儿女，无比思念逝去的老伴，从表面上看父亲倔强不服老，不近人情，实则是个感情十分内敛而又丰富的乡间老人。小说虽不足500字，但故事情节完整，前后呼应，短小精悍，文笔简练，词约义丰，含不尽之意皆在言外。

母女连心

文/龙 艳

一心从十六岁起就深深地相信，她与母亲是母女连心，能够互相感应，哪怕她与母亲相隔十万八千里。

一心在很远的学校上学时，一次不小心摔了一跤，把脚踝摔肿了，痛了好久。她本不想告诉母亲，以免母亲担忧。后来一心才知道，那时母亲的脚踝也忽然痛了好久。而母亲为了不影响学习，也没有告诉她。对此，一心感到很惊讶。

又一次，一心患了重感冒，嗓子疼浑身酸痛，母亲打了电话来问她："女儿呀，你是不是感冒了很不舒服，要多注意身体呀！"

她好奇地问母亲："你咋消息这么灵通呢？我感冒你也知道？"

母亲说："因为你一感冒，我也感冒啊，怎么会不知道。"

一心惊得好半天没说出话来。还有一次，她与好友闹了矛盾，心情差透了，饭也吃不下，做什么事都没心思。母亲又打了电话来："一心啊，你是不是遇到了烦心事呀？"

"什么？这你也知道了？！"一心差点跳起来。母亲与她之间的联系真是太奇妙了！居然如此相通！

从此，一心不敢再轻易地生气，更不敢让自己的身体受到伤害了，因为她与母亲母女连心，她的伤痛就是母亲的伤痛。

后来，一心无意中知道了一个秘密——母亲为了让她相信她们母女连心，曾费了不少心思从同学处、老师处打听到她的一些消息。

原来如此，她说呢，怎么会有那么奇怪的事！一心并没有揭穿母亲。她的眼里慢慢地浸满了泪花……

再后来，一心还知道了一个秘密，母亲其实不是她的亲生母亲。这一次，一心泪如雨下，她紧紧地抱着母亲说："妈妈，我们母女连心！"

袁锁林点评：

龙艳的闪小说有明显的表现特色，简言之，就是"假糊涂"与"真误会"。所

谓"假糊涂"，就是明知故昧，揣着明白装着不知情，看破不说破。小说写了一连串的母女感应，其实是母亲向同学打听消息后的举措，更大误会莫过于一直以为是亲生母亲，作品以情动人，写出了人间大爱。生活中这般"假糊涂"与"真误会"的人事并不鲜见，关键看是否有心捕捉到素材。"假糊涂"与"真误会"，也是小说中常见的表现手法，几乎形成了套路，但如同象棋"车走直，马走日，炮打隔山象飞田"的走法，有限的规则，无限的运用。谁走得巧妙，谁就是高手。

窗 外

文/贾淑玲

我从梦中醒来。月光如水，从窗口一直流到我的床前。

忽然，我发现，有一个黑影在晃动，就在我的窗外，时而俯窗倾听。

我一愣，大声地打着呼噜，假装熟睡。

那个黑影在窗前站立了一会儿，悄然离去。我再也无法入睡……

又是一个有着月光的夜里，我醒来。我的窗外，那个俯身倾听的黑影又出现在窗口，它像极一幅素描画。我起身，轻轻地下床，走到窗边。当我伸手欲抚摸那幅素描画时，那黑色的影子就站直了身体。黑影就要离开的时候，我的眼前出现了一个画面——五年前的一个夜晚，我被母亲从门口的河边拖了回来，我的身上湿漉漉的。

我轻轻地对着那个黑影说："娘，回去睡吧，我的梦游症早好了。"

黑影慌忙答应着："就回，就回……"

曾祥伍点评：

《窗外》好就好在只抓住一个线索，只描写一种氛围，只表达一份情感。《窗外》的悬念不只是为了引人入胜，悬念在这篇小说中，居然可以起到渲染氛围的作用。《窗外》不是短小，而是小巧。《窗外》深情，情感在这篇小说中，不亚于诗歌的那种宣泄。有的小说素材适合写长，有的适合写短。如果该写长的却写短了，该写短的却写长了，那么，写出来后只有生硬，没有空灵可言。《窗外》叙述自然，没有急也没有缓，300字不到，看不出压缩，这就是闪小说。

老 梁

文／武红燕

老梁原来是梁教授，一辈子没说过一句脏话没和人红过脸，对办了极大错事的学生，怒其不争，最大的态度只作一声长叹："唉！你呀！去吧。"

"老梁，吃饭了！"

"老梁，睡觉吧！"

"老梁！"

赋闲在家的梁教授成了老伴口中的老梁。其实没退休之前，老伴也是这么叫的，只是频率没有在学校学生嘴里那么高，现在听着，怎么听怎么刺耳。

老梁和小区看门的老王搞卫生的老刘有什么区别，学富五车的梁教授怎么能够和大字不识的老王他们平起平坐，他们之间应该是平台和高楼的距离。

老伴还叫："老梁。"

梁教授充耳不闻。老伴给儿子打电话，你爸刚退休耳朵就不好使了。儿子在电话那头说给爸爸买个好的耳机，钱我出。

龟儿子。梁教授想，我一个月退休工资将近一个万，稀罕你买个破耳机。

梁教授在心里又骂老伴，一辈子没有共同语言，我耳朵没聋，倒是你心瞎了，根本看不懂我。

老伴说你在家等着，我给你买个耳机去。

梁教授装聋作哑没有回应。

这一去，老伴就永远没有回来，突发脑出血去了另一个世界。

恍惚中，梁教授总能够听到老伴在叫："老梁，起吧。老梁，吃饭吧。"

想再细听，又没了。

儿子给梁教授雇了一个保姆，梁教授的耳朵真不好使了，保姆说："梁教授，吃饭吧。"梁教授没听见，保姆把嘴巴凑在梁教授耳朵边叫："梁教授，吃饭了。"

"哦！"梁教授说，"以后叫我老梁吧。"

禾子点评：

从"梁教授"到"老梁"的不适，从"老梁"再到"梁教授"的无奈，而后再求回归到"老梁"的期盼，几次心路历程的波动起伏，无言地用心理细腻的微妙变化，诉说着社会人在这凡尘俗世当中，希冀用称谓这么实实在在的一个词证明自己存在的地位与价值。一路上，我们时刻都在寻找，寻找证明，寻找证据，而在这寻找中总是常常忽略和忘却，忽略人间最真的情感，忘却有一种生活叫踏实自在，直至酿成我们无法追悔的痛，遗憾终生。"老梁，老梁……"读罢此文，似乎能听到这似有若无却是饱含人间最深情的呼唤。绕梁三日，犹在耳边，文学的魅力远胜于那些机械的说教，这也是文学存在的意义，有意义的文字，需要用心才能读懂。

永远的微笑

文 / 边庆祝

夜色已深，彼得罗夫辗转难眠。

"孩子，明早就要出发了，早点休息吧！"父亲为他掖好了被子说。

"爸爸，我向您致歉。这次在家只住了三天就……"

"孩子，不必致歉，你想说的我都明白！记住，你首先是一名苏联红军战士，奔赴前线，英勇杀敌，把德国鬼子赶出家园才是你神圣的使命……"

听了父亲的话，彼得罗夫心头一热。也不知过了多久，正当他迷迷糊糊进入梦乡的时候，忽然传来了震耳欲聋的爆炸声，夹杂着刺耳的警报声、女人的尖叫声和孩子的哭喊声……

等他完全清醒过来的时候，屋里已是火光冲天，父亲正瘫坐在地上，裤管里流出了不少的鲜血……

彼得罗夫和母亲赶紧用床单做成临时担架，手忙脚乱地把父亲抬了上去……母子俩冒着不知道会落在哪里的炮火，穿过黑暗中的滚滚浓烟，把父亲抬往离家最近的医院。路上，彼得罗夫不停地问："爸爸，您要不要紧？您没事吧？"父亲始终微笑着回答："没事，没事！"

彼得罗夫问医生："我父亲他要不要紧？"还没等医生回答，父亲微笑着抢先回答："什么事儿都没有，你难道没看到，我还能微笑吗？"

看到父亲微笑得那样轻松，彼得罗夫松了一口气。第二天一早，他跟随部队出发了。在行军途中，他一有空闲就给母亲写信。母亲每次都回信说：你父亲很好，他还能微笑呢！

彼得罗夫跟随部队南征北战，在苏联卫国战争中立下了赫赫战功，但他并不知道：每次母亲都是含泪给他回信。

母亲的泪光中，遗像中的父亲始终微笑着……

袁炳发点评：

该小说以苏联卫国战争为背景，通过浅白流畅的语言、感人至深的细节、欲擒故纵的叙述方式，将父亲临危不惧和母亲忍辱负重，全力支持"我"英勇杀敌的平凡英雄形象刻画得细致入微、惟妙惟肖。尤其是结尾的奇峰异起，将父亲的微笑永远定格在了遗像当中，既突出了战争与和平这个宏大的主题，又引起了读者深深的共鸣和强烈的震撼。

回家往左

文／张红静

最初，我只是忘了盖暖瓶盖子。他说，换一个自动暖水瓶，一按，水就出来了，一松，水就自动关闭，不要紧的。

后来，我开了水龙头后总是忘记关。他说，换那种感应的，人一来就有，一走，就没了，没事的。

最让人担心的是，我出门常常忘了锁门还是没锁门。他说，换那种智能防盗门，人一往外走，门就自动说，请用您的美丽指纹锁门，人一回来呢，门就说，请用您的美丽指纹开锁，你这忘性，没事的。我问，有这样的门吗？会说话？会说话，比我还会说话呢！我们都笑了。

出门的时候，我会忘记回来的路。一到路口拐弯我就要进行艰难的选择，到底往哪走，弄得我头痛。他说，出门往右，回来往左，错不了，再说，我不会让你一个人出门的，除非我……我掩住他的嘴巴，不让他往下说。

从警察局回来的时候已经是夜里十点。他一上来就要搀扶我，我不让。我虽然后来忘记了许许多多的事情，可是我们当年的牵手还记得。我一定要手牵手回家。回家往左，我对他说，你难道忘了？黑夜里，我偷偷地笑了，这点记性，我还是有的。后来我就耍赖不走，让他背我回去。我听见他嘴角里飘出来的苦笑，他一定在想，老了还这样，不怕人笑话。

回到家，小男孩开了门。爸爸，奶奶真的找到了？奶奶，您去哪了？我们找了都一个月了！我打量身边这个牵手的男人，他是我儿子？可是，他呢？我问！

我还依稀记得，他说，他得出远门了，让我不要找，找也找不到，还会把自己丢了。我就不信，出门往右，回家往左，还能把人丢了。他一定也得了我一样的病，迷路了。第二天，我又悄悄出门，去找他了。

吴宏鹏点评：

在闪小说作品中所呈现出来的各种不同表达方式，就如菜肴中的诸多烹饪方法一样，同样一道菜，烹饪手法不同，品尝起来味道肯定是不一样的。老夫老妻，相

濡以沫，这是一道比较容易感动人的菜。然而，张红静却没有承袭大多数人的烹饪方法，她独辟蹊径，将一些常见的素材，在不露声色的叙述中，悄悄地陌生化了一下，让你必须得读到最后才能了解真相。文章的最后一段给人留下一个悬念，也留下一份担忧：这一次，她还能顺利地回家吗？当然，这仅仅是文章的一个附加效果而已，它的主要效果，就是引发读者更深入理解文章，理解情节，理解文中人物情感的欲望，从而，让读者在慢慢理解、回味中，不知不觉地，把自己的情感推向高峰。

最安静的地方

文/殷 茹

雨早已停了，风还在刮着。

岸上的人越聚越多，骑车的和步行的都停下来，抻长了脖子朝湖面上张望。

那个挤在人群中的孩子，像一只受到惊吓的小鹿，突然，他跑出人群，一边跑一边哭喊"妈妈，妈妈——"。

我也想妈妈了，虽然才离开她两个小时，却像分别了一个世纪。

回到家，推开院门，我看见屋子里围了一群人，有亲戚、邻居和一些我不认识的人。他们把母亲围在中间，每个人的嘴唇都在蠕动，反复说着一些意思相同的话。母亲好像刚刚哭过，脸上还留着泪痕。她累了，一定累了，她的眼睛半开半合，似乎在听，又似乎睡着了。

夜幕落下来，那些人渐渐散去，我小心地守护着母亲，一步都不敢远离。

天刚破晓，我听到有人敲门，门外来了许多人，我又看到了那个孩子，他被他妈妈牵着，站在一群人身后。他的妈妈一进门就长跪不起，泪雨滂沱："您的儿子救了我的儿子，用什么也报答不了这份恩啊，以后我的儿子就是您的儿子！……"

我看见母亲又一次流下了眼泪，她说："不要哭了，不要哭了，再怎么哭我的儿子也回不来了，只要你的儿子好就行了。"

人群静下来，我看见小孩的脸上挂着泪珠，温顺地依偎在他的妈妈和我的母亲之间。我的鼻子发酸，想哭却哭不出来。

我随着一行人走出家门，往西山走去，那里正在举行着一场葬礼。我好奇地注视着这里正在发生的一切，这是我所见过的最肃穆最隆重的葬礼。

后来，他们都走了，我留在了我的墓地里。

这里，安静极了。

邱华栋点评：

《最安静的地方》用一个小孩儿亡灵的眼光来看待现世，叙事角度非常漂亮，容易让人想到余华的《第七天》。而且在这么短的篇幅里有这么高超的文学技巧，实在难得。

雕刻师

文 / 杨世英

"龙师傅，在雕傩面具？"我跨进龙师傅家堂屋时，他正坐在一张小方桌前，低头雕刻一块面具。

"哎呀，喜鹊叫，贵客到，请坐请坐！"

我就坐下，拿起那块即将完成的傩面具看，面具散发出一股扑鼻的香气。我说："楠木做的？"

"嗯，只能用楠木。其他木材不能做，放久了，会开裂，也会被虫蛀。"

"哦，那是！这面具是啥人物？"我说。

"你猜猜？"他咧嘴一笑。

这块面具的形象，似人非人、似兽非兽，夸张变形、怪异奇特，狰狞凶猛、咄咄逼人。我说："鬼？嗯，是鬼！"

"太笼统了点。"

"嘿嘿。"我说，"龙师傅，听人说，天井寨傩戏表演的面具都是您做的？"

"做得不好，呵呵。"

我说："这种面具是不是经常做？"

他说："不常做，政府需要给天井寨添置面具了，来找我做，我才做。"

我说："你咋不做出一批拿到天井寨去卖给游客呢？您给政府做，那是计划经济，您给游客做，才是市场经济啊。"

"会有人买？"

"怎么没人买，北京的人还打电话问着要呢。"

"哦。"

我看着头发花白的他，有些惋惜地说："别人要有您的这个手艺，早就发了，可是您，还在这里羞答答的玫瑰静悄悄地开。"

"呵呵。"

"这样吧。我们给您好好地宣传一下，让您的工艺品走向全国。"

"不，宣传不得！有害无益啊。"

我大吃一惊："什么？有害？"

"我们这里，楠木并不多。我一年只砍一棵树，雕刻面具二十块。你倒提醒了我，我得给天井寨签个协议，我做的面具，专供演出，不能流走！"

程思良点评：

这篇作品获得首届光明日报微博微小说大赛二等奖。从主人公雕刻师龙师傅身上，我们看到的是一种正能量、一种高尚的境界、一种向上和向善的力量。凭龙师傅的手艺，完全可以发财，然而，他却心甘情愿"羞答答的玫瑰静悄悄地开"，不愿别人宣传他的手艺。大赛评委、北京大学教授严家炎说："现代人普遍追求多赚钱，但雕刻师却因为要保护楠木资源而防止面具'流出'，这样的道德风尚令人感佩。"

日暮苍山远

文 / 冷清秋

兄弟借个火。我扭头，错愕，居然是他。

站在面前的他手里翻弄着一支烟望着我呵呵地笑。看我翻找打火机，又摸出盒烟递过来说，也来一支吧。话匣子就这样被打开了。

先是聊钓鱼来着，不知怎么又聊了女人，后来又从女人转到楼盘和房价。半个月亮爬上来时，他收回儿女不孝的话题望了我一眼。其时，我腹内饥肠辘辘，正犹豫着要去垫点什么。他感知了似的将钓竿一收很义气地说：兄弟咱喝酒去，我请客。

作为一名人民警察我承认我当时犹豫了。但鬼知道怎么就到了柳树下的大排档。夜风凉悠悠的，暑气尽赶。不知不觉中，几瓶啤酒下了肚。瞅着狼藉一地的虾壳蟹腿，我慢腾腾地站起来晃晃手机说，催几遍了都，回吧？他执意要送我。神色诚挚，像是交往多年的老友。

我早就认识他，在医院旁边开家寿衣店。那年，父亲去世，他狠狠宰了我一把，当时我真想杀了他。后来他违法，被我们交警队捉了，他找我求情，我将他当年的原话奉还：我们不讲价。

可如今……我掏出一支烟递过去。

叶雨点评：

《日暮苍山远》于400字篇幅中写了个一笑泯恩仇的寻常故事。除了结构布局的巧妙，还有作为作品载体的语言简洁朴素而又从容不迫的特色，以及通篇弥漫的淡远优雅风格，以及摒弃女性写作意识完全脱离女作者性别特点的以男性视角、男性心理出发刻画的纯爷们做派。这是否可以称为"反性别写作"呢？我不敢臆造词汇。但我以为这是清秋有别于其他女作者的新颖独到之所在。

灯 塔

文 / 王万华

他光着脚踩在江畔的沙滩上，任凭浪花打湿了裤脚。

夕阳下，江中的灯塔闪烁着微弱的黄光，摇摆着的身体，仿佛在向他招手。想起这么多年的辛苦，如同这东流的江水，一去不复返，不觉泪水溢出眼眶。他把手里的鞋子整齐地摆放在江边，向着江中摇摆的灯塔缓缓地走去。

醒来时，他发现自己躺在一条渔船上。他决定放弃轻生，他发誓，一定要东山再起。

数年后，他成了本市有头有脸的富商，不但还清了高额的债务，还成了拥有许多工厂的大老板。公司总部"江海化工"就坐落在这条江边。他从办公室内能清楚地看到当初的那只灯塔依旧在江中摇摆，他决定，寻找当初救他的那艘渔船以及船的主人。

几经周折，终于寻到当初救他的那个渔夫。只是，渔夫已经不再打鱼，而是靠打捞江中垃圾度日。

他表明了身份问渔夫："你想要什么样的报答，我一定满足你。"

渔夫吃惊地看了看他，又把目光转向浑浊的江面冷冷地说："我什么都不要，只求你不要说出是我救的你。"

……

在他张口结舌的时候，渔夫摆动起双桨，向着江中摇摆的灯塔划去。

刘海涛点评：

王万华的《灯塔》竟然在500字的篇幅里连续"一正一反一正一反"反转了两次：他去投江自杀，不料被一个渔夫救了（一死一生）；他的"江海化工"使他东山再起成为有头有脸的富商，他去找渔夫谢恩，不料渔夫说的话是后悔当初救了他（面对"谢恩"的"反悔"）。渔夫为什么从救他发展到后悔救他？作品留下了空白，但也足以让我们展开想象补足故事的因果链条：东山再起的他的化工厂污染了整条河。500字讲述的故事有"一正一反一正一反"陡转形成作品的意外结局，这是典型的精短文学中的"多重反转"情节模式。

卖　牛

文／（泰国）曾心

几年前，乃仑买了一头小公牛，每天一早，就牵着到田头田尾吃青草。小牛一天天长大，强悍得像一头笨重的大象；乃仑却一天天消瘦，干瘪得如一根摇晃的芦苇。

一次，他牵着牛去吃草，突然晕倒。这头小公牛比人还有感情，含着泪用舌头苦苦舔醒了主人。

有人劝他把牛卖了，拿钱来治病和养老。开始他总是拒绝，后来觉得身体实在不行了，只好躺在床上，他对来买牛的人，不仅要对方出价格，而且还要说明买牛的来意。有人出3万，有人出5万，他都摇摇头："不卖！"

一天，乃宽来买牛，说干农活的牛病死了，还把它埋了。乃仑只要价5万铢，就把牛卖了，引起村头村尾一片哗然。

乃仑病危时，乃宽去探望他，只见他颤抖的手掏出一张纸条，便撒手人间。乃宽看了纸条："你那1万铢，我还没用，藏在枕头里，取回去好好养我的牛。牛老了，千万别牵去屠宰场。"

龙彼德点评：

此篇的关键词是"卖"。从拒绝卖牛，到择人出价并问明买牛的来意，再到降价卖出，一系列反常的行为，最后才抖包袱："你那1万铢，我还没用……"不是卖牛，而是为这头比人还有感情的公牛"临终托孤"，从而闪出了万类平等、珍爱生命的博大情怀。

一个油饼

文/（泰国）若萍

一个枯瘦的老妇人，坐在人行道的一个角落里。她前面的一个小竹篮中，一团黄澄澄的东西装在一个小塑料袋里。

我匆匆地由她面前走过。可是那满头白皑皑的发丝，吸引了我走回到她跟前，凝眸看了看那小竹篮里的东西—— 一个炸油饼。

"只要十铢，卖完了我就要回家。"老人喃喃地说。

我掏出一张二十铢的钞票，放在她手里，拿了塑料袋便转身走开。

这么炎热的星期天下午，这么冷清的街道，我为了能遂了她早点回家的心愿而高兴。

在弯进小巷之前，我转过头来对她最后一瞥。

老人还是坐在原来的地方，她正在把另一个小塑料袋，放进她的小竹篮里。

"阿姨，阿姨！"一个七八岁的小男孩跑到我面前，手心里有一个十铢硬币，"婆婆说你刚才忘了拿回找钱。"

程思良点评：

英国作家兼文艺理论家福斯特在《小说面面观》中极力推崇"圆形人物"，刘再复也有专著《人物性格的二重组合论》。所谓"圆形人物"，所谓"二重组合"，都讲的是一个道理，那就是小说人物的复杂性。《一个油饼》这篇闪小说中塑造的这位老妇人不是扁平的人物，而是"圆形人物"，具有复杂性。

原来的房间

文 /（马来西亚）朵拉

　　我推开门，房间的摆设没变。

　　浴室在右边，狭长走道过后，一张双人床，床边有个小书架，七颠八倒的书摆得太满，书架快支撑不住，有点斜度，却没倒下。

　　没有梳妆台的房间有个书桌，一张椅子，书桌上一台手提电脑。

　　面对着电脑的女人背对着我，我看不见她的表情，但听到她的哭泣。不是哀号的呼叫，只是幽幽的，呜呜呜的，似乎哭得太久了，可悲伤还在，无法停止地哭着。

　　那呜咽幽怨的哭泣，叫人忍不住要跟着流泪，一种穿透心肝肺腑的悲哀，仿佛永远不会消失。

　　电脑里有什么让她心碎的消息？

　　她身边的窗帘扬起来，风吹拂进来，她的头发飘扬起来，卷卷的长发竟有几丝白花花。

　　已非青春年少，尚有难以抑止的悲伤？

　　来到中年，难道不知道，任何事情皆不值得哀伤良久？所有的一切，好与坏，最终都会过去，只要愿意把一切交给时间。

　　离开这个房间，到今天回来，起码三年了。三年里，经过风，经过浪，一些云，一些海。当时走出去，幻想可以把从前放下。总以为远离事情发生的地方，眼不见为净，等时间走过，再回来过新生活。

　　可是——

　　我站在旧日的房间里，看见当时的我，还在对着电脑，哭泣。

刘海涛点评：

　　是"反常＋空白"的构思格局。"她"为什么回到离开三年的房间、对着电脑哭得如此伤心？为什么三年的时间仍不能消解女主的内心纠结？朵拉把女主离开"原来的房间"的原因完全省略，她在这个房间发生的一切故事完全省略。"空白"是闪小说常见的技法，而朵拉最出彩的构思，就是一篇闪小说的完整结构成型、在结尾的最后再加上一个神来的细节描写，而瞬间提升作品的创意质量和艺术形态。这

篇作品的结尾："我站在旧日的房间里，看见当时的我，还在对着电脑，哭泣"，这一句话颠覆了前面所有的叙述，故事主人公与故事讲述者合而为一了。当前面的故事讲述者与故事主人公分离时，"我"看的房间景物，"我"的艺术感觉和生活评价非常富有个性化色彩和独特魅力，这就构成本篇作品精彩的小说审美元素和艺术形态。

遗　嘱

文/（印度尼西亚）晓星

聚宝艺术品拍卖会快落下帷幕，本次拍卖佳绩斐然，不少已故书画大家作品拍卖成交价极佳。成功拍卖的作品共有 36 件，成交价都超过预期目标价，刷新了作品个人拍卖纪录，现在就轮到最后一出压轴戏，拍卖者缓缓地打开了一个精美的大匣子。全场目光都聚焦在这个匣子上。

突然，拍卖师又把匣子合上："这最后一出压轴戏就卖一个关子，让大家猜一猜是谁的作品？"

语音一落，全场哗然，是哪一位"大家"的作品，搞得那么神秘兮兮？

突然，有人发现报纸上的"拍卖公告"载明今天拍卖的作品只有 36 件，怎么会突然多出一件？

谜底揭开了，拍卖师以低沉哀伤的声调说："这是一位刚在一个小时之前逝世的本地著名书法家的遗作。"

一听到"遗作"这两个字，听者无不动容。没人不知晓书画作品只要与"遗"字挂钩，立即奇货可居、身价百倍。

全场再次哗然。拍卖行的消息可真灵通，这么快就把"遗作"弄到拍卖行，可谓神通广大！

拍卖师从匣子里取出来一幅书法，缓缓展开来。宣纸上只有两个大字：遗嘱。下角盖着一个印章，署名的是一个人人熟悉的本地书法家的名字。

全场一片宁静，这位屡屡在国际书法大赛上夺冠的本地书法家与世长辞了。这不能不说是本地文艺界的一大损失。

"这幅书法是这位书法家的遗孀，在十分钟之前送到我们的聚宝艺术品拍卖行，要求我们破例当天拍卖。现在，她就在拍卖行客厅等候拍卖结果，因为她在等着这笔钱给她的夫君办理后事。"

袁锁林点评：

著名书法家的遗孀送夫君的"遗嘱"到拍卖行等拍卖结果"给她的夫君办理后事"，

是真是假，不得而知。若真，身名如此显赫的大师如此穷困潦倒，可见其德艺双馨；若假，其中的诡异也可以窥见。就像拍卖行，从来都是追名逐利的场所，关注收藏品多是关注其收藏价值和升值空间，有多少是真正出于对艺术的钟爱和对艺术家的关爱？作品太少的信息，留下太多的空白，从而一切扑朔迷离，给读者留下充足的想象空间。

坟 前

文／〔印度尼西亚〕金梅子

　　秋云是在子晶逝世后第三个月才来到坟前凭吊。坟场荒草萋萋，虫声唧唧，不是清明节，四周一片寂谧。她悄悄地移步坟前，将一双呆滞的眼投向墓前的碑石。光洁的云石板上刻着一行秀气的草书："在此长眠着，我这一生唯一钟爱的妻子——子晶"。很新颖的墓碑，很高雅的构思，很富诗意的纪念，死心塌地的痴情……一丝冷笑浮上秋云苍白的脸庞，冷笑中含着深深的哀怨。子晶，一个活活泼泼的女孩子，曾经是自己如胶似漆的腻友，亦曾是自己翻脸相向的情敌。浩与自己交往三年，却在最后的时刻背弃了她，投向子晶。而今天，三年来情书中频频为她歌颂的字眼："我此生唯一钟爱的你"，却很诙谐地镂刻在子晶墓前。男人……秋云系紧丝带，打了个寒噤，转过身，正想离去。蓦地——"秋云，你也来了？"一声熟悉的问询发自身旁。她举首一望，失声轻呼："浩……"浩点点头，脸上挂着笑容，还是那么英俊，潇洒。

　　"子晶走了，先我们而去，她罹了乳癌。"

　　"我知道，"秋云微微点头，视线却投向一旁站立的少女。"这是我的新夫人，"浩笑笑，语音有点不自然，"家里人要我重娶，他们说，百日内不娶，要等三年……"秋云默然不语，一丝冷流掠过心头。浩回头牵过少女："倩倩，过来，我给你介绍……"秋云木然凝视，没有伸出手去。她默默地朝墓碑投上最后一眼，然后漫开步子，离去……

叶雨点评：

　　浩先是放弃深爱他的秋云娶了子晶，子晶亡故不足百日又娶倩倩，而理由乃是家人"百日内不娶，要等三年"的话，换谁也不会信这鬼话。这男人实在太花心、太无情、太虚伪了。更叫主人公秋云愤怒难言的，是铭刻在子晶墓碑上那段"很高雅，很有诗意的纪念，死心塌地的痴情"的表白竟是浩"三年来情书中频频为她歌颂的字眼"！让秋云作何感想？！因此，结尾处秋云的翻然而去是顺理成章的。题材并不新颖，但只用五百多字塑造出如此饱满人物形象的功力却值得点赞。

青鸟架

文 /（新加坡）希尼尔

提着鸟笼，来到那被"安不落壳"（En-Bloc，集体搬迁）后的老家时，一切已面目全非。

他那一只白头翁要挂在哪里呢？那嘹亮清脆的鸟语与沉静的老街坊构成的悠闲美景呢？那一伙赏鸟的乐龄遛鸟迷呢？都失散了！都不知道被安到哪一个壳里去了？这仅存的一只鸟笼，要挂在旧壳里的哪一个角落？

那挂笼子青色鸟架棚，已被推土机推倒，四脚朝天；锈黑的钩子，像一个个的问号，与断垣处一只被惊吓的黑狗对质。

叭！一不小心，那铁钩子缠着布鞋，他扑倒在被翻开的泥地上，手上的鸟笼往前方滚去。在刚定神的黑狗赶来之前，那白头翁使劲地挣扎，逃脱而去。

之前他腋下夹住的报纸，由于风的缘故，散落满地。一篇有关房地产降温的措施的报道，随风远去；另一页报纸——刊登一则集体出售家园供拆毁的新闻，盖在他的脸孔上，久久，透不过气来。

袁锁林点评：

生活是有习惯的，家园是有相对固定空间的。当一切被突然打破，心无所依，情何以堪？作品借一个鸟笼无处安放，表现拆迁给人们带来的巨大冲击，不仅人透不过气来，连家畜家禽也落得四处逃散。所谓的房地产热，其实也值得反思：城市规划与建设如何兼顾人们的生活习惯以及心理、精神需求，切实体现人文关怀？前文写乱象，末尾以风吹落报纸的特写镜头才揭出乱因，架构非常巧妙，别具匠心。

典　当

文 /（新加坡）林锦

　　今早店铺来了一个顾客，样子像倒立的莲雾。宽额尖下巴，脸皮皱得像揉过摊开的报纸。他手里拿着一个信封。

　　他坐下，抽出信封里的文件。

　　"老伯，这是什么？"

　　"屋契，公寓的屋契。"

　　我怔住了。"抵押屋契要到银行去，你弄错了，这里是当铺。"

　　"我知道。你耐心听我说，不要问，等我说完。"

　　服务顾客第一，我只好洗耳恭听。

　　"你看我多大年纪？62岁，刚退休。没人相信，都说七八十了。为什么？就是因为这个。"他指着屋契，说，"你知道，我从乡村的亚答屋被赶到政府的组屋，三房式，苦了十多年，买五房式，再苦十多年，买公寓，就是这个公寓。再苦十多年，还清了贷款。"

　　"现在你想把它卖了……"

　　"你听我说，你懂我有多苦吗？我除了拼命做工，还贷款，没吃过一餐好的，没过一天好日子。你知道吗？"

　　"我知道，你现在想把公寓卖掉，享受人生？"

　　"我不是来典当屋子，我是要用这张屋契来赎回我的东西。"他表情认真。

　　"你，赎回东西？"我吃了一惊，"赎回什么？"

　　"时间，我典当了的时间。"

　　他说着，脸色在变，眼神在变。

　　"时间，用屋契赎回时间，三十年……"

　　我保持镇定，半哄半骗，把他送出店铺。他在门外，频频回过头："二十年……十年，十年就好……"

江霄点评：

　　从"乡村的亚答屋"到"政府的组屋"到最后的"公寓"，极速衰老的相貌，呆滞恍惚的神情，三十年的房奴经历消磨了老伯对生活最后的热情。当传统思维遭遇住房变革，刚性需求将人捆绑，买房必将是顺水推舟之事。原只想用青春换一个安稳，变成了用幸福投资幸福却收获不幸的悲剧，最后竟萌生出"用屋契赎回时间"的念头。房奴背负的何止一笔银行贷款，被奴役的是人们对房子的痴迷。一块荒地，用钢筋混凝土盖出的一栋楼，套住了多少人的一生？

瞒

文 /（德国）呢喃

大包小包的行李一大堆围着她，那是她在德国的全部。

她站在汽车的尾部左顾右盼，与我寻找她焦急的目光相撞的刹那，我眼含泪花，上前张开双臂。

她故作镇静："还好我终于一个人来到这里。"骄傲写在70多岁苍老女人的脸上，显然这份骄傲掩饰着她刚亮起红灯的婚姻不幸，一个中德婚姻失败者奔走在异域他乡路上的坎坷。

他对刚从中国返回家里的她说："我的女人，我有个决定要马上告诉你！"

"我的男人，那你说呀！"

他们已然习惯这样称呼。

"我们离婚吧！"

她吃惊的眼神比她的语言表达更加明白真切，"可是为什么呀？我爱你——我的男人！"

他脱口而出没有一丝的犹疑："我的女人，可是我不爱你了！"

她怕自己的德语不好，弄错了，赶紧找来笔纸递给他，他在纸上只写一个大大的德语单词："离婚"。

她搞不懂问题出在哪里，呆若木鸡坐到天亮。

早起他看到她落魄的样子，上前拍拍她的肩膀。

"那么你怎么就不爱我了呢？"她祈求地问。

"你爱我，我知道，可是你与我的家人和我的朋友不和谐。"

"我的德语不好，不能与人很好地沟通，可是我会去语言班继续学习，我们的交流不会成为我们相爱的障碍。"

"四年前我们结婚的时候你向我发过誓。"

"实话对你说吧，我有了新的女朋友，在你回中国期间，我们住在了一起……"

那个女朋友就是他们的共同朋友，一个经常在一起吃吃喝喝多年的朋友。

她拿出所有的细软示给他，那是她未来生活的来源，他做梦也没有想到，她也

有一手，先下手为强。

程思良点评：

这篇闪小说的构思十分精巧，故事情节一波三折，意外频出，尤其是结尾的反转，让人有真没想到的兴叹。忠贞不渝是美好婚姻的保证，一旦婚姻陷入"瞒"与"防"的泥沼，其最终结局也就可想而知矣。

化　蝶

文 /（巴西）滕林

移民到海外，三姑六婆的聚会，话题常绕着孩子转。

甲娘：阿毛整天混在路上玩，真像个野孩子。

乙娘：咱家的小倩才乖呢！长得漂亮又聪明，不信，去问她爹。

丙娘：我觉得我家的基因最好。来！我们比比孩子、先生或者我们这群娘子，看看谁棒，如何？

可怜的阿毛，待在客厅的角落，伤心落泪地听着大人的对话。此时，手艺非凡的 15 岁的姊姊，正在厨房准备午餐给访客。哥哥是家中的独生男孩，不需要有任何的成绩来表现，是老祖母的宠孙。

听着听着，阿毛不由暗下决心……

功夫不负有心人。优秀的成绩，让阿毛年年领奖学金，分文不花地修完医学博士。她的行医技术远近驰名，患者来自全球各地。

有一天，当年那位"爱比"的丙娘，在浏览一本名人杂志时，突然指着杂志上的一个女人，惊叫道：看！这不是那只丑小鸭吗？

优美的画面上，气质高雅的阿毛，面带微笑，在一大片翩飞着蝴蝶的郁金香花圃中悠悠漫步。

程思良点评：

当年，像个野孩子的阿毛是大人们眼中的丑小鸭，遭讥笑与蔑视。她发愤读书，多年后，实现了天鹅梦，成为远近驰名的气质高雅的名医。俗话说，三十年河东，三十年河西，一个人，只要自强不息，就会有化蝶之时。

追 梦

文/洪 超

东坝决口，大水纷涌而至。正在峰家玩的梦急切地说，姥姥还在老屋里，我赶快回去。

峰拼命拦，梦挣脱峰，风一般奔向邻村。眼看水位急剧上升，路上已是一片汪洋，峰忙拖出平时打鱼用的小木船，飞一般地追女友梦。

峰划到小村转角处，看到一小女孩趴在窗台上呼救，水已没到她肩头，峰吃了一惊，可能水来得突然，大人又不在家。峰停下来，但不住地转头望着梦去的方向，一咬牙，奋力划桨而去。快要转过小村，峰回头一望，突然看到那小女孩的面孔像极了梦，他奋力划回，救出小女孩。

心急如焚的峰奋力前行，突然看到一位大妈站在草垛上呼救，眼看草垛渐渐隐没。峰盯着梦的方向，痛苦地回望大妈，突然他发现大妈的面孔逐渐幻化成梦，峰毅然回头，划向大妈。

他带着小女孩和大妈奋力追梦，到梦家门前，这里已是一片汪洋。峰仰面而泣，捶胸顿足。

他涕泗横流时，突然一个水浪打来。他似乎清醒过来，渐渐听到附近弱弱的呼救声，他一抹热泪，毅然前行，看到汪洋之中有好多呼救的梦。

在风吹热泪中，他奋力追梦。

程思良点评：

作者通过设置步步惊心的情节来考验主人公的善心，层层推进，最终把主人公心中的大爱展示出来。小说巧妙地把"梦"这个抽象的表述对象具体化，让"梦"一语双关，凸现主题。

防　卫

文 / 刘相云

我在卧室哄孩子午睡。

咚咚，咚，咚，有人敲门，声音不规则。

是谁在这时刻敲门？

面前一个染黄毛的小伙子，一只手放在背后："你是，刘，刘飞？"小伙子说话有些断断续续，看得出，他是在努力调动每根神经。

"我是刘飞。你是？"

"有你，的，快递。"小伙子拿出一个快件。但还没等我伸手去接，他又把快件收了回去："你家有，有刀吗？"他的眼神扫向客厅，并且斜倾着身子跨了进来，背后那只手依然藏着。

不知怎的，一个画面猛地惊现在脑海：歹徒！且已成功地实施第一步！怎么办？我的脑细胞在飞速旋转。

"没有。"我竭力保持镇静，绝不能让他再向前，卧室里有我的孩子！这时，孩子也在哭着喊妈妈。

我急中生智："宝贝！和爸爸玩，妈妈一会就来。"我想只要是家里有个男人，小伙子就会胆怯几分。

小伙子的眼神探向卧室，他迟疑片刻，还是退出去了！

我急忙带上门，心里安稳了许多。

咚，咚咚，他又敲门。

"我家没有你想要的东西，你走吧！"我的心又揪起来。

"哦。可是，快递还没，没拿。"

"你把快递上的电话读一下。"我想进一步验证。

等小伙子读完号码，我又诧异了，是我的呀！

"你要刀子干什么？"

"我，我想割下上面的单据，贴，贴得紧，紧了。"

"那你背后那只手里有什么？"

"我是帕氏森综合征，那只手从十岁就永远停留在背后了，但请相信，我，很，善良。刚才是想，借你的，你的桌子上的刀割下单据，看见你有戒备，就，就退出来了。"

我红着脸快速打开门。

袁作军点评：

一个母亲天然的防卫理由：孩子，一个必然惊心的尴尬误会：刀。作者像一个魔术师，以刀和孩子做道具，揪着读者的心，一惊一乍，由张而弛，最后抖出包袱：快递小伙要刀不是为了行凶。全文人物简单明了，情节扣人心弦。文中很少叙述，几乎由人物语言来勾勒情节，却又丝丝入扣。中心思想明确：人们在社会交往中，处处设防、门缝看人的观点要不得！

碰头

文/石　渔

李老栓是贫困户，三间摇摇欲坠的土坯房不合时宜地戳在村口。每到年终岁末，领导都要给他送温暖。

第一年镇长来，进门的时候，头不小心碰着门框，疼得龇牙咧嘴。

第二年镇上的书记来，出门的时候碰着头，头上很快起了一个大包，让陪同的工作人员吓得不轻。

其实，镇长和书记的个子也不算太高，主要是李老栓家的门框太矮了，加上土坯房年久失修，墙体倾斜，把门框挤压变形，就更矮了。

第三年，听说副县长要下来送温暖，村主任赶紧找到李老栓，让他尽快把门框修高一点，否则，再碰着领导的头，明年的低保就给他取消，同时，像送温暖一类的好事也不再有他的份儿。

李老栓立即去找木匠。木匠说，小菜一碟，等我这两天忙完手头的活儿就去。

谁知，木匠手头的活儿还没忙完，副县长就来给李老栓送温暖了。李老栓家的门框依旧是原样，乡里、镇里陪同来的领导，一个个胆战心惊，生怕出事。奇怪的是，副县长进门时没碰着头，出门时也没有碰着，而他的个子比乡长、镇长还要高一些。

李老栓注意到，副县长的目光很和善，进门、出门弯着腰，和他握手说话时，也是弯着腰。

王立红点评：

年终岁末，给贫困户送温暖，本是关心人民群众的好事，却被某些领导干部念歪了经，成了形式主义，只给自身搽脂抹粉，哪管百姓是不是真正脱贫！所以就有了这种怪现象，年年扶贫年年贫！一个门框，碰了一个个领导的头，因为百姓没装在他们的心里。好在真正关心老百姓的领导很多。领导对着老百姓弯腰，因为，老百姓在他的心里。老百姓不需要形式主义，老百姓需要的是领导的实际行动。本文贴近现实，内涵深厚。

分 房

文 / 宋炳成

老林有两个儿子，眼瞅着到了结婚的年龄。

现在的年轻人，找对象，哪个不是先要房子在头里呢？

老林咬了咬牙，拿出所有的积蓄，又卖了老宅，总算凑够了两套楼的首付款。

老林也想平均来着，可财力实在有限，老林只好买了一套面积大一点的，一套面积小一点的。

一天，老林将两个儿子叫到一起，说："这两套房子怎么分，你们兄弟俩自己商量吧。"

老大想了想，说："我是大哥，我要面积小的那一套吧。"

老二听了，忙说："不，我是弟弟，还是我要面积小的那一套吧。"

兄弟俩你推我让，争得面红耳赤。

老林在一旁一点儿都不着急，心里还美滋滋的。

唉！这两个孩子呀，终于长大了，也懂事了。

这时候，就听老大不耐烦地说："得了吧，你也别和我争了，你不就是担心，要了大房子得和父亲一起住吗？"

老二立时反唇相讥："哼！你不是也一样？"

万芊点评：

宋炳成《分房》，是一篇蛮有意思的闪小说。小说的情节设计，平淡中见波折。分房过程，平平淡淡，波澜不惊。老林用尽积蓄，为两个儿子付了两套房子的首付款，可谓呕心沥血。只是一套大、一套小，给分房带来了一些戏剧性：兄弟俩都争着要小的一套。《分房》的成功之处是结尾处的惊鸿一笔："这时候，就听老大不耐烦地说：'得了吧，你也别和我争了，你不就是担心，要了大房子得和父亲一起住吗？'老二立时反唇相讥：'哼！你不是也一样？'"这寥寥的几句对话，读来让人心酸，老父亲为儿子们可谓倾其所有、掏心掏肺，然两个儿子恰恰嫌多的是老父亲本人，这着实让人心寒，令人反思。

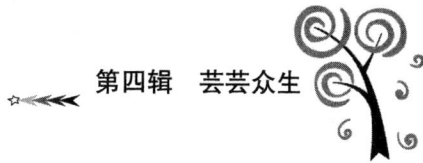

化　蝶

文 / 佟惠军

唐僖宗年间，宦官当权，民不聊生。黄巢由冤句揭竿而起，起义烽火迅速席卷十二省。且不说那时天下如此大事，只表宿州地界三年内的十六起血案。十六名为富不仁的员外皆被蝴蝶镖所杀，胸口处蝴蝶形血记宛若催命鬼符。每次案发不久，总会有不少百姓收到不明馈赠，尤其是那些家有幼儿的人家。于是人们口口相传，"蝶盗"侠名不胫而走。

某日深夜，李员外卧室。一貌似李员外之人，横卧在血泊中。胸口的蝴蝶印记，及尸体旁"必取尔首级"的血字，让李员外暗自庆幸重赏下寻一替身之余，更觉胆战心惊。

李家是宿州大户，据说他那做了太监的外甥，和当朝一手遮天的田令孜有些往来。有此靠山，李员外横行乡里，欺男霸女，无人敢言，官府对其袒护备至。

这夜，天空浓云蔽月，漆黑一片。李家后院，一男子身着皂衣脚蹬皂鞋，手中长剑直指一人咽喉。只听他厉声道：

"终可将你缉拿归案，也算对十七条人命有所交代！"

剑下男子仰天长啸，丝毫无惊惧之色，目光炯炯直视皂衣眼眸。

"不想名震江湖、素有公正之称的名捕'无剑'，竟是如此不明是非之人。我蝴蝶镖下哪条人命不是罪有应得？这李家员外鱼肉百姓更是众人皆知。今日我虽失手，却不会让你带回府衙……"

话音未落，一蛹状物从其口中激射而出，瞬间没入无剑体内。同时脖颈一挺，剑穿咽喉。无剑只觉心口一热，奇异的温润快感瞬间遍及全身。

一年后，无剑辞去官职不知去向。江湖盛传"蝶盗"再现，令贪官酷吏时时感觉有如芒背在刺……

程思良点评：

"蝶盗"除暴安良，是真正的侠者。然而，深得民心的他却遭官府缉捕，反映出当时官府的黑暗。小说结尾写缉捕到"蝶盗"的名捕无剑辞去官职不知去向，而江湖中又盛传"蝶盗"再现，给读者留下了丰富的想象空间。

修 路

文 / 周德富

学校大门口有一段二百多米坑洼不平的烂路，积水成坑。遇上下雨下雪天，学生上下学，滑倒水坑里，擦伤破皮时有发生。有的家长来送上一年级的孩子，也会摔倒。学生哭，家长骂，搞得张校长里外不是人。

一天，张校长去找镇长，要求修补门口那块路。镇长说："再穷不能穷教育，再苦不能苦孩子。你打个报告上来，我们一定想办法解决。"

张校长连夜赶写报告，第二天一早交到了镇长手里。镇长说："我们开会研究研究，筹齐资金马上就修。回去等着吧，不用担心。"

过了十天，没见动静。校长又去找镇长。镇长说："民以食为天！眼下正是秋收秋种双抢季节，实在是顾不上你这路。闲下来再说吧！"

农忙过后，校长再去找镇长。镇长说："我的同志哥！路早就该修，我也知道，现在手里实在是没钱，没钱怎么修？大家先坚持坚持！体谅一下我们政府的困难。一旦有了钱，马上就开工！"

连吃闭门羹，校长已不抱希望……只好每天上下学时派教师在那里轮流值岗。

冬天来了，下第一场雪的时候，那段路更加泥泞，坑也更大更深了。

一天上午，张校长给镇长打电话："镇长……"

镇长一看是张校长的电话急急地说："我马上有个会——"

"镇长，不是路的事，你丈母娘来送孩子上学，摔到泥坑里起不来了……"

顾建新点评：

小说文字流畅，观察生活细腻。创作的方向是完全正确的——从现实生活中来，反映普通百姓的喜怒哀乐，这样就有无穷的生命力。闪小说的巧妙之处全在"闪"，大的方面说，是全篇的构思之巧。具体来说，要注意结尾的出人意料陡转，全篇的爆发力、震撼力、回味力全在这里。

悠扬的琴声

文 / 焦玉林

洛阳王城公园，老杨陪着到访的战友老李一起游园赏花。公园角落里传来悠扬的琴声，众多游客驻足观看。

老杨他们走过去，看见一位姑娘拉小提琴，琴盒张开着放在一块红布上。红布上写着"母病，急用钱"等字，琴盒里散落着几枚硬币。

"琴拉得挺好，但是……"人们悄悄议论。

老杨掏出钱夹，发现里面只有三百块钱，他对老李说："你的钱先借给我。"

"骗人的，别信。"老李把他拉到一边，"你呀，就是心太软，况且这事，"老李停顿一下继续说，"你一年里往敬老院捐衣物、资助贫困生、修路搭桥一捐好几十万，却给老婆孩子啥都舍不得买……"

"借不借？"老杨急了。老李知道老杨的犟脾气，不情愿地拿出钱包。老杨夺过老李的钱包，把里面的现金全拿出来，加上自己的钱轻轻放进姑娘的琴盒，说："姑娘，快给你娘看病，如果不够你再去找我，这是我的名片。"

姑娘的眼泪轻轻滑落，她鞠躬说："谢谢您，我为您拉一首《感恩的心》吧。"

悠扬的琴声弥漫着温暖……

"这是驾校的杨校长，是个慈善家……"人群中有人认出了老杨。

"姑娘怪可怜的，我也捐一点。"人们七嘴八舌地说。

姑娘琴盒里的钞票慢慢多起来。

六年后，老杨接到市招商办电话："杨校长，我们招商的跨国集团来我市投资，不知为啥，指明要与你们驾校合作，你准备一下。"放下电话，老杨一头雾水。

第二天，在谈判会场，跨国公司的那位女代表紧紧握住老杨的手，说："您好，六年前我为您拉过琴……"

程思良点评：

管仲说："善人者，人亦善之。"《悠扬的琴声》中的故事，生动诠释了这个道理。慈善家老杨的一个并不求任何回报的善举，为他的企业带来意外的商机。

责 任

文/秦 心

呼啸而来的救护车，停在了急救中心门前。

"快！快！快抱急诊室！！"一对夫妇，在救护人员督促下，抱着一个脸色憋青的男孩，从车上跳下，飞快地冲向急救室。

一阵紧张有序检查后，就听急诊医生对护士说，快，送内二科，立刻组织手术！

负责手术的医生，接到电话后，飞速赶了回来，又快速换上手术服，并急速朝手术室奔来。

"你……咋这么久才来？我儿子都已濒临垂危，而你……却还在外面转悠，有没有半点责任心呀？！"男孩父亲失控地吼道。

"很抱歉……刚才的确没在医院，但我一接到通知，就以最快时间赶到这里。您的心情我很理解，但希望您能冷静一下，这样好利于我尽快投入工作。"

"冷静？要是你的儿子奄奄一息躺在这里，你冷静得了吗？！"男孩父亲濒临崩溃，发疯般质问。

"若真这样，我会默默为他祝福……"医生说完，就迅速关闭了手术室门。

男孩父亲还想争辩，可看到开始手术的警示灯已经亮起，便强压焦躁静候那里。

几小时过后，医生大汗淋漓地走出手术室，对男孩父亲说："您的孩子得救了！请随护士去安顿病房吧。"说完，头也不回，又急匆匆地走了。

"这人……咋这德行！连我问下孩子情况的时间都等不得吗？"他又冲护士嚷道。

谁知，护士泪如泉涌，说："你别怪医生……他儿子昨天不幸遭遇车祸，当我们通知他来做手术时，他正在去殡仪馆的路上……"

鲁翔点评：

这是一个很揪心的故事，也反映了当前医患关系紧张的某些内在原因。选题关注民生问题，有新意。构思精巧，先设悬念，步步紧逼，突然陷入平静，结尾出其不意，读者泪奔。几处要紧处语言处理独特，如"若真这样，我会默默为他祝福""您的孩子得救了"，足见作者文字语言捏拿准确、功夫老道。

赡养保证书

文 / 王世虎

王大爷的老伴去世后，城里的三个儿子嫌他是个累赘，让他独自一人生活在乡下。

中秋节，王大爷一个做生意的老战友去看望他，无意间发现家用了几十年的旧香炉竟是明朝宣德年间的古董，当场掏 50 万买了下来。

很快，消息就传到了三个儿子耳中，他们急匆匆赶回老家，抢着要把王大爷接到自己家住。

王大爷寒心地说："手心手背都是肉，我真的很难做出抉择。这样吧，你们每人写一份'赡养保证书'，谁的最打动我，我就去谁家住！"

很快，三份"赡养保证书"就写好了。王大爷看完后，郑重宣布道："我决定了，去老三家住。"

三儿子一听，喜笑颜开。可大儿子和二儿子不干了，说父亲偏心，除非把三份保证书公开，否则他们不服气。

王大爷先打开了大儿子的保证书：我自愿把爹接到我家生活，并保证像侍奉岳父一样照顾他的饮食起居。——大儿子是出了名的"妻管严"，对岳父是百般孝顺，万般尊敬。他能这样写，显然是下了决心的。

接着，王大爷打开了二儿子的保证书：我自愿把爹接到我家生活，并保证像疼爱自己的女儿一样疼爱他。——二儿子结婚十年媳妇才怀上孩子，夫妻俩视为掌上明珠，能做老二的女儿，那可真是享福呢！

最后，王大爷打开了三儿子的保证书：我自愿把爹接到我家生活，并保证让爹享受同"虎妞"一样的待遇！——"虎妞"是三儿子单位领导寄养在他家的贵宾犬，在家里的地位至高无上，全家老少都"众星捧月"般侍奉着它。

"老三，算你狠！"大儿子和二儿子灰头灰脸地走了。

李洪武点评：

"孝"是中华民族的优良传统，体现出代与代之间的传承与延续，父母在子女年幼时承担的抚养义务，会在父母年老时演变成子女的赡养义务。俗话说"多子多福"，

意味着父母在年老时有更多选择，或者说出现孝顺儿子的概率更高一些。但本文中，却出现了"三个和尚没水吃"、三个儿子谁也不愿意赡养父亲的情形。那个起着关键作用的香炉，不仅是历史悠久的古董，更是"孝"的试金石，让"养儿防老"的习俗演变成了"养虎为患"的悲剧。读完本文，让人在哑然失笑的同时，也感到了世态炎凉，讽刺意味淋漓尽致。

雨，还在下

文 / 李德霞

刺眼的一道闪电，震耳的一个响雷。

暴雨倾盆，天地间混沌一片……

老大扑腾腾坐起来，心也跟着扑腾腾地跳。老大拉亮灯，推推身边的媳妇。媳妇一骨碌爬起来，问："咋？屋里进水了？"

"我是担心咱爹咱娘……"

"说梦话吧？爹娘不是住在咱家吗？咱住的可是爹娘的老屋。要塌，也是这里塌。咱那屋，结实着呢！"

"结实归结实，可那边地势低，万一进了水，不是闹着玩的……"

"门前有土埂，屋后有排水……哪能呢？睡吧，睡吧。"

刺眼的一道闪电，震耳的一个响雷。

暴雨倾盆，天地间混沌一片……

老大扑腾腾坐起来，心也跟着扑腾腾地跳。这回，媳妇不用推，也跟着坐起来。

"你到底折腾个啥？还让不让人睡觉？"

"我还是不放心……咱爹咱娘都七十多岁的人了，屋里一旦进了水，跑又跑不得……"

"要不，你去看看？"

"嗯，看看。"老大麻利地穿衣，下地。

"把我一个人撇屋里？我也去！"

老大和媳妇拧开门，一头扎进暴雨里。

老大和媳妇跌跌撞撞来到自家门前。一切安好。

媳妇说："我说没事，你偏不信。这回安心了吧？"

老大和媳妇磕磕绊绊地原路返回。刚到院门口，眼前的一幕把他们惊呆了——屋子塌了……

刺眼的一道闪电，震耳的一个响雷。

雨还在下……

冯丽琴点评：

　　小说通过老大和媳妇雨夜看望父母的经历，见证了作为子女的一片孝心。孝敬父母，无可厚非；孝敬父母，天经地义。正因为此，使得故事的闪光点亮丽异常。更难能可贵的是结尾的设置，可谓匠心独具，神来之笔。当老大和媳妇原路返回时，他们住的房子塌了……巧妙的设置，精彩的结尾，让读者的心也随之跳动起来，并引起深思，产生共鸣。

阿婆的红包

文 / 朱海峰

刘阿婆托人买了个智能手机，还开了网银，邻里们甚是惊讶：这老太太要干啥呀？

晚上，阿婆找到我，请我给她的手机建立个微信群，并把她儿子、儿媳、孙子都拉入群里，最后，让我教她发红包。

我按照程序一步步为她示范。可由于阿婆岁数大，手脚也笨，我反复指导了半天，最后到了塞钱的程序，阿婆说："塞10元。"

"阿婆，初次玩，不用整这么大吧？"

谁知，阿婆抢过手机，果断地点了发送。

阿婆发送的两个红包，不到10秒就被抢没了。随后，来了语音提示，我教阿婆点击接听。

"妈，您也会发红包了？"

"我抢了一个8元的大红包，谢谢奶奶。"

刘阿婆听着远方孩子们的声音，脸上都乐开了花："我也想和他们说话。"

我又给阿婆一番指导。阿婆颤抖着按住了录音键："你们都收到红包了？"

"妈，我收到了。""奶奶，我也收到了。"儿媳和孙子立即回复。

"妈，我还没收到呢？"儿子失望地嚷嚷。

"别急，别急，明晚我发个大红包，人人有份。"从此，每天晚饭后，阿婆都要准时发放红包，然后，和孩子们语音聊上一段时间……

一来二去，半年时间不到，阿婆竟然发出去2000多元的红包，我劝阿婆这样是不是太浪费了。

刘阿婆笑了，说："儿子家住在城里，只有过年能回来陪我几天，平时都说忙，十天半月也不给我打个电话，就是打来电话，也说不上三句话就挂了。你不知道我一个人有多寂寞。现在多好，他们都有时间陪我了，我发点儿红包，换来他们陪我聊上一两个小时，晚上睡觉真香啊！"

袁红侠点评：

　　《阿婆的红包》描写了空巢老人晚年生活的孤独，采用发红包的方式与子女联络沟通感情，发人深省，令人感慨，也感谢高科技给人们生活带来了方便与快捷。文中的婆婆刻画的是点睛之笔，本来以为把老年人会描写得很沧桑，而本文中的老人却是开朗乐观，也没有埋怨儿子媳妇，是个典型的好婆婆。故事虽小，意义深远，值得学习，值得借鉴，希望作为晚辈的一代要主动和老人沟通，要给予足够的关心和陪伴，不要有"子欲养而亲不在"的遗憾。

丢了一只羊

文 / 青霉素

山子打工受了重伤，村里人都拿着东西或钱去慰问他，山子两口子很感动。

木棍对女人说，咱也拿点东西去看看。木棍女人看着空空的家说："要啥没啥，咋去？"木棍蹲在门口抽烟，不说话，缭绕的烟雾在木棍头上转圈。

隔日，木棍牵了一只羊来到山子家，山子媳妇迎上来，说："木棍哥来了。"木棍说："来看看山子兄弟，送一只羊给山子补补身子吧。"

山子感动地鼻子一把泪一把，说："木棍哥，你也不宽绰啊！"木棍摆摆手，说："咱也是穷帮穷吧，以后地里的重活给我说一声。"说了一会儿话起身走了。

石头也来到山子家，拿一个信封交给山子女人，说："嫂子，这点钱你收下，配着给山子哥治病。"山子女人激动得不知说啥好。石头说："嫂子别见外，谁没个难处？有什么需要说一声。"起身告别，来到院里看见一只羊，愣住了，这不是自己被偷的那只羊吗？就问："嫂子养了一只羊啊？"山子女人说："是木棍哥昨天送来的。"石头点点头没说什么就走了。

村里的人家都来过了。山子对女人说："大伙都来看咱，咱心里也过意不去，就杀了那只羊，让大伙来喝一碗羊肉汤吧。"女人就一家家去请。

喝羊汤时，木棍看见石头就躲开，石头看了一眼木棍没说什么。后来，木棍每遇到石头就躲开，石头一直没说什么。

又遇到石头，木棍就不躲了，他想石头能骂一顿，自己心里就会好受，可石头一直都没说什么。木棍再遇到石头，就迎着他走过去，心里愤愤的，好像石头偷了他一只羊。

张红艳点评：

人的本性是善良的，就像木棍和他村里的乡亲们，扶危济困，是他们共同的信念。所以，山子打工受了重伤，村里人都拿着东西或钱去慰问他。但是，人性又是复杂多样的，木棍的家穷，要啥没啥，就偷了石头的一只羊送给山子。人性的恶与善并存，这就让木棍很内疚，压抑的内疚又变成愤懑，通过描写木棍又把石头的形象映衬得实实在在。一波多折，短短的文字，把人性写得满满的。

尴尬的老班长

文 / 袁作军

当了几十年农民，位卑身贱、囊中羞涩，我再也心高气傲不起来了。高中同学聚会上，三十名昔日同学，不是大款，就是高官。我实在自惭形秽。最春风得意的，是在我上铺睡过两年的丁大。他拥有庞大的房地产公司，生意做到了上海、广州。我估计，这次聚会……

正当我胡思乱想之际，丁大举起酒杯说："敬我们的老班长一杯！"

全体起立，无论男女都来跟我碰杯。慌乱中我才意识到我曾经是他们的班长！丁大这家伙居然举着酒杯带头唱起歌来"我的老班长，你现在过得怎么样？……"想不到，三十人全部应和起来。唱着唱着，有人抽泣了，有人唱成了哭音。我明白，几十年的人世沧桑都不容易，所有辛酸在此刻爆发。我也感动得一塌糊涂。我的兄弟姐妹呀！

饭毕，我醉了，当年的冲天豪情又涌上心头，吼道："今天我买单，谁也不许争！"

三十人一齐鼓掌，高呼："谢谢老班长！"

我也不知道是怎么从三十公里外的县城回家的。酒醒后，老婆问："这次聚会谁买单？"我说："我呀！我是他们的老班长！"

老婆立即发作了，大骂："你这个傻瓜，人家哪个不比你有钱？前几天才卖谷的四千元就这么打了水漂！"我一想，是啊，就说那个丁大，身上掉根汗毛也不止四千，可他打感情牌，设了个笼子让我钻。真是可恶的奸商！我四千元血汗钱哪……

忽然，老婆一声尖叫："啊？！你快来看你的提包！"

我倒出手提包里的东西：一大扎百元钞票和三十个厚实的红包赫然在目！我举起手，狠狠地抽了自己一耳光……

余清平点评：

同学聚会，温情无限，因为同学情是一本阅读不完的书，没有最后一页。本文的老班长是个农民，看得出其他任何同学都比他成功，特别是丁大，更是成功人士。这就无形中导致了老班长的自卑、多疑。也难怪，艰难的生活就像一块磨刀石，磨平了他当年的万丈豪情，以至于他忘记自己是曾经的班长。面对此情此景，同学们心照不宣，让老班长争足了面子也暗地里帮了他一下。同学们三十个厚实的红包让同学情一览无遗。作品截取了生活中简单的一个点，却凸现了不简单的人间情谊。

更夫子沐

文/洛　华

子沐是一个更夫的名字。

子沐打三更时，其实已经醉了，只是酒不上头。

子沐敲一遍更锣，喊一句：天干物燥，小心火烛。然后从腰间摘下酒瓶咕咚咕咚喝几口，喝完把酒瓶挂回腰上继续打更。

子沐打完更，就倚在白果树下喝酒。

隐隐约约一个人影晃过。三更天，能是什么人？莫非？子沐吞了口酒，跟了上去。

人影在墙角拐个弯不见了。子沐跟进弄中，左右墙上并无门洞，人去哪了。四顾无人，子沐跃上墙头，把自己藏进树影。

只见人影钻进院中一个屋子里。子沐飞檐走壁追上屋顶，揭了几片瓦，俯视屋里的动静。人影东翻西找，把屋里值钱的物品都收进自己囊中，临走，碰翻了一只矮凳，惊醒了守娃的女人。女人抱紧娃正要大喊，人影从背后抽出一把大刀向女人和娃砍去。子沐一个跟斗撞门而入，在人影和女人都分不清状况的时候，用碎酒瓶挑断了人影的手筋，又一阵风走了。

人影痛得满地翻滚，物品四散滚落。

女人大喊。院里的灯纷纷亮了，众人将那个盗贼逮个正着。

众人问女人，什么高手救了她们。女人未可知。众人闻到满屋子的酒香，还看到门口地上躺着一只碎了底的酒瓶，正被风摇得咯啦作响。

五更天的时候，押贼送官的人们，看到子沐一边喝着酒，一边打着更锣喊着：天干物燥，小心火烛。

众人望一眼子沐，摇摇头。不是他，他不过是一个逍遥自在的打更人。

海飞点评：

洛华的《更夫子沐》，以一个全新的切入点，让我们进入了一个古风恣意的时代。洛华的语言简洁干练，在600字不到的篇幅里将子沐逍遥自在的侠骨形象塑造得相当丰满，文字描述画面感强，场景设置引人入胜。结尾虽然向读者点破，巧用"酒"这一道具，处理成即便人们发现疑点还是不认为子沐是救人的高手，这一轻收尾，进一步强化了小说的重内核，让逍遥更自在，让名利更轻微。这种四两拨千斤的写法，是洛华小小说的闪光所在。这种古风尚存的意境，保证了作品的文学质感。

妈妈的数学

文 / 一湾浅蓝

阿萍被派到红村任第一书记，一上任便投入了繁忙的扶贫工作，时间紧得不得了。

为了不落下工作，又不耽误照看女儿小菲，她只得把一些工作带回家做，晚饭后一边辅导小菲一边填那些表册。

小菲正读二年级，学习也还不错，不需要阿萍费多少心思，也正因为如此，阿萍才能够在辅导小菲的同时兼做自己的工作。

这天，小菲写完了作业，看着阿萍填写表册，正看着，突然叫起来："妈妈，你数学不好哇？"

阿萍吃了一惊："我数学咋不好呢？"

小菲说："你写错了。"

阿萍问："哪里写错了？"

小菲说："电价明明是 0.52 元，可你写成了 2.2 元。"

原来，小菲家的电价是 0.52 元，小丫头一直记着呢。

阿萍想跟小菲讲清楚表册上的电价问题，可是又觉得无法开口，只好先哄小菲睡了。

红村的电力设备陈旧，管理也很不到位，电价确实是 2.2 元，这个问题很复杂，阿萍一时难以跟小菲讲清楚。

但从此以后，阿萍在小菲的眼中就成了一个数学不好的妈妈。

后来小菲到底明白了红村的电价问题。

这样过了一段时间。这晚，阿萍又填着电费单子，准备第二天交到供电所，小菲又嚷开了："妈妈又错了！"

阿萍看着电费单，又看看小菲，笑吟吟地问："怎么，又认为妈妈数学不好了？"

小菲疑惑地问："那怎么把电价填成了 0.52 元呢，不是 2.2 元吗？"

原来，阿萍决定由电力入手，推进红村的扶贫工作，通过大量的工作，早已完成了电网升级改造，电价已经降到了 0.52 元。

看着小菲一本正经的样子，阿萍心里乐开了花："鬼丫头，你哪里知道这些哟！"

王平中点评：

　　这些年看惯了写村主任、书记题材的作品，要么揭露，要么讽刺，不免有些迷茫，难道村主任、书记都只能这样写吗？作者却一反常见的角色形象塑造，用很正面的题材和温馨的手法，刻画出了积极阳光的人物形象（文中是第一书记，但同样可以换成村主任、村支书）。但此类题材最难的是最大限度地注入小说元素，即丰富的故事情节和鲜明的人物形象。作者做到了，并且做得很好。

我的地盘我做主

文/任　欣

在单位做保管的老李退休了，闲不住的老李在家附近的医院里捡起了垃圾。

"老李，饮料瓶子值钱吗？"

"值钱，4分钱一个呢。"老李笑逐颜开。

"我一早晨下来，就能赚几十块钱，还锻炼了身体，一举多得呢！"老李很知足。

"别累着，注意心脏病别再犯了。"老李是我的病号，我不忘随时提醒他。

"知道，你放心吧。"老李一阵风似的走了。

一天，老李发现医院垃圾箱里的瓶子少了，一定有人拾过了。第二天他便早早来到医院垃圾箱旁，堵住一个正在捡破烂的人。

"这是我的地盘，你不能上这里来。"

"这地盘上有你名字吗？你管不着。"

"我家就住在这里，我的地盘我负责。"老李劝说对方，劝说不听。老李也没有办法，只好提前到半夜去捡垃圾。一连几次外地的同行空手而归，知趣地走了。

一天，老李的心脏病又犯了，转到了上一级医院。打了三天吊针，第四天早上打针的时候，老李不见了。大伙焦急万分，还是李大娘对儿子说你爸保准跑回家了。

果然，老李一大早就偷跑了回来，他还惦记着医院的垃圾呢。这个老李真抠，为了垃圾连命都不要了。左邻右舍私下都这么说他。

一天民政局的两个工作人员找到了老李家，他们根据线索核实，原来这几年老李靠工资和捡垃圾资助了4个贫困大学生。

安燕点评：

小说用的是颠覆式的手法。前面极写老李抢垃圾，人们都有相同的印象："这个老李真抠，为了垃圾连命都不要了。左邻右舍私下都这么说他"。在充分的蓄势后，用突然的反转"一天民政局的两个工作人员找到了老李家，他们根据线索核实，原来这几年老李靠工资和捡垃圾资助了4个贫困大学生"，颠覆了前面的所有描写，树立起一个全新的高大的形象。这种方式，比直接写，更有震撼力。

迟来的鼓声

文／付丽侠

他还上小学五年级的时候，语文老师兼班主任张大光就当着全班同学的面用扫帚棍指着他的作文本说："这还叫字？歪歪扭扭、缺胳膊少腿的，像一把草籽撒在上面，像这水平若能考上高中，他张小建扛面大鼓去我家敲去！"教室里哄堂大笑，张小建的脸通红，他暗暗发誓一定要写好字，一定要考上高中。

功夫不负有心人，几年下来，他考上了县里的一所普通高中。他想起张大光当年的羞辱，于是真的扛面大鼓咚咚咚地敲打着到了张大光的家门口。

张大光绷着脸走了出来，把他从头至尾看了一遍，鼻子里"哼哼"两声，说："不就是个普通高中？你若能考上一本，再来我家显摆吧！那时，我张大光当着全村人的面给你娃搭红被面。"

张大光那鄙夷的眼光深深地刺伤了张小建。他发誓，三年后一定要让张大光当着全村人的面给他搭红被面！

当接到了名牌大学的录取通知书时，他第一个想告诉的人就是张大光。于是，他拿着录取通知书又一次扛起大鼓来到张大光的家门口。

咚的一声炸破了村子的宁静，也炸出了张大光的儿子，他的儿子一脸凝重地说："我爸一个月前走了，他走时还惦记着你呐，说就数这小子有出息，只要把他的犟劲激发出来准能成器。"

他悲痛地又一次击起了大鼓，鼓声震天，鼓鼓如诉。

程思良点评：

张老师用心良苦，一再运用激将法，以骂的形式，刺激学生张小建的上进心，使他不断前行。直到张老师去世一个月后，张小建才知晓真相，其内心的震撼可想而知。他悲痛地又一次击起了大鼓，这迟来的鼓声，这震天的鼓声，每一声，都是在向老师倾诉衷肠。

心　魔

文 / 江筱非

我和雪同系，同班，同寝室。

雪妩媚、自信、笑得灿烂，雪有一串男生左右追随。切，笑给谁看？如果……雪从我面前飘过时，面对雪"友好"的微笑，我从鼻孔喷出异样的歧视。

梅，帮我拿一下鞋子。那天早上，我撕掉附在脸上的面膜，正准备摔门离开寝室时，雪说。

我惊呆了，雪装有一条假腿，几个月来我竟然没发现。

我偷偷将床镜拆下，不再贴面膜，不再为几颗雀斑发愁。

程思良点评：

短小精悍，构思巧妙，出人意料。寥寥百余字，描写了主人公"我"的复杂微妙的内心世界。

孪生姐妹

文/卓　尔

　　长得一样，这且不算，她们还心心想通，没办法，姐姐总是先哭，所以母亲只能先用奶水喂姐姐，妹妹只好喝奶粉。长大后，妹妹常常身体不健康，母亲就额外买一些补品给妹妹，姐姐有时笑笑，当作没看见，偶有不满，母亲便会解劝，妹妹小，小一分钟也是妹妹，再说了，小时候奶水全都给你喝了……此时，妹妹两个指头：耶！姐姐一矜鼻子：切！

　　转眼高考成绩下来了，姐姐688，妹妹689，都在重点大学线上，回家后满心欢喜，母亲也非常高兴，准备了一桌丰盛的菜饭，只等爸爸回来。

　　等着，等着，母亲去厨房的工夫，妹妹突然眼眶发热，姐姐看了一眼，随即泪眼婆娑。母亲回到客厅，问："怎么了？怎么了？今天是一个大喜的日子，应当高兴才是。"俩姐妹非但没有止住眼泪反而先后从客厅跑回卧室，纷纷发出嘤嘤之声……

　　父亲进屋后，母亲急切地问："办得怎么样？"父亲沉默不语，卧室里的哭声开始加剧，当听到父亲哈哈大笑时，母亲脸上才露出了笑容，姐妹俩也走出了房间。父亲又问："这回是谁先哭的？"姐姐指了指妹妹。父亲又问："你比姐姐还高一分，能哭出个啥道理？"妹妹不吱声，姐姐也不言语。

　　"行了，行了，当初说你们姐妹俩只能供一个，那是为了让你们拼命努力，能考上，就是砸锅卖铁也得供，不过说好了啊！咱们的房子抵押了，毕业后，后找到工作的还贷款，听明白没有？后找到工作的还贷款！"

　　"听明白了，我们姐俩一齐还！"姐妹俩异口同声，破涕为笑，拥抱在一起。

　　父亲也模仿姐妹俩去抱母亲，母亲却推了他一把："你这个老东西！"

谢振点评：

　　卓尔的《孪生姐妹》把人物的"哭"写活了。小说一共写了两次哭。开头姐妹俩为个人生长需要发出的哭比较单一，容易理解。第二次哭则写得比较详细，从不出声的眼眶发热、婆娑，到轻声的嘤嘤，到哭声加剧，最后到破涕为笑，层层深入，处处耐人寻味。孪生姐妹的相亲相爱从中得到生动地展现。

肥猪菜

文 / 刘　松

邻村最近来了个挑担的壮汉。

满满的担子在肩上晃悠，担子里绿油油，亮晶晶的。

"卖肥猪菜啰。"壮汉一边吆喝，一边用搭脖的毛巾擦拭额上的汗。

蹲在屋前抽黄烟的李大爷用烟杆指了指，汉子歇了担。

"大爷，家里养猪买肥猪菜吧。"

"这叫肥猪菜？"李大爷用烟杆扒拉扒拉担子里野菜一样的东西。

"是哦，这是高科技蔬菜。外面都用它喂猪，几十斤的仔猪吃了，天天长膘，不出仨月就能长成百把斤。"

"种了一辈子的庄稼，没听说过。"

说话时聚拢了一群妇女和老人。

有说荠菜，有说马苋菜的，围着看把戏似的，没人认准这是啥菜，没人问价，也没人掏口袋。

壮汉从这村逛到那村，挑着满担走了。

过了半月，一个穿西服的生意人走村串户收古董。老人和妇女头摇成拨弄鼓。咱村穷得只有黄土，祖宗八代也没出过古董。

"村里种肥猪菜吗？"生意人挨家挨户问，见老人递根烟，看见满地跑的儿童就撒几颗糖。

"蔬菜多得是。肥猪菜，没听说。你收那菜干吗？"

"没听说过吧。那肥猪菜可值钱了，仔猪吃了几个月就能出栏。好东西哦，价格贵着呢。要是有的话多少全要。"生意人挑了几个自认为信得过的，每人都预付了订金，还给李大爷留了电话。

一月后，邻村来了几个挑担卖肥猪菜的，没歇担就被买空了，陆陆续续又来了许多卖肥猪菜的担子，全被一抢而空。

家家户户都囤了半屋子肥猪菜。李大爷也囤了半屋，巴望着赚点钱给孙子买个新书包，还有上好的黄亮烟丝。

县城郊外的小饭馆，壮汉和穿西服的生意人笑吟吟敬酒："没有各位帮忙，哪有这肥财，回头重重感谢。"

苏文子点评：

构思巧妙，布局合理，脉络分明，语言干净利索。说骗局无一"骗"字，藏而不露，隐而不发。过去有小商贩利用农民见识少、急于发财致富的心理，施展骗术，获取不义之财。随着社会的进步和时代的发展，这类骗术改头换面，在农村和城市屡试不爽，百姓深受其害，应引起重视和警惕。

抄 表

文 / 王平中

李二娃所租的房屋，水、电、气都各有一个总表，再是分表入户。三家公司只抄总表，单元要算到一家一户。之前，都是每户轮流一个月抄表、算账、收费，很麻烦。有人因为工作忙，延误时间去交费，单元便时常被断电断气停水，住户们便骂骂咧咧的。

李二娃见状，对小区的人说："轮流抄表很麻烦，每月的水、电、气费我帮着收吧！"

张大妈问："你要工钱吗？"

"要啥工钱！都是一个单元的住户，举手之劳嘛。"李二娃说。

"大兄弟！你真是做了一个天大的好事呀！"张大妈双手直作揖。

"张大妈！千万莫这样！折煞人哩！我一月有半个月上夜班，空闲时间多嘛！"李二娃说。

话虽然这样说，李二娃抄表后才知道多麻烦：先到水电气公司去抄总表，再一家一户抄分表，然后算出每户的费用。他怕出错，还要反重算几次，核实无误后再去一家一户收钱。有时家里没有人，要一上一下跑几次才收得到，费收齐了还要交到各个公司去。尽管这样，能为大家做点好事，他乐在其中，毫无怨言。

半年过去了。一天，李二娃上晚班，白天在屋里睡觉。朦胧中，听到张大妈同一个人在小声嘀咕："你说，他每月乐颠颠地收水电气费，图个啥呢？"另一个人说："你是怀疑他在费中做了手脚？"张大妈小声说："说不清哩！"另一个人说："那找个人去查查账嘛！"张大妈说："这样好吗？"

听到这里，李二娃脸上发烫，像做了贼一样！当天晚上，李二娃将收水电气费的本子和交费后的发票交了出去，说自己忙，没有时间收费了。

于是，又是每户轮流收费。有的因为工作忙，延误时间去交费，小区又时常被断电断气停水。

安燕点评：

《抄表》让我品出了一种说不清道不明的滋味。真实的人性，复杂的人性，可笑的人性，瞬息变幻的人性，在短短几百字里揭露得酣畅淋漓。一篇数百字的闪小说，能蕴藏如此大的信息量，证明闪小说有着巨大的潜力，等待着每一位闪作者发掘，探寻，展现。从《抄表》这篇平中见奇的闪小说里，我们领略了王平中深厚的文字功力和高超的艺术手段，更体现出了智慧含量的高与悲悯情怀的大。

文　明

文/蔡　昆

　　文明边走边吃甘蔗，渣捏手里，要是过去，他早扔了。现在不同，街道绿树成荫、整洁，乱扔真是于心不忍。

　　甘蔗吃完了，文明手中留下一把渣。他四处张望，没发现垃圾桶或果皮箱，乱扔不妥，捏在手里也不是个事。前面有绿化带，他灵机一动计上心来，走上前准备将手中的渣扔进绿化带里。突然，他看见几名城管向这边走来，一惊，马上收住手。

　　文明悻悻地继续前行，看到楼房之间有个狭长的空隙，何不将渣扔进去，神不知，鬼不觉。他一阵兴奋，边向楼房靠近，边四处张望，发现一个手臂上箍着红袖套的老太婆在注视着自己，不禁打了个寒战，幸亏发现了，要不然后果不堪设想。

　　文明有些沮丧，继续向前。他眼前一亮，快步上前将渣扔进果皮箱里，人一下子轻松自如了许多。

　　"同志，请等一下。"

　　文明听到身后有人在喊，停下转身看，一台录像机正对着自己，一个漂亮女孩手持话筒，面带微笑说："先生，从你吃甘蔗开始，我们就一直尾随着你，最终看到你将甘蔗渣扔进了果皮箱。我想问一下，是什么思想意识支配你这样做？"面对话筒，文明面红耳赤，惊出一身冷汗，嗫嚅道："爱护环境，人人有责。"

　　"说得太好了，如果人人都有你这种思想境界，那么，我们的家园会变得更加美好。请问先生姓名？"女孩一脸微笑。

　　文明愣了下，不好意思地说："文明。"

　　"哦！名如其人，谢谢先生。"女孩与文明握了握手，转身离去。

　　文明心里五味杂陈，暗自发誓：从今往后一定要做一个名副其实的文明人！

安燕点评：

　　城市是我家，卫生靠大家。道理大家都懂，但是在现实生活中，往往被忽视、遗忘，纸屑、烟头、饮料瓶、果皮等垃圾你乱扔我也乱扔，痰你乱吐我也乱吐，怎样方便就怎么来，根本不去顾及城市的脏乱差。这篇闪小说以文明的举动，从一个侧面揭示出文明靠自觉，爱护环境，人人有责，不能仅仅挂在嘴上，而是要落实到行动上，这样，我们的城市环境卫生才有保障。

芋头圆

文 / 徐新洋

孩子们准备利用双休日，回来给兰子婶过生日。兰子婶除准备菜肴，还准备做他们最爱吃的芋头圆，让他们拿到城里。

到镇里割回剁馅的五花肉，到邻村亲戚家讨回本地产的四季葱，到山坡上扯回新鲜的地米菜，忙乎了两天，可孩子们都进村口了，芋头圆子还没有做。老伴着急："孩子们吃了饭就要走，做芋头圆子费时间，难道你让他拿回城里做不成？"

兰子婶笑一声："你瞎操啥心，我不晓得？"

孩子们一到家，兰子婶就让儿子、女婿去做饭炒菜，让媳妇、女儿帮她做芋头圆。媳妇、女儿站在旁边，悬着手，不知从哪干起。兰子婶一边叫媳妇："桂英呀，你搭把手，去洗芋头。"又叫女儿："翠娥呀，你去削荸荠，洗地米菜，准备剁馅。"

媳妇手指碰一下芋头直叫麻手，兰子婶说看我的。她把芋头放到篮子里，一边冲水一边抖动，三下五除二就洗干净了。兰子婶教了媳妇，又去教女儿削荸荠。说是教她们，她边教着边就干好了。然后煮熟芋头，教她们放到盆里，加上苕粉，用沸腾的开水揉成面团，然后捏成碗形，填上馅，再用一只手的虎口护在面皮慢慢封口成圆团子……欢声笑语不时在小屋里响起，又飘出了小窗外……

兰子婶脚不沾地，兴致勃勃把芋头圆做好，让孩子们拿回城。这时天已经擦黑了，兰子婶累得倒头就睡。

老伴埋怨："叫你提前做好，就是不听。"

兰子婶说："你老东西知道个啥，他们回来，每次都是我把饭菜做好，把芋头圆子早早做好，他们吃完掉头就走了，一家人连多说会儿话的时间都没有。你看今天，多热闹！"

程思良点评：

小说真实反映了当下乡村中留守老人们的孤寂心境。兰子婶之所以叫孩子们帮着做芋头圆，其实，让他们干活并不是目的，让他们在家中多待会儿，一家人有说有笑地多说会儿话，才是她的真正用心啊！

筹

文/江　桅

连接氧气管上方的小壶里冒着水泡,香梅轻轻拭去从蔡强眼角滑下的泪珠,随后,她把头重新埋在蔡强埋管手臂的旁边。

以后的日子该咋过?这是她必须面对的问题——蔡强这一病,小工厂肯定要关闭,两个未成年的孩子,用钱的地方可多了去了。她猛然抬起头,睁开那双迷蒙的眼睛。

病是钱的敌人。一场大病,积蓄即将全无。她使劲地摇了摇头,她不甘心,但再次看看病床上的蔡强后,便又埋下了头。

夜半,她突然来了精神,迅速打开手机……

短短几天时间,香梅竟然筹得十几万,她的眉间有了舒展。在公益筹款平台里,那个满身插管的男人怎不让好心人产生同情?

蔡强渐渐好转,但两次的开颅手术已经注定,他以后不可能再有大的作为。不过还好,筹得的钱可以治病,家里的积蓄足够他们一家人维持以后的生活。

这天,香梅刚给蔡强喂过饭,一个拄单拐的瘦老头站在身旁。

"我来看蔡总,"老人慈眉善目,微笑着说,"谢谢蔡总给我个谋生之地。"

香梅仔细看,原来是工厂门口旁那个修鞋匠。

老人握了握蔡强的手,说:"病不可怕,只要心不垮。给,网上那个我不懂怎么操作捐钱,这500元当面给你吧。"

"怎么能行?"香梅赶紧把钱塞给老人,"你挣钱更不容易。"

"你们在难处,怎能不帮?"老人站直了身子,"孙女说,那个什么筹钱公益平台帮助了很多贫困家庭,这是好事,社会上需要帮助的人多得很呀。这筹的不是钱,是良心!"

多年后的一次扶贫募捐活动中,企业家香梅出手就捐上百万,蔡强在台下竖拇指、拍巴掌,热泪盈眶。

憨憨老叟点评:

网络公益筹钱平台,作为民间应急救助的一种方式,在电子应用广泛时加以发展与普及,值得推崇。作者把笔触伸入到了这一新领域,做了很好的一种探索,值得赞扬。

父与子

文 / 连河林

杨老汉视财如命，修路占地补偿了他三十万，抱在怀里就是不撒手，连唯一的儿子也别想捞到一分钱。

这么多钱，存在银行不放心，说是心里不踏实，看着整捆的人民币，他才觉得高兴和满足。

一天夜里，一阵哗啦啦的声音从屋顶传来，杨老汉的心一下子揪到了嗓子眼。

是贼……他提把菜刀一下子蹦到院子里，看看屋顶，什么也没有。当他一躺下，哗啦啦一连串的声音又响了起来。

今夜算是睡不成了……杨老汉抱起那些钱，放在这里，觉得不合适，放在那里，又觉得不保险，只好抱在怀里挨了一夜。

一连几天过去了，把个杨老汉熬得眼圈都肿了，不敢出门，不敢睡觉，而那个声音好像不准备停歇，不折腾死他，似乎永远不会罢休。

最后，杨老汉在将近奄奄一息的时候，把儿子叫到跟前。

"儿呀！这些钱还是你拿去吧！我也想明白了，爱钱就会要命，还是丢财保命要紧……"

儿子高兴地一拍大腿，说："爹，早给我不就得了，省得我每天晚上往你屋顶上扔石头……"

"你——"杨老汉一急，立刻就闭了眼。

尹翔学点评：

俗话说得好：人为财死，鸟为食亡。杨老汉得到修路占地补偿款三十万，抱在怀里不撒手，连唯一的儿子也捞不到一分钱。因而儿子每天晚上往屋顶上扔石头。结果，折腾得杨老汉一命呜呼。描写生动，鞭挞了人性的丑恶，令人深思。

小院月正明

文 / 蔡冬桂

秋后的夜晚，凉风阵阵，一轮明月挂在天上。

小院的方桌上，妻摆好了下酒的菜。今晚约好和弟小聚一下。

突突突……弟开着摩托车，风风火火地来了，他从车上取出两瓶高档酒。

见高档酒，我更是心中担忧。

"这阵子，村里忙拆迁，咱哥俩儿很久没在一块喝两盅了。"弟边说边给我满上酒。我阴着脸，不说话。

"哥，咋啦？"

"想起咱爸了，爸走时拉着我说，你是大哥，冬子小，你要照看好你弟啊……"说着，我仰头就是半杯。

"啧——啧——好酒！一杯要好几十块吧？"我用舌头舔着唇，故作惊讶地问。

"对，对。"弟应和着。

"你出息了，上了大学，做了村干部，如今喝这好酒的机会多了。"见弟不搭腔，我话锋一转，"咱俩喝的这酒可是别人送给你的？"说完，我两眼死死盯着弟。

"哈哈哈……"弟大笑道，"我明白了！你是说前天嫂子来我家，看到别人送我的好酒吧？它正是我们喝的……"

见弟竟然毫不在乎，我不由得两眼喷火。

弟又抿一口酒，缓缓地说："这酒是富贵叔送的，我争取到了本该属于他拆迁的那份待遇，他一高兴，非送我两瓶酒不可，我拗不过！不过呀，酒钱我已经付给他了。"

"哥，你就放心吧！"弟站起，迎着明月仰头就是一杯！

"好，这才是我弟弟，痛快！"我也一饮而尽。

荷花评语：

这篇闪小说写得很好，不唱高调。字里行间透露出哥哥对弟弟的关心与担忧。因为村里要拆迁了，村民们议论纷纷，哥哥怕当村主任的弟弟犯经济错误，便把弟弟叫到家里一边喝酒，一边试探弟弟。最后得知弟弟所作所为都是为了村民，哥哥终于放心了。故事读来温馨而感人，语言流畅朴实，透着一股浓浓的乡土气息。

半截铅笔

文 / 李俊科

吃过午饭了，爹还未回来。我刚要去上学，爹才拿着半截铅笔出现在院子里。说是半截，实际上只有大拇指长短，手指几乎攥不住。

"我在西坡的路上捡的，等了好长时间也不见人来找。"爹说，"谁丢的，肯定会着急。我下午干活，再去等。"

那个时候，铅笔很宝贵，一支铅笔要用上一两周时间，因此，家长都要用线绳拴在孩子衣服的纽扣上。

"明天去学校问问，看是谁丢的。"吃晚饭的时候，爹仍然失望地回来了，并把铅笔交给我。

"没听谁说呀。"我说，"岭后的狗娃下午没来，同桌说他脚崴了，请两天假。"我随手把半截铅笔装进了口袋，找不到就算了，我的铅笔也正好用完了。

第二天，大家上山砍柴，我仍然把铅笔带着。下午回来时还在，到家里时就没有了。我尽力地回忆丢失的过程，或许是我爬上柴火垛柴时候丢的，我急忙转身跑回学校。教室山墙边的空地里，宽大的柴垛比我高多了，一个小小的铅笔，任何一捆柴草的缝隙里都有可能躲藏。我满头大汗，一捆一捆地寻找，没有它的影子。我几乎把柴垛翻了一遍，还是没有。不甘心的我，又把柴捆移开，逐捆翻动，终于在太阳要落山的时候找到了。掂着黄色的六棱半截铅笔，我欣喜若狂。

周一上课的时候，狗娃踮着脚，愁眉苦脸地出现在教室里，胸前的线绳还散开着。我问他，他的一句话，让我难受了好长时间。

"拴铅笔的线绳断了，我找铅笔时滑下山谷，脚崴了。我妈背我回家，她下坡时摔伤了，现在还躺在床上。"

我拿出铅笔时，他很惊讶："啊，咋在你手里？"

刘锋点评：

特殊的年代特殊的故事，反映出特殊的思想感情和精神素质。特殊的年代随着历史的前进可以成为记忆，而人的思想感情及精神素质却会长久地持续下去，并会影响着一代又一代人，这就是《半截铅笔》写作的现实意义。故事虽短却跌宕起伏，引人入胜。语言简洁却也表达得精到细致，给人以要言不烦、意味深长的艺术享受。

郑 重

文／赵洪香

她和他素昧平生。

因为万能的微信群，他们在同一个群里相遇。

没有过深入的交流，也没有过思想的碰撞，都是经常潜水的主，静静地待在群里，看聊，不惹事。私下里也加了对方的微信，但似乎都奉行"君子之交淡如水"的原则。偶尔说上几句话，却并不热聊。

但他还是寄了自己的书稿过来，两本散文集，一本小说集。对她而言，虽然心存感激，但也觉得稀松平常。因为她已不再是第一次收到文友赠书，内心早已没有了第一次得到赠书的欢欣雀跃。坐在回家的车上，她漫不经心地拆开快递包裹，手摩挲到了厚实的三大本文集，心里有淡淡的温暖晕开。再看书名《心灵笔记》《风中的小鸟》，特别是小说集的名字《谁都不容易》，一下子拨动了她的心弦。她闭目养神，心里想着，这个书名真的很棒，棒到每个人都能够感同身受。

车一个急刹，她猛地一惊，睁开眼，手上的书却已滑落，里面飘出一张纸条。确切地说，是一张便签。她好奇地捡起来仔细阅读，原来是他郑重拜托她，寄两本她所在城市的期刊给他。这是多大个事啊，微信留言或在群里说一声就足够了，可是她分明被他的郑重打动了。

微信、语音、视频、QQ 电话、邮件……有多少年没有收过手写的只言片语了？

她回寄期刊，内附手写的便签。

安燕点评：

微信、语音、视频、电话、邮件……习惯了面对面也要网上聊天的时代，一张便签也足以让我们惊喜与感动。郑重不仅是对他人情感的尊重，更是对生活、对自己的一种尊重。

俺爹俺娘

文 / 杨希珍

俺爹在家不主事儿，只管干活，大事小情都是俺娘操持。

老屋破旧透风漏雨，娘说："得备些石料、木料翻修翻修了。"爹一声不吭，连抽了两袋烟，再往鞋底上磕了磕烟锅灰，起身就进了山。

老屋旧貌换新颜时，爹瘦了一圈儿，娘黑了眼圈儿。

家里孩子多，年年缺衣少食，娘说："俺要喂头母猪。"从那，爹每天收工回来，肩上就多了一大捆猪草。

为了填饱一家人的肚子，每年春天，娘就东家西家地讨换种子，爹就踩着露珠下地，披着月光垦荒，硬是把那些五花八门的种子变成了碗里的吃食。

那年，小弟考上了县高中，家里没有一分钱。娘愁得吃不下饭，睡不着觉。爹就去找了在外闯荡的王二，王二竟把爹给带走了。

几天后，爹带回了一卷钱。娘问："哪来这么多钱？"

爹有些难为情，吭哧了好半天，最后红着脸撂下一句话："问那么多干甚？"

娘的犟脾气也不饶人："来路不明的钱，俺娃不花！"

开学的日子逼近了，那卷钱还是静静地躺在柜盖上。俺替小弟着急，就去问爹："那钱到底啥来路？"

爹的脸再次红了，又支吾了半天，才把俺拽到一旁，做贼似的小声说："爹说了，你可千万不能对外人讲。"

俺犹豫了一下，向爹保证："打死也不说。"

就这样，爹叹了口气，面带羞涩地说："王二把俺带进了城，那钱是一群男娃女娃照着俺画像给的。"

俺想了想，激动地说："您那是做模特赚的钱，有啥不能说的？"

谁知爹一听，俩手一拍大腿，带着哭腔说："可俺是光着身子给人画的呀！"

袁锁林点评：

这篇闪小说描述的是在生活困境中，在矛盾冲突中，一个为儿舍身，一个贫贱

不移。成功地塑造了具有担当的父亲与坚持操守的母亲这两个具有典型性的人物形象。结尾在"我"保证打死也不外说的追问下，"俺"爹才羞涩地带着哭腔说出真相。这一传神的细节描写，逼真地刻画出了人物的心态，虽然表现了父亲陈旧落后的观念，但不仅无损于父亲的高大形象，反而更凸显了他的担当——为了儿子，为了家庭，不惜牺牲自己。这一妙笔，耀亮了全篇。

化　蝶

文／王培静

第二天大姐又上家来劝她："我的好妹妹，你的工作又不是太忙，一不用出差，二不用下基层，局机关的工作朝九晚五多舒服，你不知道我们当教师的有多累，就你这小体格，到时肯定吃不消的。"

春草对大姐说："我下定了决心，谁也改变不了我啦。"

几天后她办妥了退职手续。

家里到处都是她从书店买回的课本和辅导教材，她一心在家写教案、备课。

她带上自己的大学毕业证和履历表，去了几所招考老师的学校。没想到一切都是那么的顺利，有两所学校的面试，一试、二试她都过了。她想，哪所学校最先通知上班就去哪所学校。

她庄严地站在讲台上，用眼睛扫了下全班同学后，深情地喊道："起立。"同学们齐声回答："老师好。"她微笑着说："同学们好，请坐下。"

她一丝不苟、抑扬顿挫、声情并茂地站在台上讲课，几十个可爱的学生睁着渴望的眼神，安静地坐在台下的课桌旁认真地听讲。

有学生站起来突然提问，她思考着如何回答，难堪的局面出现时，她红着脸想，今后一定要提前把课备好，绝不能再在学生面前丢丑。她如实说："这个问题，老师也有点拿不准了，我课后查实了告诉你。"同学们对她的真诚态度，报以热烈的掌声。

这是她在家里模拟上课时的情境。

两年后，她是倒在一所打工学校的讲台上走的，那一刻，她的脸上露出了一丝宽慰的微笑，她像一只蝴蝶从窗口飞出了教室。

两年前，她被查出患了乳腺癌，已是晚期，医生给出的结论是：最多生命还有半年的时间。

她想为自己活一回，她从小就有一个当老师的梦。

程思良点评：

"为自己活一回"，这是多少人的心愿啊！可是，又有多少人能做到呢？小说中的主人公"她"不但做到了，而且做得十分出色。病重中的"她"，所做的抉择，令人敬佩。小说设疑解疑，构思巧妙，意味悠长。

你能不玩手机吗

文 / 耿成竹

周日下午，阳光明媚，思和香带着女儿菁菁从公园往家里走。

一上午，香对思很不满。公园里鲜花斗艳，游人如织，可思的目光却一直盯在手机的屏幕上，好像自己与世隔绝了。一气之下，香决定返回。

香挺着大肚子，搀着三岁的菁菁。思悠闲自在地走在前面，还在玩手机，他塞着耳机，边走，边听，边唱，几次差点被过往车辆碰上。

香大怒："你能不玩手机吗？"思置之不理。

香跟上去叫思去掉耳机，专心走路，思依然没理。

"妈妈，我走累了，抱抱我。"

"你妈肚里有二宝，我来抱你。"

菁菁不干。

香瞥了思一眼，还是自己背起了菁菁。

快要走到家的时候，香踩到了一块西瓜皮，扑通一下，滑倒在路边，她喘着粗气，连滚带爬坐起来，抱住菁菁。

思摸遍菁菁全身，问哪儿疼。菁菁不哭不叫，只是瞪大眼睛看着妈妈小鼓一样的肚子，然后，摇摇头。

思扶起香，抱起菁菁往家走。

香在后面大哭大叫："快看看菁菁哪儿伤着了，我的裙子和腿上都有鲜血。"她疯狂地拦了一辆出租车。

在车上，香解开菁菁的衣服和裤子，脱掉鞋袜，从头到脚，细细地查看，并且流着眼泪，不停地问菁菁哪儿疼。

思说："别一惊一乍的！我看菁菁没问题。"

医院急症室里，经医生仔细检查，菁菁一点问题都没有。

香却晕倒在地，面色苍白，满头大汗，地上流了一摊鲜血。

进了产房，半夜里，思和香的第二个孩子早产，是个男孩，不幸的是，孩子已亡。

医生说，香以后将失去生育能力。

思后悔不迭，痛不欲生。

程思良点评：

　　这个故事令人不胜唏嘘。作品贴近现实，关注生活，以小见大，以微显著，揭示了沉迷手机的危害，富有教育意义。我们不能沉迷于手机中而不能自拔，否则，类似的悲剧还会频频发生。

跃过龙门

文 / 毛小玟

卢全是龙门镇贾家石场一名石匠，除了各种石制工艺品打得精致外，最擅长打佛像。打出来的佛像栩栩如生，似神仙下凡。凡有庙宇落成，必重金请卢全亲自打造。因而贾家的石场生意越做越火。

贾家三小姐，端庄美丽。常跟爹爹到石场来转转，她的一举手一投足都让卢全痴迷陶醉，爱慕之心油然而生。一晚趁明月高挂，他拦住了贾家三小姐向她表明心迹。

谁知贾小姐翘起她的小嘴说："你是我家石场的工匠。我的夫婿，非官即贵。"说完转身离去。

卢全垂头丧气沿着伊河岸边走，尽管今天是龙游石窟的大喜日子，他亦无心观赏四周风景。他漫无目的地走着，突然前面一位女子吸引了他。那女子被四个丫鬟簇拥着，身边是个英俊倜傥的男人。他们手牵手，在倾情观赏石窟的独特雕刻艺术。卢全被这女子的样貌镇住了，他以为世上只有贾家三小姐才是最美的，却原来人外有人，这女子就似仙女下凡一样，美极了！

一天，石场沸腾起来，说朝廷发出告示，要在西山再打造一座石窟。石窟主室要打一座智慧广大的佛像。现广招天下贤士，举行一场雕像比赛，胜出者可获黄金万两并兼主管整个石窟的雕像工程。

大赛现场，卢全全神贯注地左一刀，右一凿，捶捶打打，大约五个时辰过去，一座面部丰满圆润，眉如弯月，目光慈祥的佛像立在大赛现场。卢全一举夺魁。

临上任前，贾家三小姐拦住卢全说："你终于跃出龙门了！恭喜。"

卢全朝贾家三小姐憨厚地笑了笑，说："惭愧，我还是原来的我。"然后拱拱手，转身跟着宣旨官员离开了。

卢全后来得知，他打造的佛像就是当今皇后武则天。

赵利民点评：

《跃过龙门》通过一个石匠的顿悟，试图探究人内心深处的灵感和潜能。对贾家三小姐的痴迷，以至于石匠未曾见到更加广阔的风景，而这种风景却足以引领他步入另一个世界。由此，石匠内在波澜的情感和外在精湛的技艺，构成巧妙的互文，并最终融为一体。在这里，石匠所雕刻的，与其说是佛像，倒不如说是他内心世界觉醒后的灵光乍现。

送

文／滕敦太

闹市街道，一个旧衣"长发男"坐在路沿石上，目送着过往的车水马龙，眼睛睁得大大的，口中念念有词。一旁，几个流浪汉正拦住行人讨要零钱，现在有钱人多了，居然也扔几个钢镚给他。

"长发男"摇头，起身，提起那个重重的黑包。突然，他的眼睛发出异样的光，一个姑娘面带笑容，径直走到他身边："你好，是不是包裹太重了？我帮你提一边。"他本能地想推开，却又点头："谢谢。"

姑娘十七八岁，不高，微胖，穿着校服，弯腰提起包裹的一只提手，"长发男"只好配合地提起另一边，有些局促。姑娘笑了："去哪？我送你。"

"去哪？车站吧。你……不忙吗？"姑娘又笑了，"我放假了没事，干脆学雷锋做好事。"露出一口小虎牙，还带个牙箍。

"长发男"犹豫了一下，然后轻声说："我想先到派出所办个手续，你知道路吗？""没事，我带你去，怎么说我也高二了。"那姑娘又发出一阵笑声。他点头，看她开心笑，真好。

派出所里，姑娘已经等了很长时间，有些纳闷："民警同志，我是送那人来的，你们怎么让我填这些表啊？那人的手续办好了吗？我还要送他去车站呢！"

"他已经到站了，是你送的。"警察递给他一张通缉令，照片上正是"长发男"。"此人抢巨款潜逃，查出自己患了绝症。在绝望的时候，你的善行让他感到人性的温暖，交代是你感化他并送他投案的。他知道，送他归案的人，会获得一笔奖金。"

汪学猛点评：

闪小说区区几百字，除了内在的故事核，还要有抓人眼球的东西，也就是作品追求的那一"闪"，《送》很好地做到了这一点。女学生偶遇街头"流浪者"，好心的姑娘误以为他需要帮助，就牺牲自己的时间送他去派出所"办事"。最后才知那人是身患绝症的通缉犯，临终前忽然良心发现，想送给这个世界一点美好的东西。女学生的善行帮助了社会，也帮助了自己。这篇闪小说"送"出了好人的善行、逃犯的临终善念，也"送"出了人性的真善美。

病　人

文／宗玉柱

　　医生看四下无人，把患者硬塞来的那瓶矿泉水藏在柜里，他似乎看到女儿喝水时甜甜的样子，心里荡起层层涟漪。下次一定不能再收患者礼物，哪怕是矿泉水也不行。医生暗暗告诫自己，镇定片刻，叫："下一位。"

　　一个老妇人走进来，她裹着厚厚的工服，干涸的嘴唇渗出血丝，消瘦的脸颊布满皱纹，十分歉意地说："您好大夫，我最近常胃疼，麻烦您给看看。"

　　医生听她沙哑的声音，分明是外来的务工者，心中顿起怜悯，说："您请这边坐，我来看一下，这里，对，好的，是这样，我认为您患有严重的胃溃疡。如今这病司空见惯，哦，当然，这不是我这个职业的人该说的话，我是说，您都这么大年纪了，日常饮食须注意，要多喝水，虽然提倡节俭，但饮用还要保证，您放心，用不了多久就会有新水源。"老妇人说："您说得对，但，我这病妨碍工作吗？"

　　"不，不，"医生说，"我会给您开些最新的特效药，很便宜，大约需要10块钱。"

　　老妇人笑了，说："哦，才10块，相当于我小时候的几毛钱，那时一次感冒要几百呢。"

　　医生说："是啊，医改成功了嘛，您，会写字吧，在这里签个字。"

　　老妇人笑了："您说话真有意思，我是京都地质学院研究生呢。"

　　"哦哦，"医生吃惊地看她，疑惑地问："那您这是？"

　　她有些羞涩，说："我是勘探队的，工作告一段落，我们确实找到了新的水源，还没来得及休整，看上去，很显老是吧。"

　　医生的眼睛湿润了，他转过身，取出藏在柜子里的矿泉水打开递给她，说："您请喝水，请让我再给您做一下全身检查。"

程思良点评：

　　这是一个很凝重的话题，描写未来的一个生活场景，从一瓶水开始，慢慢铺展开来，让读者进入小说温暖而严肃的氛围。当困扰今天的诸如医疗教育等社会问题解决后，关乎人类命运的资源问题将日渐凸现，或者说，社会问题会因资源

问题越来越复杂，越来越严重。我们无法预测理想中的未来是怎样一幅图景，这篇作品揭示的是，如果对今天的资源问题缺少足够的警觉，未来就有可能真如小说中描写的那样。保护地球自然资源，保护人类赖以生存的家园，须从当下，从我们每个人做起。

影 子

文 / 徐秀宏

　　一个影子尾随他进了楼道口，随着他的脚步逐渐加快速度，窸窸窣窣的声音从身后袭来。他的心提到了嗓子眼。他不能回头，不敢回头。

　　迅速地关上门，他瘫坐在地上。出租屋里突然静得可怕，楼道里的声音似乎由远而近又由近而远，鬼魅地飘远了。

　　他尝试站起来看看猫眼，看看那影子是否还在。浑身的颤抖让他的尝试一次次失败。索性坐在地上，任墙上的时钟一下一下地敲打着他的心脏……

　　不知道过了多久，他的心从嗓子眼落回了心脏。刚刚喝的酒开始在胃里翻江倒海，他跑到卫生间狂吐，随手拿起水杯漱口，砰的一声，水杯滑落在水泥地上摔得粉碎。

　　四分五裂的碎玻璃在他的脚下棱角分明，影子在棱角里晕开来，露出狰狞的面目。

　　"我第一次喝酒，如果不是遇上老乡多喝了点酒……大爷，求求你原谅我吧！我不是故意的，我刚刚毕业出来打工，我还年轻啊！"他扑通跪了下去，放声大哭。膝盖在玻璃碎片上钻心地疼。

　　"你把我的头撞到马路牙子上，你不去救我反而骑着电瓶车疯狂地跑了，你的良心呢？"影子无限放大，像一个巨人一样压过来。影子又变成了爷爷，爷爷凌厉的眼神让他从噩梦中惊醒。爷爷活着时总是教导他做一个善良的有责任感的人。

　　打开门，楼道口除了风声，一如既往地安静。再回头看一眼住了两个月的出租屋，他从容地走出楼道口，向对面的派出所走去。

程思良点评：

　　面对责任，要勇于担当。否则，内心的愧疚与负罪感会如影随形地一直缠绕着你。小说用虚实结合、半真半幻的写法，讲述主人公酒后骑电瓶车肇事逃逸，良心备受煎熬，疑神疑鬼，最后灵魂苏醒，幡然悔悟，毅然决然地肩起责任。

阵　地

文／林　健

阵地上只剩下连长和我。

战旗虽已破烂，依旧迎着西风猎猎飘扬。

夕阳挂在山头，微笑着看我；我也微笑着，将视线移向连长。

连长的背上满是尘土，暗黑色的地方是汗水或血水的浸渍。

"小高！"连长大喊。

"到！"我鼓足劲应答。

"过来！"

"是！"

我爬向连长，到他身边，仰脸看他。他跪着，俯下身子，把三颗手雷结结实实绑在我肚子上。

我笑道："哈哈，连长，待会儿，龟孙们上来，我一轰隆，他们哭都来不及了！"连长没笑，两手放在自己腰间，逐个摸着手雷，郑重告诫："你记住，我是第一梯队，五十步之外，我先响！"

"我做第一梯队！"我再次请求。

"执行命令！"连长语气果断。

"保证完成！"我也语气坚定。

"还有，要保证把战旗一并炸毁，决不能让鳖孙们摇着咱们的战旗呐喊！咱俩分开后，你就爬到战旗下边的战壕去。"连长的声音逐渐温柔，这样的叮嘱远不如大声的命令过瘾。

"记住了！"我依旧语气坚定。

等待，很折磨人。但是，漫长的等待一直持续着。

夕阳落山，月亮升起。那一夜，过得格外煎熬。

次日早晨，大部队过来时，我和连长分别匍匐在各自的战壕里。

……

"那次真的牺牲了，该多好！"老连长感慨着，手里的话筒微微颤抖。对着铁窗，隔着玻璃，我看见他分明流泪了。

我安慰道："往事了，不提吧！"

话筒里，他再发感叹："唉，我守住了昔日阵地，却丢掉今日阵地了！"

我没有接话，彼此沉默。门口看守，高声宣布："7号，会见结束！"

程思良点评：

这篇闪小说构思巧妙，主人公守住了昔日的阵地，却丧失了今天的阵地，昔日的英雄沦为今日的阶下囚，前后对比，发人深省，也令人不胜唏嘘！标题一语双关，耐人寻味。文中对战场的描写惊心动魄，让人有身临其境的感觉。结尾反转，出人意表。

大　师

文／朱梦思

　　大师穷得叮当响，三十多岁了媳妇还没娶进门。但我敬佩大师。我敬佩大师不是因为大师请我喝过酒，而是大师会写文章。我高考落榜回到小镇时，大师就叫大师了。

　　"小子，走，和哥一起喝酒去。"

　　大师站在我家门口举着汇款单冲我大声地喊。

　　"又来稿费了？祝贺祝贺！"我故意大声回应。

　　有人说："大师，又出文章了？了不得啊。"

　　"哪里哪里，拙文而已，拙文而已。"大师谦虚地说。

　　"大师，写啥子文章哟，好好挣钱娶个媳妇吧。"

　　大师背着手摇头叹息："肤浅，肤浅啊。"

　　一瓶劣质白酒，一盘花生米，大师的十元稿费就进了我和大师的肚里。

　　"小子，你哥我必将成为大作家，你信不？"大师卷着舌头说。

　　"我信，哥你一定会成为大作家。可是哥，我觉得你还是先把临街的房子打通做点小生意吧，这比稿费来得快。你都三十多了，也该有个媳妇了。"

　　大师用手点着我的额头："肤浅，肤浅啊。我那房子准备卖成钱出书的。出书，懂吗？"

　　我羞愧难当。

　　当然是二十年前的事情了。

　　最近从省城回老家探亲访友，我想起大师来。听朋友说，大师如今已是上千万资产的老总了。

　　那天，我如约到酒店和大师见面。进了包间，一个胖男人站起来和我们握手，我盯着他看，他盯着我看。

　　然后就是大师豪爽的笑声。

　　"小子，和哥一起喝两杯？"

　　"一盘花生米，一瓶白酒。"我脱口而出。大师先是一愣，继而大笑。

席间，我问："哥，你还写文章吗？"大师用手点着我的额头，半天憋出一句话："肤浅，肤浅啊……"

那晚，我和大师喝得烂醉。

程思良点评：

小说离不开写人，塑造出鲜明生动的人物形象是一篇小说成功的重要标志。闪小说也不例外。本文中，作者通过语言描写、动作描写、神态描写，以及前后对比，将主人公"大师"这一人物形象刻画得栩栩如生。尤其是三处不同语境下的"肤浅，肤浅啊"的语言描写，不仅生动传神，而且各有意味，十分精彩。结尾写那晚我和大师都喝得烂醉，别有一番滋味在心头，意在言外，余韵悠悠，耐人寻味。

一堂数学课

文／蒋玉巧

白花花的水被几双小手捧起，抛成一粒粒碎珍珠，在空中划出一道弧线，然后洒向各个地方。

郝老师看着被反复抛起，随意洒落的水珠，心火辣辣地痛。

郝老师定睛一看，是本班的几位学生。刚想开口，韦天宝发现了他，大叫一声："郝老师来了。"那些学生嬉笑着一哄而散。

上课铃声响了，正好是郝老师的数学课。郝老师在黑板上写下一道数学题：每个人每次洗手大约需要 250 毫升的水，小军每次洗手却用了 1000 毫升的水，请问小军浪费了多少毫升水？中国约 14 亿人口，如果每个人洗手像小军一样，请问，全国人民洗一次手，大约浪费多少斤水？

郝老师刚刚写完题目，教室立刻炸开了锅。大胆的学生直接站起来质疑："郝老师，我们都是四年级的学生了，您怎么出这么简单的题目？"

郝老师双目如炬，在教室里扫视一遍，然后落到韦天宝的脸上，一字一顿地说："别小看了这个题目，我看有些人未必会算。"

早有乖巧的学生举手回答："老师，小军洗一次手浪费了 750 毫升，全国人民洗一次浪费了约 21 亿斤的水。"

"同学们呀，21 亿斤水，多么庞大的一组数据！你知道它能灌溉多少农田，能救多少人的性命吗？"

喧哗的教室立刻安静下来，静得能听见彼此的呼吸声。

韦天宝红着脸站了起来，说："郝老师，我错了，以后我不再玩水了。"玩水的那几个同学，相继站起来认错。

郝老师赞许地点点头，带头鼓起掌来。

第二天，郝老师经过水龙头时，又看见几个学生在玩水，正想上前制止，突然韦天宝从旁边跳出来，大声喊："要节约用水，不能玩水！"

尹翔学点评：

　　此乃融教育与教学为一体的经典校园闪小说。教师遇到顽皮捣蛋的学生，怎么办？空泛的思想教育往往如水过鸭背，甚至适得其反。郝老师巧妙地将思想教育嫁接于一道数学题中，计算推演，以小见大，由浅入深，震撼学生心灵的同时，也转变了韦天宝等犯错的同学。一位敬业爱岗、责任心强、教育教学方法灵活运用的好老师形象，呼之欲出。

天　灾

文／用兵韩信

"白小军，白小军，快点呀，鱼都冲出来了！"

白小军两口子撑着雨伞跑到鱼塘上，看到山水翻过新修的鱼塘疯狂地往外面倾泻。比筷子还长的鲫鱼被冲到刚修不久的水泥地坝上，翻腾着白花花的身子，又随着山水和雨水，涌进排水沟向不远处的水库滚滚而去……

老婆将雨伞翻转，手忙脚乱地抓鱼丢入伞内。抓到一条，已冲走了几十条。院坝周围、白家大院三栋五层楼的窗户内，站满了大呼小叫的住客，却没一个人帮他。白小军把雨伞一扔，高喊："快点抓鱼呀，各人抓来各人要了！"

白家大院坐南朝北，三面环山。这里海拔千米，树木苍翠，夏季凉爽宜人。

这些年，城里人都到白家大院租房避暑。白家原有的几间青瓦平房已供不应求。白小军就借贷两百万元，把白家大院拆建成了几栋五层小楼租售给城里人。他还把山下大片田土挖掘成鱼塘，去年冬天放养了上万元的鲫鱼，预计今年夏天供住客垂钓可赚十来万元。这块风水宝地开始改变起白家的命运来。

住户对花了十来万元买了间没有证件的"小产权房"，心里有点不热乎。看到白老板受灾，也不帮他，只看热闹。但白老板的喊声刚落，瓢泼大雨中就飞出了好多雨伞，窗户中涌动的人头也不见了……

轰，哗……

正当人们沉浸在平坝、水沟疯抢鱼儿的惊喜中时，突然传来了巨响。

"鱼塘决堤了！"

决堤的塘水夹杂着泥石冲破了一栋新楼的墙窗涌进屋内……

白小军的婆婆看着四散奔跑的人群和滚滚的洪水，扬起她沟沟壑壑的脸叹息："俺住了一百年，没见过这么大的洪灾。"

秦德龙点评：

下大雨了，鱼儿跑了出来。人们疯抢不义之财。白小军的婆婆看着四散奔跑的人群和滚滚的洪水，扬起她沟沟壑壑的脸叹息：俺住了一百年，没见过这么大的洪灾。婆婆说得好。这篇作品题旨有所指。"这块风水宝地开始改变起白家的命运来"，白小军得到了什么？不言自明。